銀河叢書

谷崎潤一郎と好色論

日本文学の伝統

舟橋聖一

幻戯書房

目次

Ⅰ　谷崎潤一郎

Ⅱ　好色論　日本文学の伝統

Ⅲ　性と政治と文学と

装幀　緒方修一

谷崎潤一郎と好色論

日本文学の伝統

本書は、舟橋聖一による既刊単著未収録の文章の中から、随筆・評論作品四編を収録したものです。

各作品の表記は発表時のままを原則とし、漢字や送り仮名などの統一は行なっていません。ただし、あきらかな誤記や脱字と思われるものの訂正、ルビの整理、補足説明の追加などの処理を施した箇所があります。

本文中、今日では不適切と思われる表現がありますが、原文が書かれた時代背景や、著者が故人であるという事情に鑑み、そのままとしました。

I　谷崎潤一郎

一　蓼喰ふ虫

谷崎潤一郎の文章は、「蓼喰ふ虫」以前と以後に二大別されると思う。

この作は昭和三年十二月から翌年六月まで、東京日々新聞夕刊に連載されたもので、挿絵は小出楢重であった。

その以前の作物について、無関心だったわけではない。「刺青」「恋を知る頃」「金と銀」「お艶殺し」「お才と巳之助」「鮫人」「AとBの話」「愛すればこそ」「お国と五平」「白狐《びゃっこ》の湯」「愛なき人々」「痴人の愛」「友田と松永の話」「饒舌録」などを愛読している。

が、「蓼喰ふ虫」を読むに到って、目を洗われたような気がした。それ以来私の谷崎潤一郎観は一変したといえる。所謂《いわゆる》愛読者の常として、毎日の夕刊の来るのを待ちかねて、むさぼり読んだ。同時に作者である潤一郎に、憧憬と尊敬を感じ、一度会ってみたいという希望のようなものが生れた。

そんなわけで私は、「蓼喰ふ虫」以前の潤一郎の作品に対しては、単なる愛読者にすぎなかったので、彼の私生活については知るところがない。この時代を仮に前期と呼ぶならば、「愛すればこそ」を中心とする戯曲と、「痴人の愛」で代表される小説の書かれた時代の私生活については、川口松太郎氏や今東光氏らの知識に遠く及ばない。

「蓼喰ふ虫」は後期に属する作品だが、前期の作の余韻を十分に残している。しかし前期にはなかったものが、あらわれているところに注目する価値があった。

着物にかけては要《かなめ》も妻に負けない程の贅沢屋で、此の羽織には此の着附けに此の帯と云ふ風に幾通りとなく揃へてあつて、それが細かい持ち物にまでも、——時計とか、鎖とか、羽織の紐とか、シガーケースとか、財布とか、そんな物にまでおよんでゐた。それを一一呑み込んでゐて、「あれ」と云へば直ぐその一と組を揃へることの出来るものは美佐子より外にはないのであるから、此の頃のやうに夫を置いて一人で外へ出がちの彼女は、出かける時には夫のために衣類を揃へて行くことが多かつた。要にとつて現在の妻が実際妻らしい役目をし、彼女でなければならない必要を覚えるのは、ただ此の場合だけである（中略）

妻の膝の上には彼が好んで着るところの黒八丈の無双の羽織がひろがつてゐた。妻はその羽織へ刀の下げ緒の模様に染めた平打ちの紐を着けようとして、毛ピンの脚を乳《ち》へ通してゐるのである。彼女の白いてのひらは、それが握つてゐる細い毛ピンを一とすぢの黒さにくっきりと際立たせてゐた。研《みが》き立ての光沢《つや》のいい爪が、指頭と指頭のカチ合ふ毎に尖つた先をキキと甲斐絹《かひき》のやうに鳴らした。

こういう贅沢さを大胆に肯定したところに、谷崎文学は面目を一新したかのように私は驚いた。岩野泡鳴とか田山花袋とか国木田独歩とかの作品では、一つの羽織をどこへでも着て行く。どの着物にどの帯というような贅沢を知る由もない田舎書生が登場する小説が多く、そういう奢侈《しやし》はタブーでさえあった。

私はそこに心を惹かれたが、批評家や文壇人の多くは、そこにまたモロに反撥せざるを得ないものがあったのだろう。

主人公要は夫人美佐子を必ずしも愛していない。この点も夫婦生活を愛の理想と考えることの好きな人々には、まず不快を拭えなかったろうと思う。要は夫の外出着の支度をしている美佐子の姿を次のように見ている。

立つてゐる彼には襟足の奥の背すぢが見えた。肌襦袢の蔭に包まれてゐる豊かな肩のふくらみが見えた。畳の上を膝でずゝつてゐる裾さばきの袘《ふき》の下から、東京好みの、木型のやうな堅い白足袋をぴちりと嵌めた足頸が一寸ばかり見えた。さう云ふ風にちらと眼に触れる肉体のところどころは、三十に近い歳のわりには若くもあり水水しくもあり、これが他人の妻であつたら彼とても美しいと感ずるであらう。今でも彼は此の肉体を嘗て夜な夜なさうしたやうに抱きしめてやりたい親切はある。ただ悲しいのは、彼に取つてはそれが殆ど結婚の最初から性慾的に何等の魅力もないことだつた。さうして今の水水しさも若若しさも、実は彼女に数年の間後家と同じ生活をさせた必然の結果であることを思ふと、哀れと云ふよりは不思議な寒気を覚えるのであつた。

しかし「蓼喰ふ虫」の主題となっている部分は、義太夫演奏の場面で、大正のハイカラ趣味横溢の時代のあとを受けて、昭和三、四年には、日本音楽は著しく後退して、殊に義太夫は世人の関心の外にあった。そういう時に、義太夫の語り口に賞讃を惜しまない小説があらわれたので、大正昭和の文壇に、違和感を与えたのは当然だった。

要は番附を手に取つて、小春を使つてゐる人形使ひの名を捜した。さうして此れが其の道の人に名人と云はれてゐる文五郎であるのを知つた。さう思つて見ると、いかにも柔和な、品のいゝ、名人らしい相をしてゐる。絶えず落ち着きのあるほゝゑみを浮かべて、我が児をいつくしむやうな慈愛のこもつたまなざしを手に抱いてゐる人形の髪かたちに送りながら、自分の芸を楽しんでゐる風があるのは、そゞろに此の老芸人の境涯の羨ましさを覚えさせる。

「僕には義太夫は分らないが、小春の形はいゝですな」
――半分ひとりごとのやうに云つた（中略）

それが今日はどう云ふ訳か最初に舞台を見入つた時からさう反感を起すでもなく、自然にすら〳〵と浄曲の世界へいざなはれて、あの重苦しい三絃の音までがいつとはなしに心のうちへ食ひ入つて行くやうなのである。そして落ち着いて味はつて見ると、彼のきらひな町人社会の痴情の中にも日頃のあこがれを満たすに足るものがないでもない。暖簾を垂らした瓦《が》燈口《とうぐち》に紅殻塗りの上り框《がまち》――世話格子で下手を仕切つたお定まりの舞台装置を見ると、暗くじめ〳〵した下町の臭ひに厭気を催したものであつたが、そのじめ〳〵した暗さの中に何かお寺の内陣に似た奥深さがあり、厨子《づし》に入れられた古い仏像の円光のやうにくすんだ底光りを放つものがある。

以上のごとく、大正大震災で関西へ逃げ出した谷崎潤一郎は、千代子夫人と共に、大阪人のずうずうしさや無作法に辟易しながら、彼だけは次第に関西の空気に馴染み、義太夫とか人形使いとかの芸風を受け入れるようになってくる。然るに千代子夫人は、東京人の気ッ風が染み込んでいるので、夫婦の足並が揃わない。

そのために夫婦仲までしっくりいかなくなる。そんな犠牲を払っても、彼はますます浄曲の世界へのめり込んで行くのである。

この転向が「蓼喰ふ虫」の主軸となっていて、その数年後に起った谷崎家のスキャンダル――千代子夫人を佐藤春夫に譲り渡すという事件は、この小説の裏側へ含蓄されている程度で、際立って表面に露出してこないけれども、恰度《ちょうど》絽合せの着物を見るように、その裏地に透けて見る程度に匂わせている。

震災までの谷崎潤一郎は、大正活映株式会社の脚本部顧問として招聘され、シナリオを執筆するようなモダニズムを発揮したが、関西移住後は、キネマ的なるものから、義太夫節・人形芝居へ没入し、やがて小靭《こうつぼ》太夫や鶴沢清六に心酔し、井上八千代の井上流に強い興味を惹かれることになった戦後にまで尾を曳くのである。

「蓼喰ふ虫」の中で、要の養父の老人に、「長唄の三味線は余程の名人が弾かない限り、撥が皮に打《ぶ》つかる音ばかりカチャカチャ響いて、かんじんの絃《いと》の音色が消されてしまふ。そこへ行くと上方の方は浄瑠璃でも地唄でも東京のやうに撥を激しく打つけない。だから余韻と円みがある」と言わせている。これがだんだんに潤一郎自身の鑑賞態度に変化し、戦後東京へ帰ってきても、清元や常磐津に背中を向けるようになってしまった。

東京人からすれば、これは一種の裏切であって、義太夫や地唄ばかりが万能とは思われない。私なども清元節の垢抜けした語りには、今なお棄て難い情緒を覚える。東京人である千代子夫人が、潤一郎の上方への転向を、やはり良人《おっと》の背信のように感じて、それが家庭生活の障害にまで波紋を拡げたのも、無理からぬことであった。

中村光夫氏の『谷崎潤一郎論』(昭和二十七年・河出書房刊)に、

「関西」がはじめて彼の作品に有機的にとり入れられたのは、昭和三年の「卍」と「蓼喰ふ虫」からです。この二つはともに「東京のインテリゲンチャ」であつた作者が関西の風土に順応し、同化して行く過程を、別々の面から示した、興味ある作品であるとともに、また同じ意味で過渡期の記念碑であるにとどまります。（中略）

作者が力を入れて描いてゐるのは、東京からの移住者である要が、義父やその若い妾との交際を通じて、次第に関西の風土や芸術に惹かれてゆく過程で、読者は要と妻とをへだてるものが、妻の恋人の阿曾の存在などより、東京育ちの彼女が一図に反感を持つ、老人とお久の世界に要が覚えてゆく不思議な共感ではないかといふ印象さへうけます。

と書いているのは同感である。

なお、昭和四年の主な作品としては、堀辰雄『不器用な天使』、井伏鱒二『朽助のゐる谷間』、小林多喜二『蟹工船』、武田麟太郎『暴力』、川端康成『浅草紅団』、小林秀雄『様々なる意匠』、河上肇『第二貧乏物語』等があり、島崎藤村が『夜明け前』の連載をしはじめた年である。

二　信越線の出会い

谷崎潤一郎に会いたいという願望は、前にも書いたように、「蓼喰ふ虫」を読んだ頃であったが、その後機会がなく、たちまち歳月が流れた。

その日私は軽井沢へ出掛けるべく、上野駅から信越線に乗車した。上野駅で、見送りに来たS社の人に、「前方の席に谷崎さんが乗っています」と耳語《じご》された。

やがて列車は出発した。高崎駅が近づいた頃であったと思う。突然、谷崎さんが真ん中の通路を歩いてきて、

「舟橋君ですね。今新聞を見ていると偶然あなたの作品評が出ているのを読んだ。それで持って来ましたよ」

と言われたので、私は思わず直立不動してしまった。

前々から谷崎潤一郎の客嫌いは音に聞えていたので、あちらから新聞を持って来てくれるなどとは、摩訶不思議とも思われた。

新聞の評というのは、少々記憶が怪しいが、上司小劔氏の文芸時評であったと思う。同時に一度面識を得たいという「蓼喰ふ虫」以来の志望が達しられたことになった。

谷崎さんは高崎駅で下車された。そこから何処へ行かれたか、私は知らない。

その後「吉野葛」（昭和六年）「盲目物語」（昭和六年）「武州公秘話」（昭和六年）「蘆刈《あしかり》」（昭

和七年）「春琴抄」（昭和八年）「陰翳礼讃」（昭和八年）「猫と庄造と二人のをんな」（昭和十一年）等の名作が続々として執筆された。谷崎ブームとも言うべき全盛期を迎えたが、この旺盛な創作意欲の底辺には、松子夫人との恋愛事件が強く支配している。

なかでも「春琴抄」の反響は凄じいものがあった。この小説に登場する春琴と佐助の関係は松子夫人と潤一郎の夫婦関係をその上へ重ね合わせたものとみることができる。佐助は眼の悪い鵙《もず》屋《や》春琴に召使いとして仕える。食事もまず春琴が食べ、佐助が給仕した後でお下りを食べると言った按配である。佐助は春琴の眼疾にいたく同情して、自分も瞳を突いて、失明してしまう。この辺に潤一郎の倒錯とか嗜虐趣味とかを言う人もあった。が、これはむしろ、潤一郎のエネルギイの充実であって、松子夫人との実生活に於ても、先ず夫人に給仕し、然る後、夫人の食べ残したものを食べた程で、あくまで鞠躬如《きつきゆうじよ》として、サービスに努めた。

先ず私の目を奪ったのは、「春琴抄」の書き出しの一節である。

春琴、ほんたうの名は鵙屋琴《こと》、大阪道修町《どしようまち》の薬種商の生れで歿年は明治十九年十月十四、墓は市内下寺町の浄土宗の某寺にある。先達《せんだつて》通りかゝりにお墓参りをする気になり立ち寄つて案内を乞ふと「鵙屋さんの墓所はこちらでございます」といつて寺男が本堂のうしろの方へ連れて行つた。見ると一と叢《むら》の椿の木かげに鵙屋家代々の墓が数基ならんでゐるのであつたが琴女の墓らしいものはそのあたりには見あたらなかつた。むかし鵙屋家の娘にしか〴〵

の人があつた筈ですがその人のはといふと暫く考へてゐて「それならあれにありますのがそれかも分りませぬ」と東側の急な坂路になつてゐる段々の上へ連れて行く。知つての通り下寺町の東側のうしろには生國魂《いくたま》神社のある高台が聳えてゐるので今いふ急な坂路は寺の境内からその高台へつゞく斜面なのであるが、そこは大阪にはちよつと珍しい樹木の繁つた場所であつて琴女の墓はその斜面の中腹を平らにしたさゝやかな空地に建つてゐた。光誉春琴恵照禅定尼、と、墓石の表面に法名を記し裏面に俗名鵙屋琴、号春琴、明治十九年十月十四日歿、行年五拾八歳とあつて、側面に、門人温井《ぬくゐ》佐助建之と刻してある。琴女は生涯鵙屋姓を名のつてゐたけれども「門人」温井検校と事実上の夫婦生活をいとなんでゐたので斯く鵙屋家の墓地と離れたところへ別に一基を選んだのであらうか。

この冒頭のスタイルは、魅力的な文体ではあるが、すでに森鷗外にも、同じような形式が見られるところから、「春琴抄」の構成には鷗外の影響があると見ても過言ではあるまい。もっとも鷗外より出でて、鷗外を凌ぐ佳作となったもので、映画化あるいは舞台化されて、広く人口に膾炙した。

谷崎潤一郎と対蹠的と見られる正宗白鳥も「春琴抄」のような名作は後世の批評家が一語を挟むことが出来ないと言う意味の評語を綴り、白鳥一流の皮肉の影も見せていない。

ここで一応考えておきたいのは、昭和八年という時代がいかなる傾向にあったかということである。既に日本共産党の検挙は繰返し行われ、獄中の転向者も、佐野学、鍋山貞親をはじめ続々あらわれた。小林多喜二の拷問による獄死もこの年の不祥事であった。進歩的な立場に立つ広津和郎が『風雨強かるべし』を書いた。その一方、軍国主義者による戦争準備が着々進んでいた。ファシズムは日本列島の隅々から蠢動し始めていた。

もっとも極右でも極左でもない一般的国民の広い層は、天下泰平を謳い続けていたものの、明治大正以来の男尊女卑や富国強兵の思想は根強く不動の体制にあった。

男と女の地位は現代とは全く違ったニュアンスに支配されていた。そう言う時にあって谷崎潤一郎は夫唱婦随でなく、その逆転を設定して「春琴抄」一篇を書き上げたのであるから、大衆はこれに陶酔したにもかかわらず、思想的には一応顰蹙《ひんしゅく》してみせたのである。

夫婦でありながら夫が妻の食事に給仕をしたり、その死後も佐助こと温井検校は妻と同じ墓所に眠らず、「門人温井検校建之」とのみ記して、自分の墓は少し離れた所に別に一基を選んだことになっている。

世をあげて男子の出産を歓迎している時代に、「春琴抄」のみならず、浅井三代記に取材した「盲目物語」にしても、「蘆刈」にしても、谷崎の女性崇拝に、世間は双手をあげて賛成はできなかったのである。

正宗白鳥が、

『春琴抄』讃美の声には、作者も食傷したかも知れない。これほどの傑作を世に出した後は、暫く休養してい丶訳であるが、谷崎氏は容易に筆を収めないで努力を続けてゐる。(「改造」昭和八年九月)

と書いているが、犬養毅首相暗殺の五・一五事件が昭和七年であることを考えれば、すでに右翼の火の手が燃え上ってきた頃であるから、谷崎潤一郎の文学を、そのままの形で評価することは困難な時代だったと言っていい。

そこで、谷崎の変態趣味として片附ける外はなかったことが、鋭敏な彼の心理に反映しない訳はない。

「谷崎文学はどこへ行くか」は文壇ばかりでなく、社会全般の関心事でもあった。

重ねて言えば、昭和三年からの約十年間ブームの最中にあった谷崎潤一郎の耽美的・唯美的傾向は日本軍国主義の前に暫し立ち止る外はなかったのである。

が、谷崎潤一郎が「金と銀」や「痴人の愛」を捨てて、足を踏み入れた古典主義を諦める訳にはゆかない。

彼がこの時点で、「源氏物語」の現代語訳に作家活動の殆ど全部を投入することになったのは、極めてナチュラルな流れであったと評することができる。

三　源氏物語現代語訳

谷崎潤一郎が「源氏物語」の現代語訳に着手したのは昭和十年九月からで、その第一巻が上梓されたのは、同じく十四年一月である。

このことを聞いて、「春琴抄」を書いた谷崎が古典文学の現代語訳に貴重な時間をさくことは一種の道草であり、彼がそういう迂回をしなければならなかったのは、創作に行きづまったからだという批評がなかった訳ではない。

率直に言えば日本文壇は谷崎の絢爛たる文業に嫉妬を禁じ能わなかった。谷崎と同時代の作家から、新感覚派以後の新人作家、さらに無名の文学青年に至るまで、「春琴抄」や「盲目物語」のようなエステティシズムの小説はまず書くことが出来ない。そこでこれを無視してかかる外はなかった。

彼の文学に無思想のレッテルを貼り、政治的及び社会的関心がないことで、批判と攻撃の資にしたのは、当時の文壇の常識的な姿勢だった。

そもそも政治的とはどういうことを言うのであるか。当時の政治情勢は左と右に分れていた。言い換えれば保守と革命に二大別された。そのどちらかに組することが政治的関心だとすれば、右に属してファシスト或は軍国主義者になるか、または左に組して非合法共産党に入党し、弾圧にもめげず無産者運動に熱中するかのどちらかであった。

谷崎を政治的社会的関心がないといって非難するのは、彼がファシストでもなくてまたマルキストでもないという批判に外ならない。

共産革命の実際に当った左翼の闘士はすでに昭和初年の治安維持法改正の網に引っかけられて、殆ど投獄の憂き目にあった。残るものは文化活動におけるマルクス青年の大群であった。しかし、当時の大量マルクス青年は、数年足らずの留置場生活で、音を上げて、転向を誓ってしまった。谷崎文学を否定攻撃する評論家は例によって無いものねだりをしているに過ぎない。谷崎文学に政治性を加えた場合、その評論家のお気に召すような作品が、果して出来上がったものであろうか。

一口に言えば、政治と文学は組織と個性が調和出来ないように、妥協することの不可能なものだ。谷崎に政治性がないのは当然過ぎる程当然で、評論家がもしそれを言うなら、谷崎にどういう政治性を求めているのか、それを具体的に言ってもらいたい。もし具体的に言えないならば、幼稚で子供じみた観念主義に過ぎない。谷崎の非政治性を、小児と同じ孤立主義で、「子供の生理を大人の世界に拡大したものに過ぎない」と強く非難している評論家もいるが、全く抽象的に政治性とか社会的関心とかを言うのは、その評論家の小児性を暴露しているに過ぎない。

昭和十年前後にあっては、左でも右でもないというのがそれはそれで別の政治性であったと言えないことはない。谷崎が一生に一度もプラカードを持ったことがないことで、彼の文学的立場を非政治性という訳にはゆかない。それはあたかも軽井沢に別荘を持っているからといって、マルクス的ではないと言う小児病的見解と同じである。

その当時の所謂大衆作家はどうであったか。直木三十五、中里介山、白井喬二、三上於菟吉、中村武羅夫などは右翼的共鳴乃至色彩があった。戦後リベラリストに転向した吉川英治でさえ、当時は右側に組み入れられても仕方がなかった。若い頃はナロードニキであった加藤武雄でさえ、大衆的流行作家となった時は、著しく右側へ傾斜した。大衆作家でありながら左でも右でもなかったのはわずかに大佛次郎を数えるぐらいなもので、従軍作家として戦争参加した者には菊池寛、片岡鉄兵、川口松太郎、林芙美子、吉屋信子などがいる。彼らは多かれ少なかれ戦争を美化した戦争作家のメンバーである。

谷崎はそういう政治参加或は戦争参加をしていない。私は昭和初年に流行としてのマルクス主義の洗礼を受けた文芸評論家が、谷崎や志賀や荷風の非政治参加、非戦争協力のメリットを、全く考えていないのが不公平に思われて、大いに不満である。

このことはまた後に論ずるとして、谷崎が「春琴抄」や「盲目物語」や「蘆刈」の発展を阻止されて、止むなく「源氏物語」に逃げ込んだ形になったことを、私としては変節とまでは考えなかった。

その第一巻桐壺の巻が刊行された時、私は早速熟読した。そして「文學界」(昭和十四年三月号)に「谷崎源氏を読みて」の一文を発表した。今これをパラフレイズしてみる。

○

その序文によれば、ほかの仕事は全部放棄して、「源氏に起き、源氏に寝ねる」という有名な言葉通り、一日平均三枚強というのであるから、その仕事振は、流石に精力的なものであった。第一に感じたことは、谷崎のように、個性の強い芸術家が、この翻訳に於ては、実に謙虚な態度を以て対しているということである。

もっと、所謂谷崎好みの源氏になっているのではないかと忖度していた。そのことが、谷崎源氏に、高度の安定感と信頼を与えている。健全な普遍性にもなっている。

無論これは自分の個性が毒にも薬にもならぬ底の、凡庸な学者なり作家なりが、原文に忠実に翻訳をしたという場合は、あんまりほめたことにもならないが、今もいう通り、現代作家の中でも特別に、強烈な個性をもっている谷崎だけに、こんなにもブレーキがかかっているのは、恐らく自然の成行きではなくして、随分意識的な努力と鍛練の結果ではなかろうかと思われる。

ところで谷崎源氏には内務省警保局の検閲から干渉があった。このことは谷崎文学の政治性の逆説的証言となるものである。早くいえば、谷崎文学及び谷崎源氏は、政府の厳しい弾圧を受けたのであって、それでも政治性がないというのは谷崎に対する偏見である。

さてどこを弾圧されたかというと、谷崎は、源氏の中で、構想上、それをそのまま現代に移植することは不穏当と思われる箇所があり、これはこの翻訳には、抹殺したとのことである。そしてその分量は三千何百枚の中の五分にも達しないのだから、大局には差支えない程度であるに違いないといわれている。

――あまりに神経質なことになれば、結局、骨抜きのようなものになって、原作の芸術的価値は、殆ど、伝えることのないような結果に立至るであろう。

帚木《ははきぎ》の後半から、空蟬《うつせみ》へかけて、即ち源氏と空蟬の恋愛事件なども、むやみと神経過敏にならずに、素直に、それでいて、なかなか微妙に、急所を外している点など、却てこの翻訳への信頼を強くする所以である。

しかし、谷崎訳が進むにつれて、藤壺中宮と光源氏の性的関係が、警保局から削除を命じられた。

もっともこれは谷崎源氏に始まったことではなく、高校の教科書などでも、この部分を講義することは許されなかった。島津久基博士『源氏物語講話』にも、原文は掲載を許されたが、翻訳は削除された。ただしこれは検閲課からの命令であるか、島津さんの自粛による遠慮であるかその辺の真偽は分らない。が、谷崎源氏の場合は、明らかに内務省の介入であった。

「源氏物語」に於て、藤壺中宮は桐壺の帝の寵愛されるところで、その中宮が桐壺の宮の第二皇子光君の子供を懐胎するというのだから、まぎれもない姦通事件であり、それが一篇の骨子でもあれば、軸となっている小説の顚末でもある。舞台が京都御所を彷彿させる桐壺の帝の後宮であるから、その頃の思想統制からすれば、不敬罪が適用されるのは自明であった。

もちろん「源氏物語」は「いづれの御時にか」という漠然たる設定で、第何代の天皇家の事件とは限定していない。言葉を換えればこれは架空の物語であって、主人公さえ、特定のモデルは考えられない。従って特定のある天皇の御所の秘密を書いたわけではないが、内務省の図書検閲は、治安維持法違反の容疑と併行して、不敬罪の取締りにも役目がら呵責するところがなかった。藤壺中宮が不貞であるばかりでなく、不義の子をもうけたというストーリイを削除されては、今も述べた通り、「源氏物語」は骨抜きになってしまい、そもそも何を書こうとしたものかさえ読者には分らなくなってしまう。

谷崎潤一郎にとっても、これは頭痛の種だったに違いない。

戦後において、谷崎潤一郎が削除された部分を新たに口訳して、これを「中央公論」紙上に掲載したことによって、読者大衆は初めてこの部分を現代語で読むことができたのである。当然、戦後の谷崎源氏には、挿入されている。

私見を言えば、戦後に出版された『日本文藝發禁史』（馬屋原成男著）や『筆禍史』（宮武外骨著）などでも、日本の文壇が検閲取締りの厄を受けた歴史を詳述しているにもかかわらず、「源氏物語」に於ける光源氏対藤壺中宮の密通および懐胎から出産にいたる部分の弾圧については、殆ど触れていないのである。前者が主として風俗壊乱、猥褻物公開等の罪案で、発禁処分を受けたのに対して、後者は不敬罪の適用が予想されたことから、取締り機関と筆者または出版社との間で、事前に話合いが出来、取締るほうも、られるほうも、極めて慎重にうち合せが進んだものらしい。従って自然主義文学者の受けた生々しい筆禍や戦後の『チャタレイ夫人の恋人』（D・

H・ロレンス）の起訴が時代を震撼させたのに較べて、「源氏物語」の一部公開禁止は、静謐の中に行われた観が深い。それが戦後、内務省の壊滅によって、治安当局が禁止していた非公開部分の復元となったのである。読者はこの朗報によって、はじめて光源氏と藤壺中宮との恋愛事件の全貌を知ることが出来たのである。ところがかかる復元の喜びを伝えるためには、終戦以前の検閲制度がいかに横暴であったかを、論難する必要がある。そうでないと、それは只、たまたま一古典文学が筆禍を受け、それが復元したという瑣末な事件にすぎないことになる。それでは困る。困るどころか、二度と再びこうした愚かな検閲制度の繰り返しの起ることを防がなければならない。

次に、翻訳の具体的な一々のことは、今はじめから丁寧に原文と彼我対照し、また、古来の諸註と対比してその優劣を詳しく論ずる暇はない。

その内の一例をあげると、帚木の巻の中半はながい雨が上って、ようやく日光が輝く日、光源氏は方違えを口実に中川の宿へ出かける。

その時光源氏はわがままな皇子であるから、車が横づけになる所なら行くけれど、牛車を降りて歩くのではたまらないと駄々をこねるところで、原文では「牛ながら牽《ひ》き入れつべからむ所をと宣《のたま》ふ」を、谷崎源氏は「牛をつけたまま車を入れられる所でなくてはと仰せらる」と訳していられるが、その「牛ながら」は青表紙本で、藤原定家が書き入れた部分である。従って牛をつけたままとか外すとかいう意味はない。牛車のまま引っ張り込める所の意で、定家の書き入れた

「牛ながら」は牛車の略と見ていい。

もう一例をあげると、原文で「生煩《なまわづらは》しけれど上なるきぬを押しやるまで覚めつる人と思へり」を谷崎源氏では「生煩しけれど上にある衣を押しのけ給ふと、今の女房が戻つて来たものと感ちがひをしてゐたらしいのである」と訳されている。すなわち全文の主語が光源氏になっている。しかし「玉の小櫛」は、「生煩しけれど上なるきぬを押しやる」までを、主語が源氏であり、「覚めつる人と思へり」は主語を空蟬にしている。この場合、全部を空蟬を主語としたものと解する考え方もあるが、私もこの所は、いわば、空蟬の巻のクライマックスともいえる所なので、随分考えに考えてみているが、今の所、やはり、宣長の分解の方が、有利と考えている。

次に原文の「濃き綾の単襲《ひとえがさね》なめり」について、谷崎源氏は「濃き紅《くれない》の綾」と訳されたが、「花鳥余情」（一条兼良《かねら》）には「濃きとは濃き袿《うちぎ》の事なり、濃き紫に染めたるべし」とあり、「河海抄」（四辻善成）では、紅と断じ、「新釈」（賀茂真淵）は紅、「評釈」（萩原広道）は紫、「細流抄」（三条西実隆）も紫という風に、古来、紫説と紅説とが両々対峙して譲らないのである。これを谷崎潤一郎が、はっきり紅説をとられたのは大変面白いが、この点など殊に、どういう点から紅説をとられたかについて、その「解釈論」というか「現代語訳余聞」とでもいうようなものを聞きたいと思うのである。或は、これなどには、山田孝雄氏の意見が加わっているのかも知れない。とすれば、余計、面白く、切にそれが聞きたくなる。

次にもう一つの問題は、「陰翳礼讃」という態度である。これと近代人の合理的探求心との間に、いろいろな微妙な問題があると思う。例えば、「心」という語彙について、それが時に、理性という意味に使われている箇所と、感情という意味に使われているところとあって、それがどっちであるかによって、大変意味が違ってくるのである。この場合、氏は、理性とか感情とかいう、それこそキザな言葉は用いられずして、古語のまま「心」と訳され原文章の余韻を尊重されている。これは古典を扱うのに大へん必要な、うつくしい態度であるが、現代人の合理的な心理は、やはり、そこで、理性とか感情とか、はっきりいって貰う方が、ピンと来ると見えて、自然、そういう要求があるといえるのである。そういう要求と陰翳礼讃の態度とは、どう、うまく調和しているか、或は反撥しているか。「心」で思いついたが、空蟬の巻のはじめの所に「心にしも随《したが》はず苦しきを」という所がある。ここなどにも、いろいろ問題があるのではないかと思うが、要するに根本問題は、陰翳礼讃ということと、「はっきり知りたい」という気持との、複雑な関係である。

曰くいひ難し
或は陶淵明の
甚しく解するを求めず

こういう態度は奥床しいものである。しかし、たとえ奥床しくはなくとも、現代人の心にははっきり聞きたいもの、はっきり見たいものが存在していて、曰くいい難しを、あまり度々やられては、結局、どこかに不満が残るものである。曰くいい難しとは、翻訳者にはよくわかっていての話でも、読者には、全然わからない話なのであるから。そこで、さっき例にひいたところの、「心にしも随はず苦しきを」の所なども、「源氏物語」のむかしの読者は、心といわれれば、それでいいことで、別に、理性とか感情とかいうものは、あったにしたところで、それとはっきり概念として区別していなかったのであるからいいけれど、現代の読者たちのように、理性と感情とをはっきり区別してかかる人々にとっては、この場合の心は、理性か感情かどっちかをはっきりさせることで、その内容が非常にちがってくるものだということが、重要になってくるのである。

○

この「文學界」主宰の原稿を、谷崎潤一郎は一読されたらしく、その後大阪で中央公論社主宰の「源氏物語刊行記念文藝大講演会」(昭和十四年二月二十三日)の講師として西下を使命された。そこで同じく講師となった島木健作と二人で、夜行寝台列車の下段に向き合って、西下することになった。

四　大阪の講演会

東京駅へ着くと、島木健作がプラット・ホームにいた。神戸行急行寝台車の下段に通路をへだてて、向き合って寝てゆくことになった。

健作は昭和三年に検挙されたが、政治運動から足を洗うという声明で転向を認められ同七年仮釈放されてから、文学活動に転じ、ナウカ社の文学評論に発表された「癩」で世評を得、続いて同十一年「文學界」の同人となった。この時彼と共に同人に加わったのが、阿部知二、河上徹太郎、森山啓、村山知義、島木健作と私であった。つづいて同十二年彼は『生活の探求』正続を書下して、一躍代表的新人となった。が、それにしても、谷崎源氏と島木健作がどういう関係で結びつけられたのか、私には不可解であった。講師の一人に、変り種を入れておこうという嶋中雄作氏の思いつきであるかも知れないと思った。

講演会は昭和十四年二月二十三日で会場は大阪軍人会館であった。立錐《りっすい》の余地なき大入りであった。私蔵のスクラップに、当日のプログラムが貼ってあるので、講師の名を列記すると、

一、日本文化の才能　　舟橋聖一
一、女の立場から　　森田たま
一、言葉と表現の問題　　島木健作
一、挨拶　　嶋中雄作
一、挨拶　　谷崎潤一郎
一、源氏物語の中の二三の歌について　　谷川徹三
一、源氏物語鑑賞　　小島政二郎

ところが六時の開演前に会場へ到着すると、菜葉服ズボン姿の女性が島木を待っていて、面会

を求めた。話出しは静かに行われたが、突然島木が大声を張り上げて怒りだした。傍聴者であった私がその論争を要約すると、彼女は革命家として衆望を負っている島木が、谷崎源氏などの提灯を持ちに大阪までやって来るとは何事かという攻撃の火蓋を切ったのであった。プロレタリア作家として島木の名は天下に轟いている。それにあぐらをかいて、反動的な谷崎文学応援の講師になるとは、言語道断の他はない。『生活の探求』その他で、良心的なヒューマニズムを唱えても、こういうことをしては、偽善者ということになる。あなたが小ブルジョワ作家と共にこの一行に加わったのは取り返しのつかないことである。プロレタリア革命は有名人の手を借りず、無名の闘士によって成就される。そういう意味のことを女はキンキン声で喋り、これに対して島木は怒号するごとくであった。

そういえば武田麟太郎にしても、高見順にしても、亀井勝一郎にしても、こういうことに絶えずビクビクしていた。革命の世界では、武田や島木の個性的価値などは一顧もされず、それより特高の刑事に追われながら、アジテーション・プロパガンダのポスターを貼って歩くほうが優れた仕事と評価されていた。

島木が腹を立てれば立てるほど、ズボンの女は冷静だった。島木は痛いところを大分衝かれたようだったが、見るに見かねて私が「そろそろ講演が始まるからその位にしては……」と仲裁役を買って出た。それでズボンの女は勝ち誇った顔をして帰って行ったが、興奮冷めやらぬ島木は、

「舟橋君。ぼくが先にやる。五分かそこらで止めるから、順序を変えてくれ」

と言うのだった。プログラムでは御覧のように私が前座ということになっていた。しかしズボンの女との口論を聞いているので、無理もないと思った私は島木の要請に応じて彼に譲ることにした。

幕が開いた。島木が登壇した。すると島木の話は五分か十分という約束だったにもかかわらず、ズボンの女との口論の続きを喋り出し、止まるところを知らず三十分経っても四十分経っても終らない。講演の内容も谷崎源氏には殆ど触れず、階級闘争と文学の問題に触れて、熱弁をふるい続けた。司会者が何べんもペイパアを持っていったが、島木はそれどころではないという顔で、大声を張り上げた。結局、一時間近く話してようやく降壇した。

このため講演会の予定がすっかり狂って、終演は九時半を過ぎていた。

講師は二台の自動車に分乗して曾根崎の大きな茶屋へ向った。谷崎、森田、川田順が同乗し、私はフロントの助手台に掛けた。次の車に嶋中、谷川、島木、小島が乗った。川田順は講演には加わらなかったが、大阪住友財閥の有力者であるから、今度の講演会の最高世話人をもって任じていたらしい。折から聴衆の群れが自動車を包囲して、大谷崎のサインを求めようとして、いくらクラクションを鳴らしても、一向に車の窓から離れようとしなかった。物見高いのは東京人ばかりでないと、その時私は思った。

北の新地の茶屋に着くと、先ず谷崎さんから挨拶があり、続いて川田順、嶋中雄作の挨拶があった。小島政二郎が同座していたかどうか、記憶が定かでない（これは小島さんに聞けばすぐ分るだろう）。島木は私のそばに坐っていた。これは余談だが、「文學界」の同人会の二次会などで、葭町の待合へ行くことがあったが、そういう時、島木は猪口ひとつ手にせず、芸者の小唄振りなどにも横を向いて一瞥すら与えようとしなかった。そんなピューリタンの彼だったが、曾根崎では、地唄の黒髪が舞われると、島木もはじめて陶然とする風であった。

　この時の立方が西川小幸であった。まだ十代だったと思う。大阪で地唄の舞のベテランとして将来を期待されているのは、新町廓の桃太郎（この人は現在、赤坂で今日出海の常宿である大矢という旅館を経営している）と北の小幸の二人と言われたものだ。南にはこれに匹敵するものは見当らなかった。

　この西川小幸の眼の下に遠くからでは分らないほどのしみがあった。これが後年「細雪」の雪子を書くヒントになっていて、

> 雪子の左の眼の縁、――委しく云へば、上眼瞼の、眉毛の下のところに、とき〴〵微かな翳りのやうなものが現われたり引つ込んだりするやうになつたのは、つい最近のことなので、貞之助などもそれに気が付いたのは三月か半年ぐらゐ前のことでしかない。貞之助はその時幸子に、いつから雪子ちゃんの顔にあんなものが出始めたのだと、そつと尋ねたのであるが、幸子が気が付いたのも此の頃で、顔にはあんなものはありはしなかつた。此の頃でも、始終

ある訳ではなくて、平素はさう思つて注意して見ても殆ど分らないくらゐ薄くなつてゐたり、完全に消えてしまつてゐたりして、ふつと、一週間ばかりの期間、濃く現れることがあるのであつた。幸子はやがて、その濃く現れる期間は月の病の前後であるらしいことに心づいた。そして、彼女は何よりも、雪子自身がそれをどう感じてゐるか、自分の顔のことであるから誰よりも先にその現象を発見してゐるに違ひないとして、それが何か知ら心理的影響を与へてゐなければよいが、と云ふことを恐れた。（「細雪」上巻）

ところがその時の西川小幸が、三十歳近い頃から、しみは顔じゅうへ拡がり、さらに胸から腕にまで伸びて、しまいには手の甲まであたかもネズミの手袋を嵌めたように恐ろしい痣となった。そのため妓席を去り、阪大病院をはじめ、東京、名古屋、東北大等全国にわたって、皮膚科の診断を求めたが、手の施しようがなかった。もっとも濃化粧をすれば、舞台では分らなくなる。芸者をやめてからは、やはり北の新地で、小体《こてい》な旅館を経営していたが、西川流の名取りとしてはなおかつ上方を代表する名手であった。彼女が東京出演の際、西川流「三番叟」が出て、彼女が千歳、柳橋のつま子がうけ千歳をやった時、つま子も東京では赤坂の故時丸と共に、西川流の双壁と言われる人だが、千歳の横に坐ると、体が震え、膝小僧に内出血をしたという話を聞かされた。それほど大阪の小幸は芸一筋に生涯を投げ込んだ婦人であった。

宴が終る頃、その茶屋の仲居が島木を呼びに来た。彼はすぐ立って、階下へ降りたが、まもなく引き返してきた。

「どうしたんだ」

「県警の特高が来て、ぼくをホテルまで送って行くと言っているんだ」

「護衛か？　さっきのような女がいるからな」

「軍人会館にも今夜は大分私服が入り込んでいたらしい」

と彼は言ったが、谷崎潤一郎は酩酊気分で、もう一本と酒のお代りを命じていた。

なおズボンの女は島木の熱心なファンであり、ファンなるが故に、島木をやり込めずにはいられない。流行作家になった島木が、周囲からチヤホヤされ、真実の対話をするものがないのを不満として、彼女だけが島木と嘘のない対話が出来るプライドを持っている。それが島木にも分るから、彼も亦、貴重な時間をさいていつまでも喋り続けなければならなかったのだろう。

この講演会のことは野村尚吾の『伝記　谷崎潤一郎』にも中村光夫の『谷崎潤一郎論』にも記載されていないから、この一文が根本資料になるものである。

五　熱海の西山

昭和十七年に、関西から谷崎潤一郎は熱海へ帰ってきた。熱海市西山五九八番地に松平さんの別荘を借り受けた。来宮《きのみや》の駅から二百メートルほど東へ歩き、東海道線のガードを潜ると、三本道になる。一番左は梅園と熱海峠・十国峠へ登る道。一番右は来宮神社の境内へ通じ中央の道が西山へ登る坂である。坂と神社との間に、その上の貯水池から流れ出る和田川が市街地へ向って下ってゆく。この坂を途中で右折すると、うなぎ屋の「重箱」がある。この家は元浅草山谷の「重箱」で、熱海は出店だったが、当事は夫婦とも熱海へ引き上げていた。この主人が久保田万太郎と小学校で同級生であった。

「重箱」の前を通って、すぐ左へ曲って少し登ると、左側に谷崎と書いた門表があった。そのまた近くに、故佐佐木信綱博士の別荘があった。

私も戦争が悪化したら、家人の一部を熱海へ疎開させようと思っていたので、十六年の開戦当時から、適当な家を物色していたが、これといった手頃な家がなかなか見つからなかった。

谷崎潤一郎はこの西山の家で長篇「細雪」の構想に取りかかった。中央公論との相談も出来て、同十八年の一月号から新連載と決った。この時同時に藤村の『東方の門』も始まり、大作二篇を柱にして編集された。藤村の『夜明け前』はやはり中央公論に連載されて好評を博したから、その余勢を借りて、『東方の門』の新連載となったわけだが、その題の示すごとく、何がなし時局に適用するニュアンスが感じられる。しかるに「細雪」のほうは直ちに時局向きとは思われない。

谷崎は谷崎源氏二十六巻を完成した後だし、発行部数も予想以上だったので、文壇および社会の各層から、尊敬と同時に嫉妬の目を向けられていたのは事実である。殊に戦争準備に大童《おおわらわ》な軍国主義者や取締官憲からは、谷崎の文業を苦々しく思われていたことに間違いはない。諸事に敏感な谷崎がこれを知らないはずはない。そこで中央公論の編集部に対して、

「大丈夫ですか、ぼくが書いても」

と念を押した。それに対して編集部は、絶対大丈夫と言い切れる自信は乏しかったが、そうかと言って、折角作者と話ができたものを躊躇するわけにはいかなかった。話が結着したので構想にかかった。松子夫人を中心に三姉妹を登場させ、女三人を縦糸にしたり横糸にしたりして、関西の女流の綾模様を織り出そうというアイディアが出来た。官能的なものは、戦時下の検閲が許すべくもない。倒錯も姦通もすべてダメ。エキセントリックなものや異国情緒も不許可に決っている。となれば、三姉妹のかもし出すあでやかな美の世界を表現する外はない。

はじめ谷崎の腹案では、「三寒四温」とか「三姉妹」とかいう題名が浮んでいたが、四苦八苦の末「細雪」という題がついた。十八年一月の中央公論誌上に、小説「細雪」の上巻の一が掲載された。

が、果して取締当局から横槍が出た。それでも三月号の第二回所載まではどうにか出たが、六月号の分からは、掲載中止が命じられた。谷崎の心配していた通りになったのである。

当時の文士は皆鳴りを静めていた。新聞では朝日新聞に藤沢桓夫《たけお》が「新雪」を書き、毎日新聞には私が「男」を書いていた程度であった。後は従軍か徴用であった。そんな時に西山の寓居で「細雪」を執筆していたことは、その内容が「痴人の愛」や「蓼喰ふ虫」や「春琴抄」に見られ

るような刺激の強いものではなくても、これに匹敵する作品を、誰が書けたというのであろうか。

十八年の春以後、谷崎はさすがに筆を折ったまま煩悶の一時期を迎える。「細雪」の陣痛期には最愛の夫人さえ遠ざけた谷崎は、やがて松子さんたちを関西から呼んで西山で暮すようになった。すぐ目と鼻の先の「重箱」のうなぎは、谷崎潤一郎の大好物であった。「重箱」には政界財界文壇の名士が、熱海へ来れば必ずといっていいほど、皆食べに来た。近衛文麿も来れば、鳩山一郎も来る。菊五郎（六代目）も来れば猿之助（猿翁）も来ると言った按配であった。喜多村緑郎や花柳章太郎はむろんのことだ。

とは言っても、谷崎は「細雪」の志を捨てるわけにはゆかなかった。彼は自費出版を考えて、続稿に取り掛ることにした。

自費出版とは言い条、自分で印刷したり製本したりするわけにはゆかない。無論非売品だから、配本について顧慮する必要はない。そこで二百部限定として、友人知人に寄贈することにした。そのために東京神田の創元社の小林茂が呼ばれた。すでに創元社からは「春琴抄」「盲目物語」等々が出版されている。この創元社の顧問に小林秀雄がいたのであるから、小林がどんな潤一郎論を書いたとしても、彼自身は谷崎文学を高く評価していたのである。そのことを小林秀雄の門弟は知らなさ過ぎる。

十九年になると、大東亜戦争の敗色は濃厚となり、本土空襲の殺伐な風雲が急を告げた。すでに十八年四月には山本五十六元帥が戦死を遂げたのをきっかけに、帝国海軍は再起不能の打撃を受けており、日本列島は制空権を失っていたのである。帝国陸海軍は、その頃から焦りに焦った。戦況が悪化すればするほど、内政の統制が厳しくなる。

谷崎が「細雪」の完成に近づいた頃には、B29大編隊の空襲は必至と見られた。創元社の手で「細雪」の上巻がその製本を終ったのが、同年七月十五日であるから、それから数日後の二十二日に東条英機首相の辞職が世界を唸らせた。

パリでもロンドンでも、道行く人が互いに手を振って、東条の下野を喝采し、

「ブラボー！　ブラボー！」

と唱和した。

東条内閣が倒壊した時点で、日本の敗北ははっきり烙印を押されたのだが、日本国民だけは何が何だか、さっぱり分らなかった。東条の失脚がそのまま敗戦につながるとは思わなかったのである。その点日本国民はまことにお目出度く出来ている。何も知らないうちに、天下はひっくり返っているのである。

東条に代って小磯が総理になり、続いて鈴木貫太郎内閣が昭和二十年八月十七日まで続くのであるが、小磯も鈴木も共に戦争終結を収拾しようとしたものであり、頑固なミリタリズムの一部が本土決戦一億玉砕を主張したために、終戦が長びき、広島と長崎に原爆投下で、止めを刺されるまで往生際が悪かったに過ぎない。

私が熱海へ疎開して来宮駅の真下にある新熱海荘という二流旅館の一室を借りて「悉皆屋康《しつかいやこう》

吉《きち》」を書き出したのは十九年晩秋からのことであったが、この小説は戦時下の出版としては珍しく、用紙統制の機関である出版会から三千部の配給を許された。

空襲は始まっていて、殆ど連夜空襲警報が鳴り響く中で、蠟燭の光で書いていったが、この出版も創元社が出すことになったので、小林茂は少なくとも一週間に一回は、熱海へやって来て、先ず西山に谷崎家を訪ね、「細雪」中巻の進行を見とどけてから、長い坂を降りて、新熱海荘に「悉皆屋康吉」の模様を見に来たものだ。

ある日、私の部屋の唐紙にノックの音がしたので、出て見ると、羽織の上にもう一枚チャンチャンコの袖を通した谷崎潤一郎が「細雪」上巻を一冊持ってきて下すった。

「これは非売品だからそのつもりで」

と言われた。開けてみると見返しにサインがしてあり、奥付には二百部印刷、著作者谷崎潤一郎（兵庫県武庫郡魚崎町魚崎七二八番地の三七）、発行者谷崎潤一郎とあった。

そのため兵庫県警は軍部の命令により、非売品でも怪しからんとして、取調べに来たが、「主人は旅行中」と断ったという。が熱海までは手をのばして来なかった。

私の部屋には朱塗りの欄干のついている涼廊があったので、そこへ谷崎さんを通した。

「なかなか眺めがいいね。海もよく見えるじゃないか」

「日本は負けましたね」

「海軍も完膚なくやられたようだな。サイパンが陥ちた時に、これでおしまいだと思いましたね」

「細雪の中巻はどのくらいお出来になりましたか」

「私は遅筆だから……仲々はかどらない」

「熱海には広津さんや宇野千代が逃げて来ています。しかし先生のように、書いている人はいませんね」

「君の小説も創元社で出すらしいね。永井荷風が、戦時下の日記を克明につけているそうだよ。物価の値上りや闇物資の闇値なんかも一々書きとめているそうだが、戦時下の文士の仕事はそれでいいのだ」

と言われた。

その頃から熱海でも闇値は急騰しつつあった。高い金さえ出せば、牛肉もあれば鰤《ぶり》もあった。しかも牛肉は二貫目、鰤は二本という風に、大量でなければ売らなくなった。一ドル四円の為替相場は、とうに崩壊していたのである。円の価値が暴落するのに反比例して、精白糖は驚くばかりの高値を呼んでいた。

六　津山への再疎開

熱海市桃山のゴルフ場へ、爆弾が落ちた時、私は西山の家の八畳間で、谷崎潤一郎と対座していた。

この爆弾投下は東京空襲のB29編隊が伊豆半島沖から侵入して、熱海市街の上空を通り過ぎる時、誤って一発落してしまったとの風聞が流れた。その真偽はわからない。

とにかく凄じい爆音で、ガラス戸が鳴り響いた。鏡を見たわけではないから、自分の顔はわからない。しかし潤一郎の顔は真ッ青だった。といって、立ち上る様子もない。私もガタガタするだけで、腰が抜けたわけでもなかろうが、逃げ出そうとはしなかった。

終始落着いていたのは、隣の部屋にいた松子夫人であった。ガラスの割れたところはないかと点検して、

「被害はどこにもございません」

と報告した。しばらくしてから、

「神州不滅もないもんだね」

と言われた。

「しかしこうなっても、まだ日本は負けないと思っている男女のほうが数において、はるかに多いンでしょう」

と私が答える。

「数が多いということはどうにもならないのかね」

「どうにもならないようですね。この戦争の口火をつけたのは、軍部の青年将校でしょうが、やはり国民がみんなで支持していますからね。支持する者が多ければ、どんな間違ったことでも、平然と罷り通るんじゃないでしょうか」

「今日の具合では、熱海も危ないね」

「その場合はどうなさいます」

「実は松子とも相談しているんだが、岡山県の津山に知合いがあるので、そこへ再疎開することも考えている」

静岡県と岡山県のどちらが安全かという判断はそう簡単には出来ないと私は思った。そこへ松子夫人が茶を点てて来てくれた。

「やはり津山へ参りましょうか。今日の編隊も何百機か数えきれませんの。あんなのに、頭の上を通られるのはいい気持しませんわね。海に近い所は可怕《こわ》いわ」

「そうだよ。艦砲射撃もあるからな」

駿河湾、相模湾が艦砲射撃にさらされる可能性があるということは、さっきから二、三度も出た話題であった。

「もっとも再疎開のほうは、おいそれとはいかない。津山の友人の受入れ態勢もよく聞かなければならないし……その前にいよいよ熱海が焼かれるとなったら、どこへ避難するかを決めておかなければね」

「鰤を売りに来るかつぎ屋のおばさんに聞くと、西山から函南《かんなみ》のほうへ抜ける道があるそうよ。多分三里くらいじゃないでしょうか。そこまで逃げれば、艦砲射撃も届かないでしょう」

「一度行ってみないと見当がつかないから、近いうちに、レッスンをしてみようか」

「舟橋さんも一緒に行ってごらんになるといいわ」

「山道は苦手なんですが、そういう場合の用心に、行ってみましょうか。それにしても、そんな山奥から鰤をかついで来るとは信じられませんが」

「闇屋というのはその辺が摩訶不思議なんだな。山で魚がとれたり、海で牛肉がとれたりする。闇屋の持って来る物で、牛肉だと言われても、実は海豚《いるか》のことがある。それと承知しながら、牛肉のつもりで買ってやる。それをしないと、ホンモノの牛肉が入っても、持って来てくれない。鰤も熱海の魚市場には影も形もないのに、山小屋に沢山あるんだから面白い」

要するに闇屋に対しては寛容でなければならないと言われているのである。私にはまだ、海豚を牛肉と言われて、目をつぶって買う度胸はない。恐らく闇屋と口喧嘩に及ぶだろう。それでルートが絶たれることになる。

世間では谷崎潤一郎を非妥協的な不寛容の老作家と思っているらしいが、決してそうではない。闇屋のおばさんとの交渉も妥協的で、松子夫人にはさせない様子だ。鰤や牛肉をかついで来るおばさんたちは、まず西山の別荘で、かついだ荷物の半分近く売りさばき、それから坂を降りてゆく。東海道線のガードを潜ると、熱海警察の取締りが強くなるので、おばさんたちは谷崎家を大顧客《とくい》としているらしい。

「重箱」の亭主が庭のほうへ廻って来て、

「大きいのが落ちましたね。別に被害はござんせんでしょうね。重箱も東の窓が廊下へ落ちました。これじゃあ熱海もウカウカしちゃあいられませんな。もっとも黒船は駿河湾より相模湾を狙っているらしく、茅ケ崎から平塚へかけての海岸線は、厳重な防壁造りをしているようでげすね」

「アメリカがどこへ上陸するかは、まだよくわからない。存外遠州灘から入って来て、天竜川を境に日本を分断するという公算もあるからね」

「なるほど。さすがに兵法に通じていらっしゃいますな。ところで久保田が来宮に純綿の豆腐があると聞きこんで、それを食べに行きたいと言ってきました。里見弴さんもご一緒だそうです。その豆腐を買っておいて、重箱で湯豆腐をやろうという寸法なんでげすね」

「重箱」の亭主は前にも書いたように、久保田万太郎とは浅草の小学校以来の同級生であるから、誰れの前でも、「久保田、久保田」と呼び捨てにしている。

　この豆腐屋というのが、私の住む新熱海荘の門を出て、すぐ前のところにあった。朝ッぱら四時半というのに、店を開ける。またたく間に一日分の豆腐が売切れてしまう。そのことは知っていたが、生来の寝坊だし、それほど豆腐を食べたいとも思わないので、私は話に聞くだけだった。そう言えば里見弴も豆腐は大の好物で、みんな江戸ッ子だから、湯豆腐でいっぱい呑むのが極上の御馳走に違いない。それでわざわざ、東京や鎌倉から、「重箱」へ豆腐を食べに来ることになったのだろう。

今にして思うと不思議なのは、空襲騒ぎの最中でも、「重箱」では九州の柳川の鰻を食べさせていた。味醂は静岡の先の焼津から五升壜二つほど、リュックに背負って買出しにゆき、ついに終戦まで味醂を絶やさなかった。それを大切にして、空襲警報の鳴るたびに、防空壕にしまい、警報が解除されると、また運び出し、一日に二度でも三度でもくり返していた。そんなにしてまで、うまい鰻を食べさせてくれたのに、最近では柳川からのルートもなくなり、熱海の「重箱」は長いこと休業のやむなきに至っている。あの戦争中に食べられたものが、何んでもある当世、食べられなくなったというのは腑に落ちない。

戦争はいつ果てるか、見通しはつかなかったが、海軍も陸軍も、寸断寸断《ずたずた》になっていたようであった。

そういうある日、錦ケ浦のほうから大きな軽気球のような物が、フワリフワリ海上を飛んで真《ま》鶴《な》岬《づる》のほうへ向った。私は例の涼廊で「悉皆屋康吉」のゲラ直しをしていたが、その怪物のような風船は工博八木秀次という人の発明による風船爆弾であり、それが太平洋を横断してアメリカまで行き、その上空で炸裂するという荒唐無稽なアイディアによるものだった。

ところが熱海の海上を飛んだだけで、それでも伊豆山から門川《もんがわ》海岸辺までは行ったのだろうか、そこでクルリと方向転換して、熱海のほうへ戻って来てしまった。埋立地の防波堤にぶつかるかと思うほど低空を飛んで来たが、わずかのところで、堤防をスレスレに越え、玉の井本館の二階三階の座敷へぶつかると同時に、一瞬にして火柱となり、あれで二十分位は燃えていたであろうか。たちまち灰燼に帰してしまった。

そのため三階で洗濯物をたたんでいた女中が三人ほど、焼死した。が、幸いそこだけで火事はおさまり、軒を並べた海岸通りの旅館を類焼するには至らなかった。

私はこれを目撃したので、日本の好戦的科学者の頭脳がいかに支離滅裂であるかを知って、茫然とした。

巷間の噂ではこの大風船は戦後メモリアル・ホールとなった両国国技館で糊付けなどが行われていたのだそうだ。そういうバカバカしい新発明を、誰れ一人批判する能力も失われていたのである。

こういう恥しいことでも、書いておく必要があると思う。当時の日本はその程度の知識力で、世界を相手に戦争を挑んでいたのであるが、今日の知識力もそれほど変ってはいないのではないか。日本人は日本の能力を正しく知らないし知ろうともしない。調子に乗って、エコノミック・アニマルの本領を発揮し、それがオイル・ショックで不況に喘ぐ。風船爆弾とどこか似ている。私は

谷崎潤一郎が松子夫人と共に、津山へ再疎開したのは、昭和二十年五月のことであった。三日にあげず会っていたので、この日の別れは寂しくもあれば熱海駅の歩廊まで送って行った。

悲しくもあった。生き形見に、二代目左團次が舞台で締めた革の独鈷《とつこ》のある角帯を貰った。

車中の谷崎は口をへの字に曲げて、いかにも緊張した面持ちだった。熱海から津山までは相当乗りでがある。汽車は鮨詰めで通路にも坐り込んでいる乗客があったから、便所へ行くにもさぞ難儀だろうと思われた。「熱海ではもう書けない」というのが再疎開の理由であった。爆弾は桃山のゴルフ場へ一つ落ちたきり、その後は特に被害もなかったが、毎晩のようにB29の編隊がやって来て、その度に空襲警報は鳴り、警防団や隣組が騒ぎ立てるので、谷崎としては執筆不能と判断したに違いない。

あの空襲のドサクサ騒ぎの間でも、谷崎は執筆を中止しようとは思わなかった。最後まで書くつもりで、より安全と考える執筆場所を求めて、熱海から離れて行った。そこに私は谷崎潤一郎の律気振りを感じた。そう思った途端、私は佐藤春夫の「潤一郎・人及び芸術」を思い出した。

僕の目には彼は半身が天才で半身が山師であるやうに見えた。それといふのも彼が余りに巧く世に迎へられるのを見たからであらう。さうして余りにケバ〳〵しい、為めに外側に対してのみギラ〳〵と反射し、その割合に真底からその光が発してゐるかどうかを疑はせるやうな潤一郎の作品を一種山師的なものに見ることは必ずしも一儕輩《さいはい》の嫉視ばかりではないかも知れぬ。(中略)彼も亦、根は江戸ッ子であつて吾々田舎者のやうな根強さと野暮とを持合してゐない。(中略)然も根が正直だからそれを隠してゐるわけにも行かず思ひ切つて悪人

がるのであるかも知れぬ。（中略）

僕は潤一郎を単に偽悪家と呼びその悪魔主義をほんの彼の思想上の装飾的要素位にしか受け取らないのは、私生活に於ける彼の寧ろ徳望者に近いやうな生活態度と、また彼の芸術そのものゝ中の悪魔的要素なるものが余りに空疎なのを痛感するが為めである。

（昭和三年『文藝一夕話』）

七　谷崎精二の負い目

終戦となって私が潤一郎に再会したのは、彼が岡山県勝山から京都へ戻って、潺湲亭《せんかん》に住んでいた頃である。その家には犬が繋いであったが、犬嫌いの私は恐ろしくて門を入れなかった。松子夫人が出てきて、

「この犬は不思議に吠えないから大丈夫ですよ」

と言ったのを覚えている。

潤一郎とは敗戦の喜びを語り合った。

「日本は負けてよかった。もし戦争がスポーツなら、ぼくも日本人だから、日本が負ければ、悄《しょ》気《げ》返ってしまうでしょうが、戦争は破壊以外の何物でもないのだから、日本が敗けて破壊が終っ

たということは軍人や役人は別としても、弱者である庶民はこんなハッピネスはほかにないでしょう」

と私は言った。潤一郎にも異議はなかった。

「敗けなかったら大変だ。こうしてまた会うことはできなかったでしょう。岡山は広島に近いから、あの原子爆弾にはどんな強がりでも、降参するほかないのを、しみじみ思った」

とかく湿りがちだった熱海時代に引換え、この夜の食卓は楽しく明るく、話題も弾んだ。潤一郎の酒量は以前より大分増しているように思われた。

次に会ったのは熱海の上天神町の山王ホテル敷地内の別館であった。占領統制のつづく時代で終戦直後の解放の喜びは、今や電力の制限や物資の統制が猛烈となって、決して楽しい時代ではなくなっていた。

潤一郎とよもやま話をしているところへ、一人の来客があった。

「武智鉄二君です」

と潤一郎が紹介した。武智の用件は、潤一郎の和歌集「都わすれの記」の中から、富山清琴の箏曲のために歌詩を数首選んでくれというものであった。その話といっしょに、花友会という邦楽鑑賞会が吉田幸三郎の主宰で、多摩川の「国光苑」(田中啓文の邸内)で戦後最初の演奏会をもつことになり、小靭太夫と清六のアンサンブルによる絶品の浄瑠璃「阿古屋」の琴責めや、小三郎、六次、伊十郎たちの長唄が久し振りに聞けるという朗報を聞いたのもこの時である。武智鉄二がその幹事役をつとめていたのであった。

この別館で私が忘れられないのは、玄関のガラス戸が間口六尺の引違いで、そこにネジが一つ附いている。どんな時でも、それを固く締め、約束以外の来客は、所謂玄関払いだった。武智にしても私にしても、潤一郎に会うためには、前の日に予め電話で約束しておかなければならなかった。

ある日、予定外の訪客があった。松子夫人が手の離せない用事をしていたので、谷崎が式台の上に立った。

「どなた?」

「精二です」

「精二か。今日は会えない」

その言い方が、まことに無愛想な声音であった。実の弟精二でさえ、予約なしには会えないどころか、鍵も開けては貰えないのである。

精二がそれに腹を立てた様子が、私には目に見えるようであった。こういう点で谷崎家には華やかな文壇生活のわりに、陰湿で明朗を欠くところがあったのである。一口に言えば潤一郎と精二はシックリいかなかったようである。いやそれどころか、肉親の反撥から、むしろ敵意をかもし出していたかのようである。

悄然と去って行く精二を私はどうすることも出来なかった。

「せっかくいらっしゃったんだから、お上げになったらどうですか。私の話はいつでもいいんです」

と言って、精二を取りなすわけにはゆかなかった。そんなことを言ったら、潤一郎はますます不機嫌になるだけである。言葉を換えると、潤一郎は「細雪」（上・中・下）を完結するためには、彼と松子夫人以外の者はことごとく邪魔だったのだろう。

戦争中少し下火になった谷崎の文名は、戦後また、火の手を盛り返していた。谷崎にとっては、一心不乱に書くだけで満足出来るのであり、係累とか友人とか自称門弟とかは、ただただ小うるさい存在であったに過ぎない。

この個所で、書いていいかどうか、ちょっと迷ったが、昭和四十年七月三十日湯河原の新しい家で、潤一郎が生涯を閉じた時のことである。

遺体が納棺された。

その顔は実に和やかないい顔だった。棺の囲いには精二と松子、それと私達夫婦とが並んだ。ほかにも二、三人いたが、誰れであったかは失念した。

その時であった。

精二が突然、

「兄貴は死んでまで、意地のわるい顔をしてぼくを睨みつけている」

と言った。その刹那、松子夫人が貧血を起して、私のほうへ倒れかかった。

私は戦争直後の山王ホテルで、潤一郎に閉め出しをくい、悄然として立去った精二を思い出した。ああいうことは精二にとって一度や二度ではあるまい。おそらく一生を通じて、潤一郎と精二の間には、怨念に近い冷戦が交わされ、ついに終生和解できなかったのであろう。精二にとって潤一郎は、どんな時でも尊大にしか見えなかったであろう。二人は血を分けた兄弟だが、その文名は比較にならない。潤一郎は弟が自分を傲慢無礼と思っているだろうという負い目から抜けられず、精二は精二で一生兄に鼻であしらわれていると思ったに違いない。

——松子夫人はすぐ気を取直した。その時はもう葬儀屋が棺桶の蓋を閉め、釘を石で叩いていた。私自身も五人兄弟の長兄であり、私が死んで納棺された時、兄弟たちにこんな風に言われる危惧はないだろうかと思うと慄然とした。

その後間もなく、菊池寛が急死した。（昭和二十三年三月六日）葬儀が文京区護国寺で執行されるのにつき、谷崎潤一郎に弔辞を読んで貰いたいという交渉のため、私はまた熱海へ出かけた。しかし潤一郎は承諾しない。

「弔辞だけは勘弁してくれ給え」

と言うのである。葬儀の執行部には、久米正雄、永田雅一、川口松太郎、船田中《なか》、川端康成、佐佐木茂索《もさく》、山本有三などがいて、谷崎の返事が「否」であれば、私の折衝がまずかったとして、いやな顔をされるにきまっている。

それを思うと、私も少ししつこくねばらなければならなかった。

潤一郎も言い出したらあとへ引かない人らしい。いっかな頭《かぶり》をたてに振らない。

その結果、

「それじゃあこうしよう。弔辞は読まないが、お詣りだけはする。ぼくも菊池寛君には、ちょっと世話になったことがある。それを恩に着ている。焼香だけはしないと気がすまない」

「ではそういうことに……」

私もそれで手を打つほかはなかった。その晩、私の定宿の「うろこや」から菊池邸へ電話をかけ、久米さんを呼び出して諒解を得た。

告別式の日、東京駅から護国寺まで私のダットサンで潤一郎を運んだ。これは余談だが、この車が問題を撒いたダットサンである。一九三七年型で絶えず故障ばかりしていた。戦争中は菊池寛が乗り廻していた車で、戦後、内張りを張りかえ、私が京都新聞に連載した「田之助紅《べに》」を大映が映画化するに当り、この車を原作料の代りにやろうという菊池と永田の相談に由ったものである。所謂ポンコツであったが、菊池と永田にはシナリオライターの舎弟や、のちに大映の重役になった養子が世話になっているので文句が言えず、おとなしく貰ったのはいいが、

「作家のくせに自動車を乗り廻す」

とさんざんに叩かれた。もっとも当時の東京は輪タク時代で、進駐軍以外は自動車に乗れなかった頃であるから、このダットサンにも文壇人は嫉妬の目を向けたのであろう。それから間もな

く、作家たちはみな車を持ちだした。或いは子供が欲しがるからという名目で、高級車を買い入れた。十年もしないうちに、東京都内はマイカーで充満してしまった。東京どころか、日本中がそうだった。

そういう曰くつきのダットサンに、谷崎潤一郎を乗せ、私は助手台に坐って、皇居前から九段、飯田橋、江戸川橋というコースで護国寺へ着くと、車を降りる潤一郎はフラッシュを浴びた。

谷崎が菊池に世話になったという一件は、少し書きにくいことなのだが、千代子夫人と松子夫人の間にはさまる古川丁未子《とみこ》のことである。彼女は菊池寛のもと女秘書で、谷崎が千代子と別れて間もなく、昭和六年四月に結婚し、五月に高野山龍泉院内の泰雲院に九月まで滞在したが、その翌年十二月に別居し、さらに翌八年五月に事実上離婚、九月十日にその手続を完了した。二人の離婚に菊池寛がどの程度介在したか知る由もないが、菊池の霊に合掌する谷崎の胸中には、複雑なものがあったであろうと想像される。が、潤一郎が「菊池君にはちょっと恩に着ていることがある」とほのめかした一語にすべてが含蓄されていると思う。

「少将滋幹《しげもと》の母」が毎日新聞に連載されたのは、昭和二十四年十二月からである。「細雪」(上・中・下)完結から、約一年を経過しているだけで、矢継早やに書かれたものである。挿絵は小倉遊亀《ゆき》が筆を執った。新聞の担当は野村尚吾で、彼の『伝記　谷崎潤一郎』に次の如くある。

下鴨の家に移ったころから、『少将滋幹の母』の執筆にかかった。発表は全部書き終えたのちの十二月から、「毎日新聞」に掲載された。

この小説は、色好みで知られた平中《へいじゆう》の滑稽な失敗談から始まり、平中の知り人である藤原国経の若く美しい妻を、時めく藤原時平《しへい》に奪われるところから、事件が発展しだすようになっている。

作中に「滋幹の母」によって、この物語が書かれたようになっているが、もちろん架空の書である。国文学者玉井幸助の考証によると、二十二の古典がこの作品の基盤になっているという。そのほかにも、若い妻を時平に拉致された老いた国経が、夜半鴨の河原で不浄観を行ずる傑出した場面のために、坂本の薬王院の山口光円大僧正のもとへ天台教学の指導を受けに行ったことは、今東光の『小説　谷崎潤一郎』に出ている。

『少将滋幹の母』は発表当時から、概して好評であった。

この評伝は労作だが、もともと野村尚吾の感性は谷崎文学と肌の合わないところがあり、忌憚なく言えば、ミスキャストであることも免れない。

谷崎は文学のほかに、芝居や舞踊や映画を愛し、舞台俳優や映画俳優とも浅くない交際をもった。

「少将滋幹の母」は「東をどり」で新橋の名妓まり千代が時平に扮し、小くにの北の方を国経から奪ってゆく花道の引っ込みは圧巻とされた。

八　雪後庵のこと

昭和二十四年十月号「中央公論　文藝特集号」に、「藤壺」と題する一篇が出た。これは終戦前に刊行された所謂谷崎源氏の中で、弾圧を受け、執筆不能におちた部分のはじめての公開であり、それまで心ならずも削除本に依っていた私どもは、渇者の水を得たような思いで、この部分をむさぼり読んだ。潤一郎はその前書きに次のように記している。

往年私は源氏を飜訳した時に、軍部の怒りを買ひさうな部分はところ〴〵歪曲したり省略したりしたのであるが、或る一個所を最も多く纏めて削除したのは、左に掲ぐる「賢木《さかき》」の巻の、原稿用紙にして十枚程の文章で、湖月抄の原文で云へば「もどき聞ゆるやうもありなんかし」の次、「かやうのことにつけても……」から「……いとゞしき世に、うき名さへもりいでなん」までの所、私の訳文で云へば、第四巻一一九頁第一行から第三行、「中宮は、……覚つかなうお思ひになるのであつたが、」と云ふ風に省略してある所に、此の文章が当て嵌まる。茲《ここ》に掲ぐるものは飜訳の第一稿で、生硬な字句だの誤訳だのがなきを保し難いが、推敲してゐる暇がないので、兎も角も此のまゝ載せることにした。（作者記）

光君と藤壺中宮との密通は、源氏物語のバック・ボーンを成している。これを削除されては、物語は中心を失ってバラバラの印象しか残らない。読みたいものが読めないという国民の不幸を、戦前の官憲は何の躊躇も反省もなしに強行したのであった。

光君と藤壺との接近は、彼が元服前の少年期からはじまっている。この藤壺が光の実母桐壺に瓜二つという設定から、この物語の底辺に母子相姦が秘められているとみる考え方もあり得る。しかし桐壺が死んだのは、光が三才の時で、母の面影を知る由もない。祖母が死んだ時は六才だったから、これは見覚えがあると作者は断っている。藤壺は入内してからの名前で、先帝《せんだい》の四の君のことだ。四の君が亡くなった桐壺更衣にそっくりだという話を、源典侍《げんのないしのすけ》から聞いて、桐壺帝が心を動かす。おそらく御所一帯に評判になった噂だから、光もそれを聞いて藤壺にあこがれる。姦通の罪はここに胚胎しているが、母子相姦とはニュアンスが違っている。ごく自然に燃えだした恋慕の闇で、最初の濡れ場は書いていないが、やがて中宮が懐胎しそれを入浴の際王命婦《おうのみょうぶ》に見つけられる。この物語には数々のラブシーンが書かれているが、藤壺懐胎から出産までの部分は、源氏物語の白眉といっていい。この部分に大きな鉈《なた》が揮われたのであるから、国文学研究家は勿論、この古典を文化財とする日本人にとってははなはだ大きな損害であった。にもかかわらず戦前の識者は、これに抗議ができなかった。というより皆おとなしく控えていた。天皇制に対する不敬罪の前に、如何ともし難かったのである。

それはまあ是非もないとしても、終戦直後内務省が解体し検閲制度が廃止されるに及んで、潤一郎は右の如く、早速「藤壺」の部分を公表したのだが、国文学者の多くは、戦争前の弾圧をともなく忘れ去っているようにみえるのは、そもそもどういうわけだろうか。

検閲制度は既にない。既にないものを告発するのは、死者に鞭討つとでも思っているのだろうか。ところが歴史はまた循環しはじめないとは限らない。この国にはまだ戦争魔や死の商人も少なくはないのだから、憲法を改変して、検閲制度を復活する危険が絶無とは思われない。国文学者が少々何か言ったとしても、そういう時期がくれば、再び官憲の干渉が始まる。藤壺懐胎の部分が黒々と塗りこめられることは必然だから、黙っているにこしたことはないとでも考えているのだろうか。戦前からの国文学者が沈黙する限り、戦後の教育機関では、内務省警保局の横暴な斧鉞《ふえつ》に関しては、あたかも健忘症にあるごとく素通りしてしまっている。あの僭越《せんえつ》な検閲制度を復活させないためには、くり返し力説して、後進の人たちに強い印象を残しておく必要があるのではないか。

――潤一郎が戦後この物語の口語訳に着手したのは、この藤壺の部分を組込むだけでも有意義であった。改訳は昭和二十六年五月に第一巻を刊行し、三年強の歳月を要して二十九年十二月に完成した。

これによってさらに発行部数を増大し、源氏物語ブームを出現させたのであるが、その代価として潤一郎は高血圧症に苦しむこととなった。

昭和二十五年三月に谷崎一家は熱海市仲田五〇八番地に一軒の家を購入した。これに「雪後庵」と命名した。

新橋「東をどり」で、「少将滋幹の母」の舞踊化が研究され、私に脚色の依頼があった。当時の組合頭取は篠原治《はる》という古曲の名手で、政界では吉田茂、役者では六代目尾上菊五郎と親交があった。篠原は私に脚色を依頼したついでに、

「本来はあたしが行くところだけれど、もしついでがあったら、谷崎先生に原作料はどうしたらいいいか、聞いといて頂戴な」

と頼んだ。篠原は芸道ばかりでなく、常識を備えた才女の一人であったが、芝居とか舞踊とかいうものの諸経費のうち、作者に払う文芸費だけは出来るだけ安く値切ろうとするわが国一般の風潮に背く例外ではなかった。一万円でも安いがいいにきまっている。内心私は脚色者に奥役《おくやく》を頼むとは怪しからんと思いながら、これも所謂「袖触れあうも他生の縁」だろうと諦めて、久し振りに熱海を訪問した。

雪後庵は来宮駅を降り、「うろこや」別館の「お伽荘」の角を右折して急勾配の坂を降りる。半分以上降りたところでまた右折すると雪後庵があった。それほど大きな家ではなく、京都の潺湲亭のほうが構えは立派だった。が、ちょうど鉱力屋《ぶりき》が入っていて、雨樋を全部銅《あかがね》に取代えているところだった。

「今日は菊村（篠原の屋号）に頼まれて来たんですが、承諾を戴いている少将滋幹の母の原作料について内意を伺ってくれというんです」

もっとも顔を合せてすぐ切り出したわけではない。死んだ六代目菊五郎の話や歌舞伎とか文楽とかの話を散々したあとのことである。潤一郎はちょっと思案してから、

「菊五郎の舞台衣裳でも貰おうかな」

と言った。私はちょっと意外な気がしたが、思付きだとも思った。

「衣裳というと色々ありますが、何がいいでしょうか」

「娘道成寺の道行の衣裳もいいが、船弁慶の静御前のはどうだろう」

「それでよろしければ、寺島未亡人に話してみましょう」

もっと長い対話があったが、結論はそこに一決した。帰りの湘南電車に乗ってから考えたが、篠原治の策略は図に当り、「東をどり」は「少将滋幹の母」の原作料を、六代目菊五郎の舞台衣裳ですませることになったのである。大先輩の潤一郎は後輩の私が遣いに来た以上、高い原作料を支払えとは言い難かったのだろう。私はなにか悪いことをしたような思いで気が咎めた。

これに反して、篠原治は大喜びで、早速寺島千代に交渉し、静御前の衣裳を雪後庵に届けたものらしい。

それから十日ほどして熱海から電話があり、谷崎自身の声で、

「ありがとう。六代目の衣裳はたしかに受け取りました。ただ二つほど注文がある。静御前は持

道具に中啓《ちゅうけい》がある。それと衣裳箱に梅幸の箱書が欲しい。それを書いて貰ってくれ給え」とのことだった。この注文には「東をどり」も寺島家も異議をはさむことはできなかった。直ちにその通りに箱書が書かれ、中啓が添えられた。この演目は杵屋六左衛門の作曲、故尾上菊之丞の振付、小倉遊亀の舞台装置で好評を博し、「東をどり」のピークを示す盛況となった。

その後この原作及び脚色は市川寿海によってしばしば上演されたが、「東をどり」でも八年後再演された時、潤一郎は次のように書いている。

「少将滋幹の母」が今度八九年振りに東をどりで再演されることになつた。今度もまた脚色は舟橋君を煩はしたが、前回の時とことさら趣を変へ、違つた味が出るやうに苦心してある。いつたいこの作品は、原作者としても好きな小説の一つで、今でも折々読み返すことがあるのだが、而もこれがかう云ふ風にたび〳〵各所で演劇化されるのを見るのは大変うれしい。菊村さんの自慢話に依ると、かう云ふ王朝時代の新作物を戦後始めて舞台にかける勇気を示したのは東をどりださうで、東をどりに於ける「少将滋幹の母」初演の成功を見てから、漸くこの種のものが安心して歌舞伎化される風潮を来たしたのであると云ふ。して見ると、この作品が東をどりに負ふところも少なくないと云ふべきである。

なお、この衣裳については後日談がある。些か私事に亙るが、谷崎逝去ののち、形見分けとして箱入りの衣裳及び中啓を頂戴したのであるが、その時の条件に、二年か三年に一度この衣裳を飾って、谷崎と共通の友人と共に追悼の集いをしたいとのことであった。私も松子夫人の意に従って、虫干しがわりにそんなミーティングをやってみたが、そのうち私は目を悪くして、今は沙汰止みになっている。

九　高血圧症

さしも愛好の雪後庵も、時代の波に追いつめられると、住みいいところではなくなった。福道の坂に十国峠行の大きなバスが騒音を轟かし、隣に松竹の寮ができて、毎晩三味線や歌声が谷崎の静居をいたたまれぬものにしたのが原因だった。

そこで一時前の山王ホテル別館へ仮寓した。この一時期はとくにこれという創作活動もなく、高血圧症との闘病に明暮れた。が、「細雪」の売行きは盛んだし、谷崎源氏も幾度かの改変で発行部数を増大した。従って経済的には、谷崎の一生中もっとも気楽な時代であったと思う。「少将滋幹の母」がきっかけで、「東をどり」ではしきりに谷崎物を上演した。篠原治は潤一郎に心酔するかの観があった。

「盲目物語」（昭和二十七年十一月）や「母を恋ふる記」（昭和三十二年十一月）などがそれで、

殊に後者は武智鉄二の脚色ならびに演出が好評を博した。
その頃、潤一郎は高血圧症が悪化していた。そもそも最初の異常は、京都在住時代で、阪大の布施博士の特殊療法を受けて、小康を得ていたのが、昭和二十七年春には、私などの耳にまで聞えてくるほどのピンチに襲われていた。詳細を叙する余白がないので、「高血圧症の思い出」の中から、要点だけを抄記してみる。

私たちは朝の「いでゆ」で熱海を立ち、十時半頃新橋で下車したのであるが、停車する二三分前、棚のスーツケースを卸さうとして立ち上つた私は、ふと、身体に或る異常な事態が生じたのを覚えた。別段痛いとか苦しいとか胸が痞《つか》へるとか云ふのではないが、咄嗟に感じたことは、左の脚より右の脚の方が少し長くなつた気持、――そして何かたゞならぬ状態に全身が襲はれてゐる気持、――であつた。私はそれを感じながら棚の荷物を取り、妻と並んでホームを降り、迎ひの車に乗つて一旦虎の門の旅館福田家に行き、二階の部屋で一と休みした。(夫人は演舞場行きを止めたが潤一郎は押し切って出かけることにした)演舞場では眼は舞台に注がれながら、実際は何も見てゐなかつた。菊村さんが誘ひに来て新橋倶楽部へ昼の食事を取りに行つた時が一番辛かつたが、菊村さんには何も話さず、強ひて平静を装ひ通した。演舞場の前から銀座の方へ数町歩いてタキシーを拾つた。かう云ふ時に迎ひの車を呼ばないで、わざと町を歩いたりする心理は不思議であるが、「己はこの通り歩けるのだ」

と云ふことを確かめてみたい気持であつた。だが又一方、さう云ふ痩せ我慢をしてゐることから生ずる不安も募りつゝあつた。（その日は福田家ですぐ仰臥し、夫人の甥の外科医を呼んで血圧を計ると、二百四十にも達していた。そのまま九日間、福田家の一室を借りて病室とした）「叔父さん、くれ〴〵も絶対安静ですよ、便所になんぞ立つて行つてはいけませんよ」と、甥もさう云ひ置いて帰つたが、私は臥たまゝ用を足す気にならず、廊下一つを隔てた厠へ歩いて行つたことを覚えてゐる。新橋から「いでゆ」に乗車、四時半熱海到着。途中格別のことはなかつたが、電車を降りて自動車に乗り降りする時に、自分の足の下の地面が奇妙にすッすッと後方へ走り去る感じ、――ちやうど電車の窓から駛走《しそう》する地面を見おろす時のあの感じ、――がした。そしてこの感じは、その後も自動車に乗つたり町を歩いたりする毎に感ぜられて、暫く続いた。

私見をはさめば、松子、潤一郎の夫婦関係は、彼の高血圧症発病頃から著しく変化したように察しられた。

それまでの夫妻は、妻を崇める夫というフォームを夫妻ともに許していたと思う。潤一郎は初期以来の女性崇拝の姿勢を崩さず、殊に松子夫人との結婚生活は、松子を主人とし、自分を下僕とするはなはだ非常識的なるものであったが、これは随筆「初昔」と「雪後庵夜話」とを読めば明白である。

しかるに潤一郎が高血圧に倒れるや、主従は逆転せざるを得なかった。要するに病気のために、普通の常識的な夫婦関係とならざるを得なかったのである。それまでの松子夫人に対する潤一郎の思慕は、第三者の伺い知るところではなかったにせよ、いかにも大事な大事な奥様で、恰も人形のようにかわいがったり、わが守り本尊と崇めていたかの観があった。

それが突然の発作で、仰臥の身となると、今度は潤一郎のほうが夫人や家人に崇め奉られなければならぬ存在となったのである。

遠慮なく書かせて貰えば、先妻千代子夫人は世話好きで、面倒見のいい奥さんであった。これに反して、松子夫人はしとやかで、おっとり構えている風であった。そしてどっちが潤一郎好みかというと、松子夫人に軍配をあげざるを得ない。そのかわり千代子夫人のほうは佐藤春夫の妻として、まことにピッタリするよき伴侶となることができた。が、今も言う通り、発病後の谷崎に対して、松子夫人はもはや人形ではいられなくなった。潤一郎のために、高血圧症の知識を求め、入手困難な降圧剤を探し廻らねばならない。それでも美人であることに変りはないのだが、なにがなし、ナリフリ構わぬところが出てきた。彼女とすれば何をおいても、潤一郎の病気を快方に導く必要があったからである。

はやく言えば、病の床についた病人というものは、それ自体横暴な存在である。家族総がかりで、潤一郎を一日も早く快癒させることが谷崎家を支えるモラルとなったのである。

とにかく松子夫人の丹精の功あって、谷崎の病気は薄紙を剝がすように、いくらかずつよくなってきた。言葉を換えると、松子夫人の潤一郎に対する使命感は逆転したのであって、そうなってからの夫婦の形のほうが、常識的だったとすれば、以前のは変態的あるいは倒錯的と評されても止むを得ないのではないかと思う。

前に書いた熱海西山での爆弾投下の際も、潤一郎は真ッ青になったが松子夫人は落着いたものであった。

戦後、神田のある町に闇の中国料理があるというので、私が御馳走になった時の話だが、谷崎夫妻は日交のタクシーに乗り、私はその背後から例のダットサンで蹤いていった。やがてその闇料理屋へ上り、乾杯した瞬間、タクシーの中に潤一郎が日記原稿と金二万円の入っている手提鞄を置き忘れてきたというのである。谷崎は顔面蒼白となり、周章狼狽、その座敷をグルグルグルグル廻り出した。どうしていいかわからんという困惑の態だった。ところが松子夫人は坐ったまま、顔色ひとつ変えない。が、倖いにも私の車の運転手がタクシーのナンバーを記憶していたので、日交本社へすぐに電話をかけると、その手提鞄は本社に預ってあるという返事で、一同はホッとした。こんなたわいない茶飯事のなかにも、松子、潤一郎の常識的に言えばあべこべの風情が看取されるのであった。

これはまだ闇屋以外にうまいものの食べられない終戦直後のことで(従って二万円は大金であった)、潤一郎はまだ六十になったばかりの健康体で、松子夫人にひたすらかしづいていた頃である。

その夫婦関係が一変するや、創作の上にも微妙な変化をみせだした。「春琴抄」や「盲目物語」における人物関係が、「鍵」の主人公夫妻に代り、さらに「台所太平記」ともなれば、「瘋癲老人日記」では松子夫人に該当するかにみられる主人公の妻は、「ばあさん」と呼ばれるに至るのである。

十　お国と五平

潤一郎は演劇愛好家でもあった。彼は多くの戯曲を書いたがその中の主なるものをあげれば、「信西」（明治四十四年）、「恋を知る頃」（大正二年）、「春の海辺」（大正三年）、「法成寺物語」（大正四年）、「恐怖時代」（大正五年）、「鶯姫」「十五夜物語」（大正六年）、「愛すればこそ」（大正十年）、「お国と五平」「本牧夜話」（大正十一年）、「白狐の湯」「愛なき人々」（大正十二年）、「無明と愛染」（大正十三年）、「マンドリンを弾く男」（大正十四年）、「白日夢」（大正十五年）などがある。

右のうち、「愛すればこそ」は彼の代表作で、作者一流の悪魔的・変態的三角関係を描いたものだが、官憲の弾圧で上演は禁止された。

潤一郎の戯曲でその上演回数も多く、観客に親しまれたのは「お国と五平」（一幕）である。

初演は大正十一年七月の帝国劇場女優劇であった。谷崎が舞台監督（演出）を買って出ているのは注目される。昭和十年代以後の谷崎しか知らない私は、彼が芝居の幕内に協力し、俳優を指導する面倒義があったのに、舌を巻く。私が知ってからの潤一郎は芝居好きではあったが、病気のせいもあって横着になっており、舞台監督どころか自分の芝居の見物さえ億劫がっていた。

西国の侍遠藤伊織の後家お国と若徒《わかとう》の五平が、淋しい秋の那須野が原の松並木の街道で一休みしているところで幕が開く。お国は夫伊織を池田友之丞に殺されて、その仇討のために五平と共に長い旅路についたのであった。宇都宮の宿ではお国が病みついて二ヵ月も逗留した二日後のことなのだ。折から尺八の音が聞えてくる。あの尺八は以前からお国五平のあとを追いかけてくる不思議な音であった。果して友之丞が現れる。そして告白する。武士でありながら女々しい自分は許婚のお国を伊織に寝取られた口惜しさに殺してしまったのだという。実は熊谷の宿で襖合わせの隣室に寝て、お国五平の恋の契りを聞いてしまった。あれを知っているのは自分だけだから、その秘密の代償に仇討を忘れてくれと頼むが、とど五平に斬られる。友之丞は死に瀕しながら、お国は一度自分にも身をまかせたことがあると口走る。五平がとどめを刺す。お国は友之丞の言葉を気にした。しかし、五平は過ぎたことはいわぬと言った。「そんなら五平、私を末長う可愛がってくれるのかいの」「可愛がらいで何といたしましょう、勿体ないがお前様は私《わし》の妻じゃ」二人は思い入れあって合掌する。

「新演藝」（大正十一年八月号）に「お国と五平」の合評会が掲載されている。出席のメンバーは、伊原青々園、岡鬼太郎、岡田八千代、小山内薫、永井荷風、久保田米齋、久保田万太郎、三宅周太郎、谷崎潤一郎の九人で、内容も面白い。潤一郎が被告に廻り、小山内薫が原告で丁々発止と火花を散らしている。その中で荷風が、

「あの作は君の婦人観なんですか、それとも、草双紙的な詩としての戯曲なんですか」

と言ったり、

「僕の印象としては背景のない時の稽古が一番面白かった。そのときは詩の朗読を聞いているようでした」

などと言っているのが注目を引いた。

お国が河村菊江、五平が坂東寿三郎、友之丞に去年死んだ勘弥の父、守田勘弥が扮した。

この芝居は戦後にも上演されているが、初演を見ている私には、潤一郎の演出が素人ッぽくてほとんど動きのないレーゼ・ドラマになっているにもかかわらず、やはり圧巻で、その塁を摩すものはついに見られない。いまの合評会でも、いろいろイチャモンはつけているが、

「何の彼のと云いながらこれだけの作は一寸ありません。誰も彼もいろんな文句は云っているもののの、結局は皆同感させられているところがたいしたものです。褒められないで悪口を云われながら、遂には誰もが恐入っているらしいのが面白い」

と三宅周太郎が褒めているのである。

潤一郎の演劇論はほかにもあるが、もっとも示唆に富むものとして「饒舌録」（昭和二年）の中の一節をあげておく。これは不世出の名優尾上菊五郎（六代目）と市川猿之助（猿翁）との比較を論じたもので、元気いっぱいの猿翁も、潤一郎にこうした評点をつけられたのは、一生拭うことのできない痛手であったに違いない。

昔孔明と同じ時代に生まれて、いろいろな方面で孔明とよく似てゐながら、而もどの方面でも少しづつ孔明に劣つてゐる周瑜と云ふ男は実に不幸だ。外の時代に生まれれば一流の人物として通つたものを、孔明と云ふ途方トテツもない空前絶後の人物と時を同じうして生まれ合はせて、おまけにタイプが似てゐたのでは、周瑜の身になつたらとても遣り切れなかつたであらうと、芥川君が云つてゐた。

菊五郎と猿之助とは聊《いささ》か孔明と周瑜の感がないであらうか。

私には猿之助も好きな俳優の一人である。その教養、その頭脳、その技量、孰れの点でも申し分はない。ただ気の毒なのは、彼がいろいろの方面で菊五郎に似、而も少しづつ劣つてゐるかに見えることである。彼の容貌は菊五郎は菊五郎タイプであるが、菊五郎ほど整つてゐない。彼の肉体は菊五郎の如く健康で、筋肉が発達してゐるが、菊五郎よりは少しばかり身長が低い。彼も名門の出であるが、菊五郎ほどの累代の名門でない。年齢もほぼ同じであつて、彼の方が僅かに若い。さうして彼も亦、舞踊を得意とし、熱つぽくつて而も繊細な芸風を持ち、新時代に対する一隻眼を備へてゐる。菊五郎がゐなかつたら、彼が菊五郎の地位と人気とを得ることは、必ずしも難事でなからう。彼の出所進退は菊五郎と反対に、松竹を出て独立してみたり、又松竹へ逆戻つたり、キネマに首を突つ込んだりして変幻極まりなく、ひどく無節操に見えるが、それも彼の場合には同情出来る。彼の才幹を以てすれば満々たる野心を抱くのは当然であり、上に菊五郎が居られては功名を急いで焦慮するのも尤もである。二月の歌舞伎の伴内なども、余り人もなげに縦横無尽に遣り過ぎて不評判だつたが、あれも野心の畸形的現はれだとすれば、私は寧ろその点を買いたい。これが劇壇だからいいやうなものの、若し文壇で私が猿之助の地位に置かれ、菊五郎のやうな作家があつたらどうか。下手をマゴつけば気が違つて自殺するかも知れない。思つただけでも竦然とする。

しかし周瑜は自ら孔明に及ばずと知つて浩嘆したのだが、自信の強い猿之助はさう思つてゐないであらう。彼は周瑜よりも勇敢であり、それだけに幸福でもある。

周瑜は孔明に劣つてゐても、悉く孔明に掩はれてしまはずに、後世になれば矢張り周瑜だけの価値は認められてゐる。猿之助たる者さう焦るに及ばない。何と云つても彼に菊五郎ほどの品格がないのは、焦るせゐも確かにあらう。これを要するに猿之助の存在は劇壇に於ける一つの運命悲劇である。(「饒舌録」)

この一文は猿翁にとっては余りに手厳しい批判であったろう。

ところで、潤一郎の文学全域において占める戯曲の重量はどうかというと、それがレーゼ・ドラマという限界をみせていることだけでなく、やはりその戯曲の出来栄えは小説の評価には敵し難いといってよかろう。

谷崎の戯曲について、武智鉄二も、

この作家の場合、戯曲を書く時と、小説を書く際の態度とでは、本質的な差別は、そこにはなかったと考える方がむしろ正しいのではあるまいか。さらに考えれば、どちらかといえば小説よりも軽く見られがちなこの作家の戯曲に対する評価は、戯曲というものの本質への世間一般な、とらわれた基準が存在していて、そのような基準によって、割り出された指数なのではあるまいか。(「文藝」『谷崎潤一郎読本』)

と書いているのには、私も同感だ。

次に「愛すればこそ」については次のような谷崎の談話がある。

「愛すればこそ」は一昨年十二月「改造」へその第一幕を載せ、次の第二幕目、第三幕目をその翌月「中央公論」の新年号に載せたもので、今度左團次(二代目)一座で上演するというのはその大詰、第三幕目なのである。——あれを発表した時、小山内君から話があつて左團次一座で上演する事になつたのだが、警視庁の検閲係から止めたらどうかと言はれ、そのまゝ上演中止になつてゐたものである。「改造」へ載せた序幕は、だら〳〵長くなつてしまひ、題も気に入らないので、中央公論の方は「堕落」といふ題に替へた。（筆者註　これは谷崎が気に入らないのではなくて、官憲がこの題名を好ましからずとしたことの言い換えであると思う。）後に全部まとめて本にした時も、さう大して訂《なほ》しもしなかつたけれども、あの序幕は上演するといはれると作者の僕としても冷汗の出るやうな気がするが、あとの二幕は、あれだけでも纏つてゐるから、上演する時はあの二幕を通して演つて貰ひたいと僕は思つてゐる。併《しか》し、小山内君の説によると、芝居としては序幕が一番見物に受けるかも知れぬ。（中略）警視庁との行きがかり上あんなことになつてゐるため、僕はどうにかしてあれを演つて貰ひたい気がしてゐたが、今度演るのなら、その時検閲が手を入れた脚本で演るのだらう。が、また警視庁の干渉が、少し位のことならばいゝが、あんまりひどいことをやられたら上演を断りたいと思つている。（中略）が、たゞ警視庁では何ういふ考へで上演を中止させたのか知らないが、あの作には別に色情を挑発するところもなし、僕の書いた根本の主意に於ても不道徳の中のものではないつもりである。（「新演藝」大正十二年六月号）

この潤一郎の談話でもわかるように、この頃の警視庁の検閲はまったく支離滅裂で、無辜の作家達に思いもよらぬ受難が襲い来たるのであった。殊に「愛すればこそ」の題名そのものが、その筋の気に入らなかったというのだから噴飯ものである。

大正十年前後は、文壇と劇界の距離が接近していた時代で、菊池、久米、山本（有三）をはじめ、鈴木泉三郎とか関口次郎、金子洋文などがさかんに戯曲を書いていたので、潤一郎も負けず劣らず、戯曲の執筆に励んだ観がある。これに較べると、戦後の文壇と劇界は遠く離れてしまった。もっとも前に掲げた「お国と五平」の合評会でも、谷崎の原稿は三枚四枚と持ってゆかれ、読み返す暇がなかったと言っており、舞台稽古の徹夜で、そのまま初日の幕を開けるという話をしているから、脚本の出来上りが遅いことや、役者の稽古不足は昔も今もいっこうに変らない模様である。

芝居の好きな潤一郎は、私に向って、

「役者と交際のない文士はつまらないね」

そんなことを言ったものだ。そのほか潤一郎から私への手紙は「谷崎潤一郎全集・書簡篇」に載っているが、芝居の話、役者の話が一番多い。

十一　「鍵」論争

昭和二十九年、潤一郎は伊豆山鳴沢の家に引越した。晴れた日には右に天城山、左に真鶴岬、正面に初島、大島の浮ぶ絶景だったが、庭先に河合良成別荘の煙突が突出していたのが玉に瑕であった。

移転当時は例の高血圧症が全恢には至らず、ある日私と対座している間にも、唇と唇の間から白い涎《よだれ》が垂れてくるのを、潤一郎はまるで気がつかなかった。その涎はかなり表面張力があり、唇尻から顎を伝ってしたたり落ちる速度は鈍かった。私はあたかも真珠の玉を連想した。普通なら、掌で拭きとるところであるが、それをしないで、真珠の落ちるにまかせたのを見ると、すでに口辺に麻痺があるのだと思われた。礼儀作法の正しい文豪の末路も近いと思って、私は暗然とした。

この時私は熱海の起雲閣に滞在していたが、翌々日ごろ、伊豆山から電話があって、

「猪のうまいのが入ったから、久し振りに一緒に食べよう。小泉という旅館へ夕方来て下さい」

という招きがあった。小泉というのは新橋の小君という芸者が廃業して、熱海へ旅館を出したことは知っていたが、潤一郎がどうしてこの家を選んだかは今でもわからない。とにかく指定された通り小泉へ行くと、潤一郎夫妻は先に来ていて、早速、猪肉の味噌煮がはじまった。

「猪《しし》はちょっと湯がいたほうがいい」

と講釈を言われた。その晩は一合入りのお調子を三本ほどあけたので、一時は酒も煙草もいけなかったのだから、調子は大分上向きであった。

「鍵」が「中央公論」に発表されたのは、同三十一年のことである。この書き出しに私はまず圧

倒された。主人公夫婦が日記、それも主として閨房に関する秘事を書き、それを互いに盗み見るという設定で始まる。私は潤一郎の過去のすべての作品を凌ぐものとして高い評価をもった。男の日記は片仮名で、女の日記は平仮名である。かつて松子夫人を春琴やお市の方に昇華させた潤一郎は、今度も「鍵」の妻は松子夫人に繋るものであるには相違ないが、しかし前に書いたように、第一回高血圧発作以後の松子夫人は、「春琴抄」時代の箱入妻ではなくなっている。世間普通の中年の世話女房ではないにしても、妻であるとともに看護婦でもあり、家政婦でもある面をみせている。潤一郎はそうした松子夫人の変化や転向に目をつぶり、老いたる夫を苦しめる妻として小説化している。「痴人の愛」のナオミや「蓼喰ふ虫」の美佐子（千代子夫人）のリアリティに較べて、大きな飛躍があり、潤一郎の文学の象徴的な造型にかなりの冒険が試みられていることがわかる。

ところがその反響はあまりに強大であった。「週刊朝日」（四月二十九日号）は「ワイセツと文学の間」と題して「社会人はこう見る」「母親はこう見ている」「文芸評論家はこうみる」というような特集を試みた。その編集の根底には、「鍵」征伐の意図が感じられる。中でも国会でこの作品が問題になり、法務委員会で論議された趣きを臼井吉見が次のように書いている。

国会の法務委員会では、この小説と、この小説の作者を法律でしばろうとして、「芸術院会員タルモノガ、婦人ニ対シカカル行為ヲナシ云々」と演説した代議士さえ現れる始末だったから、ハラハラさせられただけに、この完結は喜ばしい。

そんな愚かな一幕が国会でも演じられたようだ。文壇ではどうだったかというと、毀誉褒貶というよりは非難か沈黙が多かったようである。前に書いたように、「蓼喰ふ虫」以前の谷崎に対しては、文壇は友情的であった。「お国と五平」の合評会でも、谷崎は被告の席で、かなり手びしい批判を受けてはいるが、その反面にあたたかい庇護が感じられた。遠慮なく言えば、「蓼喰ふ虫」の好評以来、文壇人は冷たくなった。「細雪」も戦時下の熱海で、自費出版までした労作であったが、発表当時、正面から取上げて文芸批評したのは辰野隆一人だったと言っていい。潤一郎はそういう空気を特に気にしなかったのであろうか。彼に親炙するところのあった私は、それが面白くなくてたまらなかった。

「あんな三人姉妹にやにさがっているような贅沢小説は真ッ平御免だ。顔にホクロのようなシミがあるとかないとか言っているのは胸がわるくなる」

そんな悪口も聞かされた。が、「鍵」への非難はさらに社会的なものであった。

「細雪」では沈黙がちであった文壇批評家も、「鍵」に対しては勇ましく攻撃の火蓋を切った。その中の代表として亀井勝一郎の一文を掲げてみる。

「鍵」はあまりにも自己陶酔的な、「遊び」のマンネリズムに堕ちた作品のやうに思はれた。

日記はひどく読みにくい。「カタカナ」で書かうとしたところからくる気障つぽさ、陰性的に凝る性格、それはたしかに異常を感じさせる上で効果があるが、作品の進展の上では逆に迫力を弱めてゐるのではなからうか。つまり作者自身の凝り方、その工夫において独善的な印象を私は受けた。逆に妻の方の日記では文章が実にそつけない。男でも書ける文章だ。とくに最終回の日記にはその印象がつよく、女子大卒業の中年の「女史」と言つた感じもうけた。（中略）交互に読んでゆくと、ぎくしやくした感じで、ついてゆけないものがある。（中略）閨房の中で、妻の腹部に眼鏡をおとす趣向なども惜しい気がする。ほんの細部の描写だが、かういふ作品では細部は意外につよい印象を与へる。この場合、眼鏡が適当であつたか入歯が適当であるか、むづかしい問題である。（中略）「鍵」は失敗作だと云はざるをえない。むしろ畸形な作品だと言つたら一層適切だらう。

私はこの亀井の一文を買えない。亀井と私は「文學界」の編集同人として、交際がなかったわけではないが、学生時代にはマルクス・レーニン主義であり、しばらく豊多摩刑務所に在監したのに、転向して出獄してからは、愛国主義者となり、譬えば「愛国百人一首」などに熱中した。戦後はまた形を変えて、「文学と信仰」とか「愛の無常について」とか、宗教的色彩を帯びるに至った。その三転四転を、私は友人として見苦しく思っていた。亀井の批評の中の、「鍵」の主人公が「裸体の妻の腹部に落すものが、眼鏡が適当か、入歯が適当か、むずかしい問題である」

と書いているが、何がむずかしいのか。

所詮谷崎文学と亀井は次元の違ったものであり、谷崎のほうから言えば、

「縁なき衆生は度し難し」

とでも思うほかはなかったろう。まだほかにも「鍵」を猥褻物として攻撃した文壇人は少なくないが、ここでは省略する。現在、ポルノ論議が姦しい折、谷崎の「鍵」に対する当時の批判はまったくの見当違いであったと言えるだろう。昭和三十一年頃、ポルノ小説が一篇でも二篇でも存在していたら、「鍵」の評価は大きく変っていたに違いない。


昭和三十三年、潤一郎が拙宅を訪ねてこられた時は、見違えるほど元気になっていた。その日の思い出の数々を述べることはやはり私事に亙るので省略するが、ただ、

「歯のほうはいかがですか」

と言う私の質問に、

「歯ですか。歯は最近治療が終って、沢庵でも平気ですよ」

と言ったのを、今も記憶している。健啖ぶりも旧に復していた。

それから間もなく、観世栄夫と谷崎恵美子との縁談がもちあがり、ちょうど私は熱海の竹翠という旅館に滞在中だったが、潤一郎自身その宿まで来られて、媒酌の役をやってくれといわれた。私は驚いた。その頃の谷崎をもってすれば、政界財界の実力者の中に適任者はたくさんいたはず

である。それを私に頼むのは、潤一郎の文士気質《かたぎ》といおうか、純粋精神といおうか、とにかくそれを認めなければならないと思った。そのための記者会見は嶋中鵬二立会のもとに拙宅で行い、つづいて結納もわが家でやった。この時、観世銕《てつ》之丞夫妻とは初対面であった。次に明舟町の福田家で両家親類の顔寄せをした時は、潤一郎の右手には黒の手袋が嵌められ、食事も福田家の女中が箸や匙で料理を潤一郎の口へ運ばなければならないほど、不自由な様相を呈していた。伊豆山で見た真珠のような涎の麻痺が完全には癒っていなかったのである。

結婚式は昭和三十五年四月二十二日、東京赤坂のホテル・ニュージャパンで行われた。谷崎夫妻は前日からホテルに投宿し、媒酌人の私たちも別室に宿泊した。

御祝儀次第

一中節

「花の段」　谷崎潤一郎作詞　都一廣（菊村）作曲

立方　川口秀子

唄　都一艶　都一千恵　都一静

三味線　都一中　都一ふじ

地唄「壽」

立方　井上八千代

地唄　富山清琴

かくて式は滞りなく済み、華燭の典の間、参会者をハラハラさせた谷崎も無事だった。それでも万一を恐れて、会場に最も近い廊下に長椅子を用意し、宴会中発作があったら、すぐそこへ運び出すよう用意万端怠りなかった。が、幸い、杞憂にすぎたのである。

この際弁解しておくが、観世・谷崎両家の縁談成立及び結婚式について書くことは、私の自慢のように取られる不安がなくもない。たしかに潤一郎にこの媒酌を頼まれたことは、私にとって身に余る光栄だったかも知れない。そうであっても、それは背ろに隠し、あってもなかったように、涼しい顔をすることが日本文士の平常心であるとする考え方は、今なお文壇に残っている傾向である。野村尚吾はこの媒酌についてはまったく触れていない。

そうなると、将来谷崎の一生を国文学的に追跡する場合、重要な記録性と根本資料を消してしまうことになる。披露宴の余興についても、「花の段」が演奏され、井上八千代が「壽」を舞ったのをその日のプログラムに刷ったのが、手元に所蔵されている人は、極めて少いだろう。幸い私の家にはそれが残っている。そういう意味で、私の表現に白眼をむく連中の顔が見えても、敢えて押し切って書いておく次第である。この後にも、機嫌を悪くされるのを、百も承知で——とはいえ、これでも遠慮しいしいだが、構わず記すことにした。

十二　瘋癲老人日記

「鍵」と「瘋癲老人日記」の間は約四年強だった。「夢の浮橋」や「当世鹿もどき」を書いたが、右手の麻痺はなかなか軽快にはならなかった。高血圧症のほかに狭心症もあり、前立腺肥大もあり、そのための尿毒症もあった。普通人なら寝たきりの病状だろうが、医者から言うと、「心電図がわるいので、前立腺の手術はできない」

というほどになっているのに、谷崎は執筆を続けたばかりでなく、最後の力作となった「瘋癲老人日記」の構想をねっていたに違いない。

第二の雪後庵から、熱海界隈へ一戸を新築しようというので、気分のいい日を選んで、南は伊豆多賀、網代附近を歩き回り、東は湯河原、門川、真鶴辺りまで歩を伸ばして、しきりに物色した。

昭和三十六年十一月から、三十七年五月まで、「中央公論」に発表した「瘋癲老人日記」は病勢悪化と闘いながら、口述筆記によって、筆を進めた。主人公は八十近い老人で、ばあさんと息子と息子の妻との四人暮し。主人公は性不能になっているが、好色心は去りやらず、息子の嫁颯《さつ》子に心を寄せ、せめてその足を舐めたいという慾望にとらわれている。颯子も主人公の気持をよく知っていて、傍若無人に振舞い、ときどき風呂に入りに来る。西洋風呂らしく、防水のカーテンが引かれるので、嫁の全裸はわからない。颯子はそのカーテンの中でシャワーの音を立てたりして、瘋癲老人を挑発する。二人の間にやっと交渉がついて、颯子はカーテンの隙間から足の一部を出し、老人に舐めさせる。若い人妻としてそれが精いっぱいのリベートだと思っている。従ってそれ以上は許さない。しかし瘋癲老人はそれ以上の慾望や憧憬をこの嫁に十分もっており、もし彼に能力が与えられれば、颯子を息子から奪い取り、妻とも別れて、颯子と比翼連理の生活がしたくてたまらないが、齢も齢なら、予後の悪い病気をもっているので、それ以上には進めない。嫁の入浴のたびに足を舐めさせてもらう。それだけで満足しているのである。そのあげく、颯子の足を拓本にとることにする。所謂仏足石の構想である。颯子もこれを承諾して、足の裏に朱墨を塗り、白唐紙の色紙の上に足型をとる。それに基いて仏足石をつくり、老人が往生した時、その石の下に葬って貰うという願望である。

コレダケノ準備ガ整ツタ時、予ハ先ヅ第一ノタンポニ朱ヲ含マセタ。ソレカラ更ニソレヲ以テ第二ノタンポヲ叩キ、朱ヲ薄クシタ。予ハ彼女ノ二ツノ足ヲ二三寸ノ間隔ニ開イテ置キ、右ノ足ノ裏カラ第二ノタンポデ注意深ク叩イテ行ツタ。肌理《きめ》ノ一ツ〳〵ガハツキリト分離サレテ印サレルヤウニ。

盛リ上ツテキル部分カラ土蹈マズニ移ル部分ノ、継ギ目ガナカ〳〵ムヅカシカツタ。予ハ左手ノ運動ガ不自由ノタメ、手ヲ思フヤウニ使フコトガ出来ナイノデ一層困難ヲ極メタ。「絶対ニ着物ニハ附ケナイ、足ノ裏ダケニ塗ル」ト云ツタガ、シバ〳〵失敗シテ足ノ甲ヤネグリジエノ裾ヲ汚シタ。

拓本は二十枚ほどとったが気に入らず、竹翠軒へ電話をかけて追加注文をする。

昭和三十七年六月号「群像」の「創作合評」は、三島由紀夫、福永武彦、花田清輝の三人でこの作品を俎上にしている。三島がこの仏足石の件りは幽玄であると評し、この作品を生理小説ではなくて、抽象小説だと言っているのは注目に値する。

花田清輝は、老人が颯子に三百万円の猫眼石を買ってやったにもかかわらず、娘の五子が二万円都合してくれと言ってきても、まあ考えておこうと言って、颯子にばかり熱をあげているところが面白いような面白くないような口をきいているのは、花田の思想的立場としては是非もなかろう。

私としては、「鍵」よりこの作を上出来とするのは、「瘋癲老人日記」は最後まで病みながらも人生を楽しんでいる。それはほとんど妄想に近い。「鍵」では主人公を殺している。作者と主人公が不即不離に保たれている作品で、主人公を創作上の御都合主義から簡単に殺してしまうのは、私には疑問であるというより、賛成できない。恐らく潤一郎も「鍵」の結末には必ずしも満足せず、そこで姉妹篇のようにもみえる「瘋癲老人日記」に着手したのではあるまいか。前にも一寸ふれたが、かつて春琴やお市に擬せられた松子夫人も「瘋癲老人日記」では「ばあさん」と呼ばれるに至っている。作者は颯子を小説の中心におくためには、宿の妻を「ばあさん」と呼ばなければならなかったのである。潤一郎はこの作で、最愛の人を、心ならずも「ばあさん」と呼んだのかどうか、すでに死後十年を経た泉下の潤一郎以外には知る由もない。

この作品について、私が覚えているのは、何かの用件で谷崎家を訪ねた帰りがけ、駐車場まで松子夫人が送ってきてくれた時に、

「今朝がた、稲村の志賀直哉さんから電話があって、『瘋癲老人日記』は大変面白い。ことに今月発表したところが良かった。口述筆記では大変でしょうがくれぐれもお大事に……そう言って下さいました。涙が出るほどうれしかった。谷崎も実に有難い、病気もどっかへ行ってしまったほどさわやかな気分だと言っておりました」

との話を聞かされた。稲村というのは、伊豆山と湯河原の間にある小さい丘の上の家で、その家の持主は大彦という四ツ折の高級浴衣の製造元で、戦後志賀さんはそこを借りていられた。広津和郎が三日にあげず、志賀さんを訪問していたので、私は彼と一緒に行ったり、独りでも行った。志賀さんは時々私に潤一郎や里見弴の近況を気にして質問されたのを覚えている。潤一郎夫妻が志賀直哉の「瘋癲老人日記」評価に歓喜したことを、私も亦、感動をもって聞かないわけにはゆかなかった。

「瘋癲老人日記」完成直後、潤一郎は熱海ホテルで喜寿の宴を催した。この時代から彼には心境の変化がみられる。昔の谷崎は極端な親類嫌いであり、愛人と二人の孤独な生活に満足を感じて

いたのが、観世栄夫と恵美子さんの間に子供が生れるに及んで、さすがの潤一郎も孫の愛には敵し難かったようだ。ファミリーの喜びを知るようになった。随筆「七十九歳の春」を書いたのは昭和四十年九月号の「中央公論」で、この雑誌が発行されたのは、潤一郎の死後であった。前立腺肥大が悪化し、カテーテルの導尿をやったが、段々それでは追いつかなくなり、泌尿科の名手落合博士の執刀でお茶の水の医科歯科大学に入院することになった前後の趣きが、この一文によく描かれている。湯河原の家が落成し、引越しも終っていた。

入院したのは去年の正月八日であった。舟橋聖一君が体を伸ばして寝られるような大型の自動車を持っていたので、それに乗せて運んでもらった。舟橋夫人がそれに乗って前の晩から湯河原へ来、奥湯河原の旅館（かま田）に一泊して翌朝私を迎えに見え、自分の車に私たち夫婦と井出氏（湯河原の主治医）を乗せ、自分は谷崎家の小さな車に乗り換えて行ってくれたのである。このことに限らず、今度の私の永い病気中を通じて舟橋夫婦の親切は実に至れり尽せりであったので、その友情は永く忘れることが出来ない。

虎ノ門の福田家で初七日の逮夜が行われたとき、この九月号の見本が届けられ、それを霊前にそなえた観世栄夫が私を招いて、

「いま一寸見たんですが、あの絶筆の中に、親爺はあなたのことをちゃんと書いておいてくれま

したよ」

と耳語した。私は胸がいっぱいになった。

そこで少し話は戻るが、医科歯科大学の手術は後から聞くと、普通の前立腺手術でなく、臍の下に穴をあけ、膀胱瘻《ろう》をつくって直接尿を外部へ排出するという落合博士一流の手術によった。この時、東大の上田英雄博士が立会った。麻酔は全身麻酔であった。三月九日退院となって、湯河原の家へ帰ったが、尿道が使いものにならなくなった潤一郎は、さすがに浮世を諦めたか、

「死にたい、死にたい」

を繰り返すようになった。

七十九歳の誕生日に家族と共に祝宴を催したが、その時はシャンペンをいくらか飲んで、その翌日血尿を出し、夕方悪寒におそわれた。たちまち重態となる。井出隆夫医師が泊りこみで治療に当ったが、小康を得たので、その後妻君と共にいったん湯河原温泉場へ帰るべく谷崎家を出て途中まで行った頃、潤一郎は突然、酸素吸入器の吸口を最後の生命力で撥ねのけたのと同時に息を引き取った。井出医師は自分の医院へ到着するなり、急を知って直ちにユーターンしたが、潤一郎には最早や蘇生の術がなかった。思えば阪大の布施医師以来の長い闘病生活の断続であり、刀折れ矢尽きての臨終であった。後悔先に立たずだが、西山の家も第一、第二の雪後庵も湯河原の新居も、みな坂の上かその中腹に位していて、それが循環器障害の病人にとっては積りに積った負担だったと思われる。

十三　リベラリティ

「瘋癲老人日記」の中に

「今日己ハ死ヌンヂャナイカナ」ト、日ニ二三度ハ考ヘル。ソレハ必ズシモ恐怖ヲ伴ハナイ。若イ時ハ非常ナ恐怖感を伴ツタガ、今デハソレガ幾分楽シクサヘアル。ソノ代リ、自分ノ死ヌ時ヤ死後ノ光景ヲ微ニ入リ細ニ亙ツテ空想スル。告別式ハ青山斎場ナドヘ持ツテ行カナイデ、コノ家ノ庭ニ面シタ十畳ノ間ニ棺ヲ安置スル。サウスレバ会葬者ハ表門カラ中門ヲ通ツテ飛石伝ヒニ焼香ニ来ルノニ便利デアル。笙篳篥《しやうひちりき》ノヤウナモノヲ鳴ラサレルノハ迷惑ダケレドモ、誰カ一人、富山清琴ノヤウナ人ニ「残月」ヲ弾イテ貰フ。

磯辺ノ松ニ葉隠レテ、沖ノ方ヘト入ル月ノ

光ヤ夢ノ世ヲ早ウ、覚メテ真如ノ明ラケキ、月ノ都ニ住ムヤラン。……ト、清琴ノ声デ唄ツテヰルノガ聞エテ来ルヤウナ。モウ死ンデヰル筈ダガ、死ンデモ聞エテ来ルヤウナ気ガスル。

これは小説の中の場所を借りた遺言のようなものである。にもかかわらず、葬儀は谷崎の意に反して青山斎場で執行されてしまった。谷崎のような個性の強い作家でも、死んで無機物となってしまえば、一切を葬儀関係者に任せるほかはないのだ。もっとも松子夫人も、そのことは気になっていたと見えて、九月九日、三十五日と四十九日を兼ねた法要が上野寛永寺で行われた時、富山清琴の地唄「残月」と井上八千代の京舞「花散里」が仏前で回向された。

かくて文豪谷崎潤一郎の一生は色彩豊かな一大絵巻を見るような絢爛な雰囲気に取り巻かれて、贅沢三昧な毎日をおくったように、一般には見られている。たしかに食事にしても、衣類にしても、粗まつものは好まなかった。東京でも、赤坂の「たん熊」や「辻留」の料理を毎日のように運ばせたり、凝った羽織や帯を締めていた。が、それは瑣末のことに過ぎない。贅沢料理を鱈腹食べていた彼の好尚に目を奪われて、大金持と同列に考えることは大きな見当違いである。彼の風俗は時に大店の番頭のように見えることもあった。しかし彼の一生、商人だったことはない。奢侈は奢侈でも、資本家の贅沢とはその規模もその本質も異っていた。

潤一郎は終生机に向って書き続ける芸術家として常に一本筋を貫いていた。佐藤春夫も例の論文で、われわれのような田舎者には理解しにくいものがあるようなことを言っていたが、谷崎の外見と姿勢は、一寸と辺りをはらって見えるので、彼と鎬《しのぎ》を削った佐藤春夫でさえ、二芸術家の性格の格差に大分悩まされているかのようだ。まして彼を遠くに見る若い作家からいうと、潤一郎の存在はブルジョア的である。所謂断絶を感じるのも、無理ではなかった。

しかしそんなことより、潤一郎がその一生を通じて、政治権力とか、財界の功利主義とかに捲込まれることがなかった点を強く考えて貰いたい。

一例を言えば、大東亜戦争の準備段階で、元内務省警保局長の松本学がいわくつきの金で「文芸懇話会」を作り、有名文士を同人にかかえたことがある。（この話は「文藝春秋」九月号掲載のものの一部と重複する）大衆作家は勿論、徳田秋聲や室生犀星や島崎藤村まで参加したが、谷崎、志賀、永井（荷風）、里見の四人は参加していない。

この四人は戦争協力のどの文化団体にも入らなかった。秋聲や藤村まで入っているところをみると、一億総動員という時代に、そこへ引張り込まれなかったのは、この四人の芸術家の個性に底力があったからである。

日本の文壇はこの点を評価したがらない。谷崎を贅沢で臆病で、命ばかり惜しがっている男として片付けようとする。私はこれに反対だ。

それだけではなく、心ならずも戦争に協力した作家たちに対して、しきりに苦しい弁解をしたり、筋の通らない依怙贔屓をしようとしたりする。潤一郎や荷風が戦争参加をしなかったのは、地下へ潜ったのでも、市井に韜晦したのでもない。

谷崎も「細雪」が売れたり、谷崎源氏の部数が伸びた時以外は、端で見るほど、内証が苦しくなかったわけではない。貧乏の味は十分に知っている。松子と結婚する時も、おそらく生活の予算は立たずに、彼女を迎えなければならなかったであろうし、その松子につづいて妹の重子や娘の恵美子を引取ることになった時も、谷崎は内心生活の膨張を心配しながら無理にも大きなところをみせたのであろう。

谷崎としては、時には何者かに頼ろうとしたことが絶無だったわけではあるまい。そうすることで無理な仕事はしないですむと思ったこともあったろう。が、彼はその誘惑に乗ったことは一度もない。筆一本で糊口の道をたて通した。少々部数が出た時、衣食の贅沢ぐらいをしても、それを以てブルジョア的とみるのは偏見だろう。

戦争中の潤一郎は大政翼賛会や帝国陸軍の招きに応じて、文学による戦争参加をただの一度もしたことがないのは、同じ熱海に疎開した私が、この目で見ている。

一寸余談だが、今年の八月十四日の新聞に、ある作家の家庭で、終戦の放送を聴き、その細君が、

「ここで天皇陛下が朕とともに死んでくれとおっしゃったら、みんな死ぬわね」

と言ったのに対してその作家が、

「私もその気持だった」

と答えているのを読んで、私は慄然とした。こういうのが、文士の戦争参加の典型であるのである。その作家はやがて外へ出て、蟬の声を聞いたと書いているが、蟬ぐらいで擬装できるものではない。すぐ蟬だの花だの落葉だのを持ち出すところが、日本の文士の鼻もちならないところである。天皇が死ねと言ったら死ぬという境地は、特攻隊精神と少しも変らない。あの戦争のイ

ニシアティブをとった軍部は無論戦争犯罪人であるが、終戦の放送にその一瞬、ワッと歓声をあげ得なかったところに、戦争協力のうしろめたさがあったからであり、それから黙りこくってしまうとか、だんだん泪が出てきたとか、大声で泣いたとか、いっそ自分も死にたくなったとか、各自戦争参加の度合によって千種万態であったろう。

これに反して、同じ新聞のコラムに、

「谷崎潤一郎夫人に贈られた弁当が白米のにぎり飯、コンブつくだ煮と牛肉なので『欣喜名状すべからず』とあり、正午のラジオは知らなかった。午後に人から聞かされて『あたかも好し』と、もらい物のニワトリとブドウ酒で祝宴を張る。翌日は『厄介にならむ下心』で、中央公論社長に便りを出す。朝昼晩とカユをすすって飢えをしのぎながら『空襲警報をきかざることを以て無上の至福となすのみ』」

と荷風の日記が抄述されていた。彼我を較べると月とすっぽん以上である。

谷崎のような作家があの戦争中、頭に戦闘帽を頂き、身に国民服を纏い、足にゲートルを巻いて、日の丸の紙旗を振りかざしながら、出征軍人を見送りに熱海駅頭へ足を運んだとしたら、いかに滑稽か。

それなのに、臆病とか卑怯とか女々しいとかみる見方は、あの当時は勿論のこととしても、それから三十年経った今日でも、まだ後遺症が残っているのは、何という間違ったことか。

これは芸術家が特権を主張するのではなくて、それだけはどうしても譲れないという限界をあくまで守った谷崎と、心ならずもその限定を許して、寡は衆に敵せずとばかりに安っぽく戦闘帽を被ってしまった作家との区別が、明瞭な一線を画しているのである。

以上で、「蓼喰ふ虫」を読み、そのあと信越線で初めて会って以来、またどうやら四十年前に似通う国際情勢を生じた今日、ここでもう一度、天才潤一郎の姿勢を再評価してみる必要があると思って、これを書いた。私にとっては、谷崎は唯美的というより、古典的というより、或はまた悪魔的というより官能的というより、さらにまた、偽悪的というより、むしろその五体に燃えていたものは、リベラリティであったと信じられるのである。

これを言い換えれば、私は谷崎の人物、生活態度、人間観などを肯定する。趣味や趣向には同感もあれば、不同意もあったが、最も惹かれたのは、毀誉褒貶に耐えて進む彼の人格である。

わずかにいただけないものに「台所太平記」等があるが、最高に抵抗を覚えるのは、随筆「にくまれ口」の中でうち出された光源氏の行動の否定である。これについては再論したいが、与えられた余白がない。しかし、同情を以て言えば、「にくまれ口」を書いた頃には、彼はすでに病勢悪化し、全盛時代の思考力を失っていたからであり、ある怜悧で鋭敏なリアリストを以て鳴った某作家が、臨終の床で「アーメン」と口走ったのに似ている。この作家は昔クリスチャンだったので、それの復活だといって弁護した批評家があったが、私はやはり、どんな人間でも死に近づくと、頭に異常が起るために、あられもない豹変があるのであり、「にくまれ口」もその豹変の一つだと思っている。

重ねて言えば、多数者の決めたことに従わなければならないのは、個性的な芸術家にとっては、怖るべき迫害である。譬えば大東亜戦争は、一握りの軍国主義者がイニシアティブをとったとはいえ、その戦争指導を多数者が支持したから、日本はあそこまでのめり込んだのである。そして満場一致や、多数決のまちがいは民主化の今日でも沢山ある。従って、多数者の決めたことでも、往々にして、とんでもない間違いを犯すものだということを、この論文の結びとしたいのである。

海　一九七五・九―一〇

Ⅱ　好色論

日本文学の伝統

序の章

ものごころついてから、五十年の歳月が通りすぎた。その間、私は自分のなかに、何を維持したであろうか。

ずい分、雑駁な生涯だったような気もする。低俗な泥絵具で、塗りたくられた一齣もある。虚しい離合集散もあれば、道なき道を歩き廻った覚えもある。しかも、それがつい一ッ走りとしか思われない。夢中で走って通るものが、人生なのか。私のこの頃の疑問はそれだ。どうもわからない。私はまだ、若いのだろうか。それとも、もう年をとってしまったのだろうか。それさえ、よくはわからないのである。

然し、冒険好きな世間の人たちは、五十年の間に、もっと沢山な体験をして、体験から体験へと、へめぐるうちに、段々に移りかわる時代にあわせて、自分を変化させてゆくうちに、いつのまにか、どえらい自己変貌をやり畢《おお》せ、二十代の彼と五十代の彼とでは、まったく違った細胞の持ち主と同様、その思想も好尚も趣味も人格も、ガラリと変ってしまっているようなのは珍しくも何ンともないのではないだろうか。つまり子供から大人へ、十代から二十代へ、三十代から四十代へと、成長をつづけ、そして、衰滅へ向かう。そういう人達は、然し自分の中に、維持するものなどは、何ンにもなくても、一向にかまわない。そんなものは邪魔だろう。冒険的な人間は、只機会を待っている。機会が与えられれば、いつでもすぐ飛出してゆく。冒険の魅力の中へ。ところが、私は特別に変ったことなしに、この年月を過ぎた。まあそれをゆっくり話そう。

私は東京の下町である本所横網町でうまれた。日露戦争の最中だった。私を育てたデンデン太鼓の表には、大山元帥の写真があり、裏には東郷さんの顔があった。私を可愛がってくれた子守は、

「ソラ、大山さん、
チョンチョン
ソラ、東郷さん、
チョンチョン」

とはやすように云って、そのデンデン太鼓を、表にして見せたり、裏にして見せたりした。わたしは、そういう与えられた玩具に、何ンの興味もなかった。わたしは今でも、そのデンデン太鼓の表裏を飾った二人の将軍の顔を思い出すことは出来るが、一度でも、その人たちを崇拝しようと思ったことはない。わたしには、縁のない人の顔であった。

なぜこんな話からはじめたかと云うと、それが最初の、私の外部への冒険の遮断であったからだ。

それからも、私には度々、外部へ引ずり出されるための機会を投げかけられた。現在でも、まだまだ、そういうキッカケは起っているし、将来もつづくだろう。

私は曾て、ほんとうに、冒険を好んだことがない。その点で、ほかの子供とは、全く異っていた。高い樹にとまって鳴く蟬を取ったこともなければ、まして走る蛇を追っかけたこともない。わたしの家の前は、大川の掘割で、その近くには、夏になると、遊泳場が組立てられる。今とちがって、大川の水がきれいだったから、赤ふんどしの少年達が、朝から夕方まで、泳いでいた。高い飛込台から、

スポ

スポ

と跳びこみをやり、川の真ン中の背のたたないところで、水中合戦をやったりする勇ましい子が大ぜいいた。時には、厩橋からお台場までの遠泳が行われた。紅白二組の競泳では、応援隊が、自転車で陸路を走った。

私が最初に読んだ少年物の小説は、冒険小説であった。冒険の魅力が、こんなにも大きく劇《はげ》しいということは、冒険小説を一つ二つ読めば、すぐわかることである。そのくせ、私は冒険を遠くからみることでさえ、心がいじけた。一度も、木のぼりをしたこともなければ、屋根へ出てみたこともない。冷い川の水へ、両足を浸けたこともない。第一、裸になって、ふんどし一本で、水泳場まで歩いてゆく近所の子供達に伍する勇気は全くない。丁度女の子が、裸にされるのをい

やがるように、私も着物をぬがされるのが閉口だった。私は金太郎の掛けているような赤い腹がけだけして、ふんどしもパンツも履いたことがなかった。もっとも、三つか四つ、せいぜい五歳位までは、金太郎でもよかったろう。六歳七歳に及んで、尚、真赤な腹掛けを首のうしろで、紐で結んだりする風俗は、当時としても、時代おくれの観があった。

泳ぐ少年たちは、川からあがると、往来を四列縦隊で、跣足で行進した。みな、軍歌をうたった。軍国少年隊と帽子に書いてあった。私はそれを見て、よく跣足で歩けるものだとおもった。私は往来を一度も跣足で歩いたことはない。跣足《はだし》で歩けば、すぐ、ガラスか瀬戸物の切れッぱじで、足のうらを切るものと信じていた。

当時の流行歌は、カチューシャなどのはやる前だから、殆んど軍歌が多かったのではないか。若い日の私の父母は、食後のひとときなど、仲よく軍歌を合唱していた。

父が不器用な手振りで拍子を取り、母は疳高い調子を張った。

「ここは御国を何百里」

とか、

「煙りも見えず、雲もなく、風もおこらず浪立たず、鏡の如き黄海は……」

と唄っていたのを思い出す。父は二言目には、

「陛下の赤子《せきし》――」

と云った。然し、私のようなものは、一個の赤子たる資格もないということで、将来の生存競

争には負けるにきまっているような劣等感を、散々に植えつけられた。

木登り一度したこともなく、跣足で往来を歩いたこともない男が、どうして、陛下の赤子となれるだろうか。何貫目もある重い背嚢を背負って、赤い夕日の満州の野に、行軍また行軍をつづける日本の兵隊の一人にとられたら、私は一日も無事につとまる筈がない。入隊即ち死であると、私は子供心に、それだけは信じて疑わなかった。そしてこれは、誰からも教わったものではない。只、自分で自分をそう恐怖したのであって、恐らく二十二三迄で、自分の生は終るものと本気で、考えていた。それも死を讃美するのではなくて、いやいやながら、死出の山路へかり立てられ、弱虫の烙印を捺されたまま、生涯の幕を閉ざされてしまうのだろうと予想していた。この予想は中学時代から旧制高校時代まで、私の心を離れなかった。私を死の谷へかり立てる悪鬼羅刹は、よく夢にも現われたが、八字髭の軍服いかめしい下士官然たる男であった。

「とても、長生きなんぞ、出来ない」

と、私は真剣に考えていた。徴兵制度があることを知ったのは、幼稚園へ行きだしてまもなくであった。園長先生が、その話を漠然としたとき、私はそんなことは、とっくに知っているような気がした。その前に、誰かに聞いたのかもしれない。徴兵制度には、徴兵検査があり、壮丁たちは、ふんどしもとって全裸となり、股間に桃の実のような奴をぶらさげたまま、オイッチニ、オイッチニと人前を歩かせられるンだぜ、などと、誰かが私に話してくれたような気がする。誰だか思い出せない。然しそれから二年ほどして、小学校の主任の教師も、また同じような話をした。

○

或る日、私は自分を芝居小屋の中に発見した。

それは今まで考えたことのない場所であった。四角な桝で仕切られ、四つの座布団と行火《あんか》にかぶせた縮緬《ちりめん》の小布団。天井は吹抜きだ。

二階桟敷には、提灯がつるしてある。私の席は、その桟敷の下の高土間と称されているところであった。私は芝居茶屋の万金から、出方の康さんに背負われて、ここへ送られてきたのである。高土間の背ろが鶉《うずら》で、前が新高。その前が東なら東の仮花道。西なら本花道があって、揚げ幕をあけると、その中まで見えた。仮花と本花のやや広い部分を、平土間と称して、鶉や高土間より、場代は安かった。

舞台には、贔屓から贈られる引幕が何枚となく、次ぎ次ぎと引かれていった。筆太に、役者の名前や屋号が書いてあり、役者の紋を図案化したようなのもあった。私は只々、目を奪われて、恍惚たるままに、小屋の雰囲気に酔ってしまった。見物は女が多かった。みな日本髪を結い、美しい衣裳をまとっていた。

丸髷が多く、島田、銀杏返し、桃割、結綿《ゆいわた》などの順である。男も背広は少く、みな着流しで、ジョロンとしていた。男のくせに、白足袋をはき、襦袢の襟で、首をしめるようにして、薄化粧をしかねないのもいた。

私は、男にもピンからキリまであって、こういう男らしくない男でも、劇しい人生を、生きてゆけるのかと思うと、意外な気がした。こういう連中に対しては、徴兵制度はどうしたのだろうとも考えた。

国民皆兵という合言葉は、小学校へ上がるなり、くりかえし教えられていたので、着流しでジョロジョロしている男たちをみると、やはり不思議な気がするのである。

「役者は兵隊にとられないのかい」

と、私は一緒に行ったよその小母さんに訊いた。すると、小母さんは、

「そんなことはありませんよ……誰だって、みんな男は兵隊さん」

と答えた。

男の子に生まれた以上は、兵隊にならなければいけない。それが国民平等の義務であって、お公卿さんでも華族さんでも、この制度から免かれることは許されないと、私は聞かされていた。ところが、その少し前、つまり父たちの時代には、北海道へ籍を移せば、兵役免除の恩典があったそうだ。それが、日露戦争のあとになると、すべての恩典や特権が消失して、国民皆兵となったのであるから、時の政府がしきりに徴兵の義務を宣伝している時代でもあったのだろう。子供のうちに、それをよく、頭へ沁みこませようというので、私なども、耳に胼胝《たこ》の出来るほど、何遍も聞かされたのではなかったか。

そればかりではない。もう私の子供の頃には、その兵隊になるのが、いやだという表現は禁制

であり、そんなことを口にしたが最後、徴兵忌避の厳罰がくだることを、ちゃんと心得させられていた。だから私は、男に生まれた以上、兵隊になるのがいやでいやでたまらないのに、それを素直に告白したことは一度もなかった。

「役者だって、兵隊にとられる」

と、聞いたとき、私は逆に安心したような気がした。役者でさえ取られるのだから仕方はない、とも思い、役者だけがとられないような特典があるとしたら、ずい分不公平だなどと考えてもいたのだろう。

ところで、私は一体、芝居小屋から、何を発見し、また何に共鳴したかというと、これは今になって考えてみることなのだが、つまり、反自然主義的ということが、すばらしく愉しく、少年の夢をさそったのではないか。

私は、ほんとうに小さい時から、自然主義というものが、きらいだったのだろう。自然を見るより、はるかに芝居という嘘を見ることが愉しかったのだろう。

――次の話は、ほかにも書いたことがあるので、少々、気がさすが、私の文学遍歴の最初の何かになっているので、やはり書いておくことにする。つまり私は、いたいけの頃、嘘と真実を識別する力もなく、まして、芸術と自然、人工と現実、技巧と誠実などを、はっきり区別して考察したわけでもないが、只々、無暗と、芝居に惹かれ、つくりものや技巧に興味をそそられる反面、自然そのもの、現実味、まるだし、ありのまま、などという、所謂力強いものとされている価値観には、ソッポを向いた。そういう傾向の発端を語るためである。

そして、これはたしかに、文芸の王道ではなくて、少数党であり、正統派でなくて、抹梢派であるように、見做されているのを、段々に私も認識したのであるが、五十年をすぎた今日でも、私の内部に維持しているものは、依然として、「万葉集」より「古今集」であり、「伊勢物語」より「源氏物語」であり、歌論なら本居宣長、黄表紙洒落本なら、山東京伝であり、歌舞伎なら、南北・黙阿弥である。が、これは、急がずに、追々立論する。

私が、生れてはじめて自覚した芝居見物は、明治末年（四十四年）四月の市村座であるが、その前にも、見ているらしく、六代目菊五郎や市村羽左衛門《うざえもん》の印象が、とらえどころのない影のように残存しているのは、まだ無自覚な状態だったからだろう。

私が今持っている古絵葉書の中には、芝翫（先代歌右衛門）の「白拍子花子」とか、「濡髪長五郎」などが最も古いほうだ。四十三年の消印のある「鞍馬山祈誓掛額」の絵葉書は、先代羽左衛門の初舞台で、六代目が木曾義賢をつきあっている。この家橘《かきつ》の羽左は、私と同年の三十七年生れであった。

先代梅幸が、宙のりをやった「羽衣」は、帝国劇場の初開場だが、これは見たのか見ないのか、はっきりしない。見たものの中で、きれいに記憶の消失したのもあり、見ないものでも、番附、筋書、絵葉書などで、見たような気のしているものもある。然し、その翌月の市村座は、たしかに自覚して見た芝居の最初だろう。

六代目、猿之助、勘弥、駒助（のちの東蔵、友右衛門）、三津五郎、芙雀（改め菊次郎）の舞台姿が、今も水々しく残っている。彼らの多くは死亡し、現在、衰えずに働いているのは、猿之助位なものであるが、その一番目が、「おつま八郎兵衛」で、中幕が、喜熨斗《きのし》の「琵琶の景清」二番目が六代目の「赤垣源蔵」という風に、やや変則のならびであるのは、この月、六代目が歌舞伎座とかけ持ちで「勧進帳」の義経をつとめていたせいであったことは、後年の調査でわかった。

芙雀の銀猫おつまは、粗い弁慶格子の襟つきに、友染の下着。それに黒襟の半天を引っかけたあだ姿で、三津五郎の八郎兵衛と密通しているところへ、駒助の弥兵衛に呶鳴りこまれ、八郎兵衛を庇いながら、おつまが伝法な啖呵をきるとき、芙雀の裾から、とき色うずらの縮緬の湯文字が、こぼれるように流れた一瞬、私は心臓がとまるような気がした。

その頃、私は、子守のおせいに、添寝して貰わなければ、眠れなかった。すると冬の寒い晩などは、おせいは自分で裾前をひろげ、ふとった柔い二本の腿の肉の間に、私の足をはさみつけてくれるのだった。私は頭が熱くて足が冷い、所謂頭熱足寒のほうだったから、湯たんぽ代りに、おせいの腿のぬくもりが、何よりも有りがたい。然し、おせいの腿には、綿ネルの縞の腰巻がまいてあるだけである。そのぬくもりは忘られないが、雑巾がけで、みな裾をはしょって、臀《しり》をぽッ立て、短い腰巻を出して縁側を走る恰好を見狎れている以上は、私としては、何ンの刺激も興味もないものである。ところが、芙雀の演じるおつまの裾から、チラチラのぞく、とき色縮緬の湯文字は、現実の女の腰巻とは、比較にも何もならない美しいものであった。

○

六代目の「赤垣源蔵」が、揚幕のチャリンという音と共に、花道へ出てきた。饅頭笠に雪。

合羽の肩から袖にも雪。下駄の歯にも、雪がついている。

徳利をさげ、七三まで、よろめき、よろめき歩いてきて、立止ると、ツケ打がツケをうった。

下座では、雪おろし。

何ンとも云えない、いい顔だ。市村座の立見は、まだ、この時は格子がはまっていた。格子の中から、

「音羽屋！」

と掛声がかかった。

そのとき、私が思ったのは、

「芝居の雪は、寒くない」

ということだった。

そういうと、みんなが笑った。然し、私は本気で、

「雪は美しいけれど、寒い」

と考えこんでしまった。舞台の上の一文字から降ってくる紙片の雪が、チラチラ、チラチラと

舞いおちるのが、ひどく愉しかった。それが六代目の顔にもかかった。いかにも冷たそうだが、冷たい筈はない。

「どこから降ってくるの」

と訊くと、小母さんが、

「空からよ」

と云った。

「嘘だい」

「じゃアどこ」

「天井からだろ」

「天井から雪が降るなんて、おかしいわ」

「ほんとの雪じゃないもの」

「でも、慄えてるわ。寒そうね」

「そうだね……ほんとの雪より寒いみたいじゃねえか」

私は、猶も考え込んだ。

その晩おそく、私は自分の寝床のシーツをはいで、畳の上へひろげて敷き、その上へ坐って、クダを巻く真似をした。茶碗酒を呷るところもやった。畳の上には、時ならぬ雪が降った。それがうれしくもあれば、得意でもあった。

然しそれもほんの束の間、私は二階から下りてきた父の吸鳴る声をきいた。

「だから子供を、芝居なんぞに、つれてゆくから悪いのだ。今から芝居の真似などして、どうなる……役者の子でもあるまいに……教育の仕方がよくないのだ」

私は、恐ろしくなって泣いた。その父の言葉に、苦痛と重圧を感じた。父がああ云う限り、当分、芝居へは行けないだろうと思った。

化粧した女の顔。

緋の縮緬。

寒くない雪。

啖呵と酔態。めりはり。

痛くもなンともない喧嘩。

切れない刀。

ウソのお化け。

私にとっては、それらは悉く、たまらない魅力なのだが、父はそういうものに心を惹かれる危険に対して、早くも教育的でないという非難を加えた。然し、それは父だけの勝手な弾圧ではなくて、その後ずっと、私が感じずにはいなかった私の内部の弱点への、漠然たる一般的な非難だった。

○

――芝居行を中断させられた私は、いきおい、小説を読み出した。最初に読んだのが、江見水蔭。

その頃、私の病気を診にくる若い医学士のK氏が、聴診器を耳へはさみながら、

「坊ちゃんは芝居が好きだってね」

「はい」

「シーツをひろげて、赤垣源蔵の真似をしたそうじゃないの」

「はい」

「叱られたって」

「はい」

「では、そんなに好きなら、役者になりたいとおもう？」

「いいえ」

「そお。では、役者にはなりたくないンだね」

「はい」

「何になりたいの」

「…………」

私は鳥渡《ちよつと》考えた。この医学士《ドクトル》は、父の廻し者ではないだろうか。父は彼に依嘱して、息子の将来の目的をきき出し、その頃の子供がよく口にしたように、

「東郷さんのようになりたい」

とか、

「大山さんのようになりたい」

とか、云わず、或は、伊藤博文や桂太郎を理想とせず、万一にも、役者になりたいとでも云うようなら、この際、徹底的にその懦弱文柔《だじやくぶんじゆう》の土性骨を叩き直さなければならぬとでも考えているのではないか。ドクトルは、そのお先棒をかついで、私に謎をかけているのではないか。

で、私は、

「お父さんに云いつけるンだろ」

と訊いてみた。彼は言下に、

「そんなことはないよ。話はほかの人からきいたンで、パパとは関係がない」

「ほんと？」

「ほうとうだ」

「では、ゲンマン」

「よし」

ドクトルは指切りをした。が、それでも不安で、

「先生。イロハ加留多にあるだろう」

「何ンて？」

「念には念を入れよって」

「それで」

「だから、絶対、お父さんには云っちゃアいけないよ」

「もちろん」

「お母さんもダメだよ。お母さんにいうと、お父さんに云いつけるから」

「云わない」

「たしかだね……そんなら云う。ぼくは大きくなったら、小説家になる」

「ええッ?」

「絶対、誰にも喋べらないでね、先生」

「うん。よし、よし」

以上は決して、作り話ではない。というより、私はこの対話をすっかり忘却していたのだが、今から十七年ほど前のこと、そのドクトルと、やはり二十年ぶりほどで再会したときに、その話を私が逆に聞かされたのである。

「そして、あなたは、小説家になった。それで、いつも、あなたの子供のときのことを思い出す。御両親には秘密だと仰有った。私が秘密を守るなら云うと云って、漏らして下さったのが、そのこと。実は、死ぬまでのうちに、一度あなたの耳に入れたい、入れたいと思っていたことです」

と、ドクトルは、満足げに云った。

「それはどうも、ありがとうございます。いいことを伺いました」

「覚えてはいらッしゃらなかったでしょうね」

「そんなことを云った記憶は全然ありません。然し、六代目の赤垣源蔵を見てきた晩、シーツをひろげて、その真似をして、うんと叱られて、泣いたことは、はっきり覚えています」

「それ、それ。それですよ」

ドクトルは、話の符節が合うので、よけい満足そうな顔だった。この先生は臨床の大家となったが、今は故人で、令息が、やはり、その道を継ぎ、血清学の権威となっていられる。

こういう話は、自慢話か何ンぞのように誤解される怖れもあるが、然し私の中に維持してきたものの、最初の形成として、書きとめておく必要もあるように思われる。

○

中学二年の時、国漢の教師として、高田真治氏が新任された。氏の専攻は支那哲学だが、漢詩の造詣が深く、一面文学青年らしい風貌もあった。私は氏から、漱石を教えられた。

黒板一ぱいに、「硝子戸の中」や「永日小品」の文章を、短いチョークで書流すあとから、生徒たちはノートした。私にとって、氏は最初の文学の教師であった。

つづいて、「徒然草」や「方丈記」を学んだ。

私はその前に、勝手に二葉亭の「平凡」や、独歩の「牛肉と馬鈴薯」同じく「女難」泡鳴の「耽溺」秋聲の「あらくれ」同じく「爛《ただれ》」風葉の「恋ざめ」などを濫読していたが、古典はまだ知らなかった。古典では、「徒然草」が最初である。「平凡」や「耽溺」は、新潮社の縮刷本を買って読んだが、「あらくれ」だけは、初版本だった。「あらくれ」は、大正四年（一九一五）読売新聞に連載されたのが、初版は小型本で十月頃、発兌《はつだ》されたものだが、私が読んだのは、大正六、七年頃ではなかったかとおもう。然し、父が小説を禁じていたので、私はそれを便所や風呂場や、或いは薄暗い納戸の中で読みふけった。「爛」や「耽溺」が今でも私の書架に残っているのに、「あらくれ」だけ見当らないのは、或日、父がそれを取上げてしまったからに、ほかならない。

私は寝床の中で、かくれて読んだまま、眠りこけ、あけ方、寝返りをうつ拍子に、床の外へほうり出してしまったのを、父が見つけて、どこかへ隠してしまったのである。

それだけなら、何ンでもないが、実は、「あらくれ」の中の、女主人公のお島が、自転車に乗って、洋服の注文とりに歩き廻ったために、陰毛がすっかり擦切れてしまったのを、亭主の小野田に見せるところなどへ、赤鉛筆でサイドラインを引いておいたのである。父はそれを見たにちがいない。そして、まだ子供のくせに、何ンということをする奴だろうと、呆れもすれば、失望もしたことだろう。

然し、それは私にとって、已み難い行為だった。女が自転車に乗ると、陰毛が擦りきれるということを、間がな隙がな、考えこんでいた。

それに、今日と違って、その当時、「あらくれ」のお島が、女だてらに自転車に乗るということは、やはり珍らしい出来事だったことは事実で、ごく稀れに、女の自転車乗りが走ってくると、往来の人々が立止って見るような時代でもあった。私は、自転車のどの辺が当ると、陰毛がすりきれるのだろうと、本真剣で考えた。また当時の女の風俗は、現代のように、用心堅固なものではなかったから、女が自転車に乗るのは、男まさりのことだったし、それが乗るのだから、よけい連想が刺戟されて、赤鉛筆を引かざるを得なかったのだろう。

　大正九年頃になると、私の小説漁りは、やや本格的になって、父の禁断を無視するようになった。花袋の「蒲団」や、藤村の「破戒」などは、座右から離さなかったが、紅葉の「不言不語《いわずかたらず》」同じく「心の闇」鏡花の「照葉狂言」同じく「高野聖」などが、私を夢中にさせた。

　同時に、呂昇の義太夫、雲右衛門の浪花節、小さんの落語、典山の講釈などにも接したが、私にとって、小説の魅力ほど大きく強いものはなかった。こんな面白いものが世の中にあると知ったとき、私ははじめて、自分だけの生きる世界を持てそうな気がした。それまでの私は、絶えず何かに怯やかされている一種の小厭世家《ペシミスト》であったようだ。

　ところが、思いがけない伏兵があらわれた。それは上級生の恐るべき鉄拳制裁だった。私は、目白駅から新大久保駅までの山手線の中で、「蒲団」や「女難」を読んでいるのを、上級生に嗅ぎつけられてしまったのである。

　或日、電車を下りた途端に、

「貴様、何を読んでいるのだ」

と云われて、忽ち手にした「牛肉と馬鈴薯」を没収された。それはかつて「あらくれ」を父に没収された以上の出来事だった。

私の学校では、上級生は、何かの口実をつかんでは、下級生を殴った。実によく殴った。私の友人が袋叩きに合うのを、私は度々、見せられたが、手出しをすることは、むろん出来ない。上級生の威光というものは、全く、大変なものであった。私の友人の中には、柔道や剣道の達者もいたが、鉄拳制裁となると、上級生の威に圧服されるのか、まるで毬のように散々に叩きのめされた。しかも、その口実は、ごく些細なことで、鳥渡派手な襟巻をしたとか、誰それに挨拶をしなかったとか、ラブレターを書いていたとかいう程度のことである。だから、私が、電車の中で、国木田独歩の小説を読んでいたという事件は、十分に制裁の罪に該当する。

で、私は、平ぐものように、あやまった。

「どうか、カンベンして下さい。以来、決して、人の目につくような場所では、読みませんから――こんどだけは、お見のがし下さい。その本はさし上げます。殴るのだけは、許して下さい。あなたの仰有ることは、一々、道理です。電車の中で小説を読むなんて、母校の名折れになることです。ほんとうに、悪いことをしました。僕は、殴られるのだけは、たまらないのです。どうか、それだけは、おゆるし下さい。この通りです」

あやまるよりは殴られるほうが、男らしいという考え方もあるだろう。私は殴られる位なら、暗殺されたほうがいいという位に考えていた。むろん、暗殺という意味は、非常に巧妙に、痛い思いをしないで、殺されることである。

上級生は卑しい目付をして云った。

「貴様は、弱虫野郎だな。貴様のような弱虫は見たことがない。そんなに、制裁が可怕いか」

「はい」

「それで、貴様、銃が執れるか」

「ダメです」

「男に生れて、銃の執れない奴は、早く、くたばったほうがいい」

「はい」

「この本は、貰っておく。弱虫を殴ってもはじまらないから、今日は助けてやる」

「ありがとうございました」

私はホッとしたが、心の中は憎悪に炎えたぎっていた。どうしたら、こういう男を打ちのめすことが出来るのか。自分が彼より、強者になる希望は全くないのだから、勝味はない。彼が一たび、腕力を揮えば、私は紙屑のように、ふっとぶしかないだろう。

そのときの私は、どう見ても、完全な弱者であった。殴られたら殴られたで、せめて悲壮な身ぶりで、自己を繕うことも出来ただろうが、私は只、平あやまりにあやまって、痛い目に合わなかっただけである。

この日の屈辱と憎悪は、今尚、私の胸に、維持されている。私は今日でも、その上級生の卑しい目を悪み、それを許す気にならない。そして私は、ほんとうに、彼に向かって証言した通りに、銃を執るまいと思った。私は、学校の発火演習には、必らず病気を口実に欠席した。すべて、身体だけを動かすようなこと、即ち、柔剣道、体操、遊戯、ランニング等に、全く興味を喪失したのも、その日からであった。私だけの、内部的な不服従がはじまり、それは今日でも、終ってはいない。

○

私はあやまった。敗北であった。然し、ほんとうに説得されたのではない。そして思うのは、ほんとうに説得しなければ、勝利とは云えないではないか。私は、依然として、小説の魅力に憑かれ、ほかのすべては、くだらなく思われた。上級生に没収された独歩の本を、翌日にはまた本屋から買ってきた。それは二度ぐらいは、読み通したものなのだが、それがないと安心がならないのだった。殊に「女難」に参っていた。それも、主人公が蚊帳の中で寝ていると、隣りの大工の女房のお俊がやってきて、亭主の悪口を云いながら、いつまでも烟草を吸っているあたりから、段々に色っぽくなり、かれこれ二十分も経った頃、

「おゝ、ひどい蚊だ」

と云って、蚊帳のそばへ来て、

「あなた、もう寝たの」

「もう寝かけているところだ」

「一寸と入らして頂戴な。蚊で堪らないから」

と云いざま、やっと一人寝の蚊帳の中へはいってくるところが、どうも何遍読んでも、よくってならない。その大工の女房のお俊のイメージが、はっきりとは見えないが、私が漠然と思っている或る人のようで、丁度、女形《おやま》がその役に扮するように、大工の女房の衣裳をつけ、洗い髪の鬘でもかぶって、伝法な台詞廻しで、蚊帳の中の男に色っぽくもちかける様子が目のなかへ浮かんでくる――。

後年、独歩を論じる必要があって、「武蔵野」「富岡先生」「運命論者」「欺かざるの記」等を読んだことがある。すると、選りに選って「女難」だけを読みふけった昔の自分が、かえり見られた。然し、私は誰にすすめられたのでもなく、独歩のものでは、おのずから「女難」に惹きこまれていったものと見える。

ところが、私は長田幹彦氏の「祇園情話」とか、吉井勇氏の「紅燈集」というようなものには、興味をもたなかった。「あらくれ」や「耽溺」や「女難」のほうが、ありがたかった。そのほうが、生き生きしているように思われた。ウソのない美しさが、脈動しているように思われた。長田さんや吉井さんのものは、どこか情緒にやにさがっているところがあって、反発させられた。然し、これは余談だが、今日の吉井さんは、格調のあるりっぱな芸術家である。そのことを、数日前、モスクワ芸術座見物の廊下で、中野重治氏と語り合った。あの頃は一番にやけていて、あの仲間では、平均点数の足りないほうだった吉井さんが、晩年に至って、このようなりゅうとした士君子となろうとは、鳥渡思わざることであった。

かくして私は、上級生の鉄拳制裁からまぬがれると、大正十一年には、中学を卒業したのであるが、このとき高田真治氏が、水戸の旧制高校に赴任されていたので、私もこれを追って、水戸まで受験しに出かけた。

これも余談だが私はこの年になって、まだ試験の夢を見るのであるが、それは高等数学の準備が出来ていないのに、試験期日が迫るという苦しい夢だ。当時は、四年から旧制高校の受験が出来たので、受験にはやる気持から、五年の課業は怠りがちである。万一、五年で落第していても、四年まで修業していれば、高校へ入れるという仕組だった。それで、五年の「三角」を怠けても、幾何代数をみっちりやるほうが、得意であった。私は、幾何代数は得意だったが、三角になると、自信が乏しかった。がどうにか五年を出たのだから、やはり三角の試験は、うまく胡麻化してパスしたのだろう。それがひどく苦になったと見えて、今でも、いやな夢を見る。

水戸へはいると、同じクラスに、土方定一がいた。又、文乙のほうに、芳賀檀《まゆみ》がいた。一年上に、尾沢良三がいた。その頃、土方は官能的な詩を書き、アナーキストを以て任じていて、私を完全に圧倒した。文学の視野も広く、才能も高くて、私は彼と比肩することは、思いも及ばぬことであった。彼は私に、同人雑誌の発行をすすめ、私は恐る恐る、これに参加した。「歩行者」という題がきまったが、土方の案であった。まだ、プロレタリヤ文学は、はっきり形成されていなかったが、藤森成吉氏の「東京へ」の表紙には、ダイナマイトの絵が描かれたりした。そういう空気から、土方は、大地を歩いて行く者、というタイトルを考えたのではなかったろうか。

私もその頃から、強制とか統制とかはきらいなので、無警察とか無政府とかは理想であった。それで土方のアナーキーな態度には、惚れこまされた。そして、影響を受けた。中学時代に濫読した泡鳴や花袋から離れ、幼稚な人道主義的な戯曲などを書き出した。

芳賀は文乙の秀才だった。その頃、ドイツ文学教授の小牧健夫氏がドイツから帰朝された。氏は新しいドイツの表現主義の舞台を見て来られたというので、私たちは、渇わいていた。丸善から、トルレルの「ドイッチェ・ヒンケマン」や、カイゼルの「朝から夜中まで」の原書を買ってきて、ドイツ語の字引と首っぴきで読み出したのも、小牧さんの刺戟によるものであった。

トルレルが、獄中で書いたといわれる「シュワルベン・ブッフェ」という詩を、土方と二人で訳したりもした。小牧さんが、そんなら放課後、家へ来い、そうしたら読んでやると云われ、「ヒンケマン」や「朝から夜中まで」を抱えてゆき、小牧さんに逐語的に教えて貰ったのは、芳賀と二人だった。然し、語学に関しては、とうてい芳賀には敵わなかった。芳賀はスラスラ読みこなし、私はまるで、なっていなかった。それでも、「ヒンケマン」だけは、最後まで読み、カイゼルのものは、後半を、自分で読んだが、更に、ウンルーやゾルゲのものには、手がとどかず、あきらめた。

その途中で、私は尾沢から、南北の「四谷怪談」を読んでみろとすすめられた。私は、尾沢に借りて、一気に読みとばした。

尾沢は一中時代に、小林秀雄と友達だった。それで彼から小林の話をきいた。尾沢は大へんな芝居通であり、デンデンものの台詞などを、みな暗記していた。自分は大学へ行ったら、歌舞伎座の狂言作者から、実地の勉強をして、将来、劇作家になるのだ、と抱負を語ったが、彼は果して、その通りになって、「竹柴良三」と称した。主として、市川猿之助劇団の座付作者で、柝《き》を打ったり、台詞をつけたり、稽古に立会ったりしていた。

私は、芳賀や土方とは太刀討が出来ないので、いっそ尾沢の弟分になろうかと思ったこともある。

そのうちに、震災があり、東京で焼出された清元の女師匠が水戸へ流れついたので、私はその人に、清元を教わるようなことになった。すると、尾沢や土方も、ゾロゾロと入門した。

私は「君が代」とか、校歌・寮歌・応援歌の類はきらいだった。みんなが歌うとき、私はひとり口を緘《かん》していた。その後も「君が代」は、かつて歌ったことがない。ほかの唱歌もあまり歌ったことはない。それで、尾沢、土方と三人で、やや反抗的な意味もあって、清元の「神田祭」などを、往来でやったものだ。要するに、学校的統制に対する不服従の一つであった。

芳賀は、私や尾沢のこうした動きを、堕落と見たらしく、段々に私たちをはなれてゆき、やや学究的な風貌を示すようになった。そう云う私も、尾沢の弟分になる踏ン切はつかなかった。表現派の戯曲ばかりでなく、チェホフやゴルキーやアンドレェーフや、或はイプセン、ストリンドベルヒ、シュニツラーにさえ、惹かれていった。

震災のあとに、築地小劇場が建ち、それ以来私は毎週、上京して、「海戦」にはじまる新しいレパートリーの一つも見のがすまいとした。

○

話は前後するが、震災の少し前、秋田雨雀氏にはじめて会って、一日大洗の海岸に、病めるプロレタリア詩人山村暮鳥氏を見舞ったことがあった。秋田氏は、当時アナーキストと称されていたが、そのとき、

「予言者について」

という講演をされたのを、感動して聴いたものだった。私も土方の影響などで、クロポトキンを読み、大杉栄の著書に傾倒していた頃である。

私は大洗神社で、秋田さんから、

「これからの知識人は、神仏を拝したりしてはいけない。偶像崇拝から、すべての誤りが生れたのです」

と教えられた。その日以来、私は所謂偶像の前で礼拝することをやめた。また文学以外の権威者に額ずくこともしなくなった。その意味で、秋田さんは私の最初の心の師匠であるとも云える。暮鳥氏は肺結核の末期であったが、その後まもなく他界された。

その九月、震災が起ったとき、私は今の家（下落合）から、雑司ケ谷の秋田さんの家へ飛んで行った。ところが、秋田さんはもう保護検束という名目で、ブタ箱へぶちこまれたあとだった。

あの不気味な朝鮮人騒ぎは、たしかに警察側の挑発であった。震災で住む家を失った日本人は、

この挑発でいやが上にも亢奮させられた。そして大ぜいの無辜の人々が、私刑によって、惨殺された。大杉栄も甘粕のために、ひねり殺された。

むろん、私は記事解禁になってから、大杉の死をはじめて知ったのだが、一晩中、まんじりとも出来なかった。

私が、この「序章」の最初から、執拗に書きつづけてきた私の敵、憎悪、屈辱、呪いのすべては、この甘粕の行為と思想に要約された。いかなる論理《ロジック》も、いかなる美辞麗句も、甘粕を弁護する力はないと思われた。

その後、私は大杉に対しては、いろいろな見方と批判をもつようになったが、この日、甘粕の行った非道は、二十世紀に於て人間のやった残虐事件のうちの雄たるものと云えよう。少くとも、私の生きてきた五十年の間で、ずい分残虐行為も聞かされたが、ナチスのアウシュヴィッツのガス部屋の大量虐殺にも負けないほどの強い傷を、私の心に負わしたのは、この大杉の死であった。

幸い、秋田さんは無事だった。然し、その当時の感じとしては、秋田さんと雖《いえど》も、いつ何ン時、大杉の二の舞をやられるかしれないような情勢であった。

「危い。実に危い」

と、秋田さんは、おちょぼ口を尖らして、云われた。

その後まもなく、私は築地小劇場の俳優の東屋三郎氏の紹介で、小山内薫氏に会った。

それが冬のことで、翌年の春、本郷の東大へ入学すると、マボオの村山知義や「望郷」の池谷信三郎と相知ることになる。

するうち、アナーキスチックだった土方や、秋田さんや、村山知義が、相前後して、コンミュニストになったのであるが、私はそれを見ていて、そういう大きい心の変化が、比較的短時日に、易々と行われていいものかどうかと、疑惑を感じた。アナーキズムと、コンミュニズムでは、気質的には正反対の思想ではないか。そういうものが、自分の心に、入れかわるということは、私の場合には、全然考えられないのである。若し、アナーキストがコンミュニストになった場合は、かつて同志であった大杉が、甘粕に殺されたことも、みな御破算になってしまうのだろうか。否、却って、大杉は殺さるべきであった、と考えるようになるのではないか。それでは、まったく、たまらないぞ、と私は思った。

つまり、私は改宗ということには、全然興味がなかった。時代の推移と共に、思想が変化し、それに自分を適応させるというやり方は、恥かしいことだった。それより、もっとぬきさしならぬ自分を突きとめ、若しそれが、時代の推移に適さなかったら、自分を時代から捨てるほかはない、と考えた。ということは、負惜しみでも何ンでもなく、それほどまでに、自分という一個の生体は、どうにも勝手に変化することの出来ない厄介なものだと考えたかった。

子供のとき、蟬も取らず、跣足で往来も歩けなかった自分は、いつまでたっても、――徴兵検査がすんでも、木登り一つせず、跣足にもなれないのである。そして、とうとう、今以て、君が代は歌わない。が、それは自分をひどく、自我主義者のように見せかけたらしくて、本郷の山上御殿で、大学左派の連中と渡合ったとき、そのボスであった高見順氏に、私は、「自我主義者」のニックネームをつけられてしまったのである。

要するに、私は自分の中に、何一つの思想を維持することもない代りに、只、自分だけを維持したにすぎないという大へんな負け目を感じていたが、然し、或る思想を強固に維持しているようにに見えた連中も、案外、刻々と変化する世界情勢や社会情勢に遭遇すると、あっさり、維持していたものを投げ出して、ほかのものと取かえるのを、まざまざと、見せつけられた。

そうなると、私はそういう連中の言葉を信じられなくなった。彼らは只、大言壮語しているだけで、また別の強い風が吹けば、その間は屏息《へいそく》しているが、すぐさま時代適応の表情が用意されている。それ位なら、自我主義者でも何ンでもいいではないかと思った。

私は自問自答した。

「お前は、犠牲というものの美しさがわからないのか」

「僕だって、自己を空しくしている時間はあるのですが」

「お前は、犠牲者と偽善者の区別がわからないのではないか」

「その位は、わかっているつもりですが」

「ほんとうの犠牲者とは何ンだ」

「芸術家です」

「では、偽善者は？」

「ニセモノの芸術家です」

私は偽善と犠牲が紙一重だということも、そのとき知った。

それで私は、何ンと云われても、仕方がないと、肚をきめていた。はげしい時代の嵐の中で、私は精一ぱいの力で、自分を支えるほかはなかった。私は大杉のように、殺されるのもいやだったが、甘粕のように、人を殺すこともいやだった。私は誰からも迫害されたくないし、また迫害したくもなかった。

何ンとかして、そういう道なき道を歩こうと思っているうちに、大学を卒業した私は、ひとりぽっちになっていた。

×　　×

私の「好色論」の構想も、こうした自分から、離れられない。それによって、自分に覆われた誤解をとこうというのでもなければ、敢て説得力をもとうというのでもない。然し人間は、どこまでも、自分に対して、幸福を求めている。そんなにムザムザ、自分を捨てていい筈はない。これから私の書いてゆくものが、犠牲と偽善を区別する鍵の役目を果すことができるかどうか。早くいえば、「好色論」とは「真贋論」の一名でもある。

一の章

序の章と同じく、やはり自伝風に叙べて行く。

ともかく旧制高校までの私は、まだ子供で、文学への情熱のようなものは炎やしていたにせよ、文壇の事情もわからず、自分の作家生活に対しても明瞭な自覚を持つまでには至らなかったわけであるが、本郷の大学へ入り、文学部に籍をおくとなると、自分の一生のコースという風なものも、はっきり念頭にきめなければならない。私の父は工学畑で、その数年前まで東大工学部の教授でもあったから、私が文学部へ入ることは、心中では賛成できなかったに違いないが、二三の押問答の末、私が文学部の、しかも国文科を選んだのに対して、父は黙ってしまった。

文学部の学生になったものの、私は、作家になるほかに道はないと、大真面目で考えた。学者になろうという気は、最初からなかった。

子供のとき、小説家になろうと思った志が、正直なところ、時々は怪しくなりかけたこともあったのだが、父の反対を押切って、文学部を選んだ瞬間、自分の一生のコースがきまったのである。そうなると、私は第一に、当時国文科の主任教授だった藤村作《つくる》氏のお宅へ行って、自分は今年、国文科に入学した学生ではあるが、作家になりたい希望だから、国文学の訓詁注釈、或は考証的、文献学的な方面には、あまり力を注ぐことが出来ないかもしれないが、それでもいいだろうかと、大それた質問を呈した。普通なら、国文科は国文学に関するあらゆる研究学問をつくすところで、作家の養成所ではないから、お前のような学生はおいとくわけにいかないと、頭ごなしに言われるところであったが、藤村作氏はよく出来た人物であり、度量のひろい親分肌の教授であったから、私のような作家希望者も、包含して特に不便はない位の、余裕のある考え方から、特にお叱りがなかった。それに、国文科には少し先輩に、川端康成氏が居たし、その大分前に、中退ではあるが、谷崎潤一郎氏が籍をおいていた関係もあり、藤村作氏が芳賀矢一氏から、主任教授のバトンを受けとられて間もない時代であったことも、私の立場を有利にしたのではないか。

　芳賀矢一氏の時代は、国文学といえば、上代から中世までが主で、近松西鶴馬琴京伝となってくると、学の対象としては疑問符がうたれた位で、況《ま》して明治大正の文学などは、当然のように、学問上の取りあつかいからは除外されていたのである。然るに、藤村作氏に至って、大きくひろがり、近世諸家の浄瑠璃・戯作がさかんに取り上げられ、大学の講目にも、「明治の小説」が論講されるようになった。そういう機運でもあったので、学生の中に、一人や二人の作家希望者がまじっていても、さして目障りにもならなかったのであろう。

　藤村作氏をヘッドとして、その下に、久松潜一氏、講師に佐佐木信綱氏、島津久基氏、沼波瓊《ぬなみけい》音《おん》氏、国語学に、橋本進吉氏、国語学の講師に上田萬年《かずとし》氏。研究室の助手に、池田亀鑑氏、副手に守随《しゅずい》憲治氏という顔触れであった。当時としては、他の大学の国文学にくらべて、オール・スター的な充実した布陣であった。私は大正十四年の一学期を、主として教室ですごし、熱心にこれらの学者の講義を傾聴することが出来たのである。藤村作氏には、近松の「女殺油地獄」や「心中宵庚申《よいごうしん》」を、久松氏には「中世歌論」を、佐佐木信綱氏には、「古今和歌集」を、島津氏には「源氏物語」を、沼波氏には「奥の細道」を——。そして、教室の帰りには、研究室へ立寄って、池田氏とは源氏を論じ、守随氏とは、五瓶や治助を語った。

が、それだけなら、文科の学生として、別に何ンの変ったところもある筈はない。然し、私は前にも書いた通り、藤村作氏から作家希望という別の諒解をとってある。自分では、それを一種の査証《ビザー》のように、ポケットの中で握りしめている気持だった。然し、その査証を、実際に使用する機会は、簡単にはおとずれない。で、私はそれをただ握りしめるだけで、表面はおとなしい国文科の学生として、教室へ通ったのである。

同クラスに、友人は殆んどいなかったので、一年上の近藤忠義氏や二年上の倉野憲司氏、塩田良平氏などと親しくなったが、それは大分あとのことである。岩田九郎、西尾実、湯地孝氏らと識り合ったのも、藤村作氏を通しての結びつきであった。

○

「種蒔く人」の創刊は、大正十年であるが、つづいて、「文藝戦線」が世に出たのが同十三年の六月。

これに対して、十月に金星堂から「文藝時代」が創刊された。この雑誌は、菊池寛氏の「文藝春秋」に集った新進作家が、独立して別に同人雑誌をおこすと共に、新しい芸術傾向の主張をうち出したものであるが、まだ作家として半人前にもなれない私から見ると、実に、絢爛たる存在であった。この同人には、殆んど当時の新進作家を網羅したわけだが、就中《なかんずく》、川端康成、片岡鉄平、横光利一、中川与一、佐佐木茂索、十一谷義三郎、鈴木彦次郎氏などの名前がクローズアップされていた。今東光氏は、その発企人で、十四年五月号までは、編集の実権を握って、熱心に後記などを書いていたが、六月号では、後記の筆者は諏訪三郎にかわって、今東光の脱退が宣告されている。また、畑ちがいの佐々木味津三氏の名が、同人連名の中にあるのは、「文藝春秋」以来の腐れ縁のようなものか。最初は入っていなかった岸田國士氏は、あとからこれに参加した。

要するに、当時の文壇に、一方「文藝戦線」、一方「文藝時代」という風に、二つの異ったグループが、二三ヵ月の前後はあったが、殆んど同時に、スタートしたわけで、それを傍観する私などは、只何ンとなく、血わき肉おどる感があった。これよりやや先きんじて、築地小劇場の開場（十三年六月）もあり、そこでも、ゲオルク・カイゼルの「海戦」や、「朝から夜中まで」などの表現主義的演出を見せられて、いやが上にも亢奮させられたのだから、いつまでもおとなしい国文科の学生でいることは、どうやら、怪しくなってきた。

然し、私には、「文藝時代」の同人に顔見知りは一人もない。また、その次の世代の同人雑誌にも、縁故がない。東屋三郎という築地の俳優の紹介で小山内薫氏に逢ったことは、前の序章で

書いた通りだが、小山内氏はその後私に、
「君の戯曲を、菊池に話しておいたよ」
と言われたことがあるのが、あとにもさきにも、たった一度だ。然し私はそれではと言って、菊池寛氏に原稿の件を訊ねる勇気はとてもなかった。文学青年が当時の菊池とか芥川とかいう人に物を言うことは、絶壁を走り下りるほどの胆力を要した。と言うより、私には簡単に、彼らの軍門に降るのはいやだという風な反抗心も多少あったのではないか。

ところが、「文藝時代」の一まわり下の同人雑誌というと、「主潮」に、尾崎一雄、小宮山明敏。「鷲の巣」に、井伏鱒二、坪田譲治、富沢有為男。「辻馬車」に、神崎清、藤沢桓夫《たけお》、崎山兄弟。「葡萄園」に、久野豊彦、蔵原伸二郎、小田嶽夫。「青銅時代」に、木村庄三郎。「山繭」に、永井龍男、河上徹太郎、小林秀雄、青山二郎、笠原健治郎らがキラ星の如く控えてい、少しおくれて、「青空」は、飯島正、梶井基次郎、外村繁、中谷孝雄、淀野隆三、三好達治らの三高閥でかため、また同じく東大系の「驢馬」には、中野重治や堀辰雄が列んでいた。

こうした御歴々の名前は、その後文壇に頭角を現わした連中ばかりであるが、遂に名を成さずに中道で倒れたり、別途に移ったり、有耶無耶になったりした人たちの数をかぞえたら、実に尨大なものである。

私は、これらの連中に親しくなる機会は、全くなかった。早稲田系の「主潮」「鷲の巣」または「街」（これも少しおくれて十五年の創刊。火野葦平や寺崎浩や丹羽文雄の名が見える）などには入れてもらえる由もないが、（慶應系の「葡萄園」また然り）せめて東大系の「辻馬車」「青空」などには、入りたいと言えば、入れてくれないこともないと思うものの、「辻馬車」は大阪高校閥だし、「青空」は三高だしというので、私はそんな気は、おくびにも出さなかった。

今日のように、「芥川賞」もなければ、「群像新人文学賞」「中央公論新人賞」の如きものもなかったので、文学青年は何よりも、仲間を集めて、片々たる同人雑誌をやり、そこから文名を出してゆくか、然らずば、一か八かで、「改造」や「時事新報」の懸賞に応募するか、そんなことしかなかったのである。「時事」には、尾崎士郎、宇野千代、横光利一、池谷信三郎、貴司山治氏らが当選したが、この選者に里見弴、菊池寛、久米正雄氏らがいたのが、ひじょうな魅力であった。また「改造」の懸賞に入選したのが、龍胆寺雄、芹沢光治良、小林秀雄、宮本顕治氏らであったことは、まだ記憶に新しいことだろう。然し、その当り率はむずかしく、よほどいいものでないと、予選内に入ることさえ覚束なかったので、私は最初からそのコースを、あきらめていた。こういう文壇の様相が、たしかに一時代前とは根本的に異質な一線を引き、そしてそれは今日に至って、更に強化されてはいるが、既に大正終末期に於て、マスコミと作家生活の矛盾に富んだ形態の前触れが、察知されるという風に見るのは、言いすぎであろうか。

○

山上御殿からテニスコートのほうへ下りてくる道の途中に、私は会員募集のポスターがはってあるのを発見した。それは学内の文学団体で、「朱門会」という名称の下に、当大学在学生は、みな本会の会員たることを得、とあり、また、本会は機関雑誌「朱門」を毎月発行す、とか、会員は本誌に原稿掲載の優先権をもつ、とか、本会は毎週一回談話会を開催し、作品の朗読や合評をやる等の内規が明示されていた。

私はしばらく、そのポスターの前に立って考えこんだ。先ず、第一に私の頭へのぼったのは、その文学団体は、学校を背景としているらしいことだ。もっと端的に言うと、野球部とか陸上競技部とかと同様、学校の校友会的存在であり、そこから毎月機関誌が出るのに対して、会員は優先権が与えられるという意味だ。そういう半官的な団体にはいることは、作家生活へのスタートとしては、あまり得策とは言えない。ということは、どうしても学校側からの干渉とか容喙《ようかい》とかいうことも起るだろうから、会員の原稿でも自由な選択は許されないのではないかという不安がある――。

で、私は、一旦は何ンの未練もなく、そのポスターを黙殺したのであるが、次の日になると、再びそれを弥生町のほうの門際に発見した瞬間、再び、歩をとめずにはいられなかった。つまりポスターは学内のここかしこに、何枚もはられていたのである。一晩考えた私は、やはり「青銅時代」や「主潮」にたてこもっている連中に伍して、文壇へ出てゆくためには、教室で、近松や芭蕉を学ぶだけでは、うだつが上らない。やはり、発表舞台をもたないことには、とうてい頭角をあらわすわけにはいかないことを悟ったのである。それには、多少のマイナスはあっても、友人縁故の絶無に近い自分としては、このポスターの主を頼って行って、何ンとか割込むほかはない。

ポスターの責任者は、伊藤専一という人で、住所は本郷区菊坂町八十二、菊富士ホテル内となっている。このホテルには、広津和郎氏や宇野浩二氏が泊っているので有名だった。宇野さんの万年床は、文壇ゴシップを賑わしていた。私は、おっかなびっくり、このホテルへ伊藤専一氏を訪ねて、入会の申込みをした。

伊藤氏は、一見して、学生とは似ても似つかぬ田園紳士風のディレッタンティストであった。今日から見れば、敢て驚くには当らなかったかもしれぬが、当時の世馴れぬ私から見ると、宇野さんや広津さんの泊る大きなホテルの一室を借りて、書架には東西の豪華本を陳列してあるし、窓際にはピアノがおいてあるし、学生なのに、りゅうとした背広は着ているし、そして口をついて出る言葉は、悉く浪漫的壮語なので、吃驚仰天してしまった。

雑誌「朱門」は、この伊藤氏の牛耳るところであり、原稿の取捨や編集は、毎月の合評会に諮るとは言え、編集兼発行人の座は伊藤氏の占めるところである以上、私は大学を背景とする御用的な団体の一員となる上に、更に伊藤氏の趣味・鑑定に服さねばならぬという二重の拘束を受ける立場に立たされたわけである。

然し、既に私は入会の申込みをしたし、入会金も月割会費も納入したのであるから、原稿持込みの権利は確保したわけである。そこで、四十枚ほどの第一作を氏の机上に提出して、辞去したのであった。

ただ、伊藤氏の趣味はともかくとして、古風な理想家肌と善意の人柄とは、初対面から、信頼感を抱くに足るものがあったとは言えよう。そして、その器《うつわ》はともかく、自分の原稿に発表舞台が与えられたことは、一先ず安心と言わなければならなかった。

もう一つ、この雑誌の同人の中に、池谷信三郎の名が見えていたのも、私をこれにひきつけた理由だ。

池谷氏は法科を卒業して、又、文科をやっていた。その途中で、ドイツへ留学したりした。時事新報当選の「望郷」はドイツ土産の小説で、エクソチシズムが特色となっていた。菊池寛氏がこれに注目して、授賞したので、今日なら、芥川賞だが、実際は芥川賞以上のお墨付であった。その池谷が、「朱門」の同人であることは、百万の味方を得たようなものと思って、意を強くした。

まもなく、私は伊藤専一氏の紹介で、池谷信三郎氏に逢ったが、その時彼は、角帽を冠っていた。然し、老成した感じの容貌で、趣味もよく、都会人らしいサラッとした態度は好感がもてた。然し私は、そういう感想はオクビにも出さず、特に追従《ついしょう》も言わなかった。

池谷氏はその頃から、菊池寛氏の受顧を受けているらしく、談話中にも、菊池氏の名が幾度となく出てきた。

○

創刊号が出た。私の小説も載っていた。池谷信三郎の戯曲。久板栄二郎、古沢安二郎、阿部知二の小説、北川冬彦の詩が並んだ。

特別寄稿として、英文からは、斎藤勇氏、仏文からは、山田珠樹氏、ドイツ文からは、木村謹治氏のエッセイが載ったのは、伊藤専一氏のとりはからいによるものらしかった。

然し、創刊号で一番評判になったのは、金文字で朱門と書き、三枚の銀杏の葉をカットにした表紙と、伊藤専一氏の識す「創刊之辞」の二つであった。前者については、当時文壇の重鎮であった田山花袋氏に、

「こんな表紙では、銀杏の葉が散るように、三号位でつぶれるだろう」

と冷やかされ、後者に関しては、それがあまりに晦渋な漢語偏用のために、悪評嘖々《さくさく》というところであった。何ンにしても、あまり幸先《さいさき》のいいスタートではなかったが、一応、買ってみようという人も多かったので、部数は予期以上にのびたそうだ。が、「山繭」や「鷲の巣」の同人たちから見れば、「朱門」の行き方は、気障ッぽくって、事大主義で、しかも甚だ高慢チキで、さぞ見るに堪えないことであったろうとおもう。私は、「朱門」創刊号を手にするたびに、そうした自意識に苦しめられた……。

余談になるが、高見順氏の「昭和文學盛衰史」によると、

「河原崎長十郎も、心座第一回の集りに、舟橋がいたとしているが、朱門創刊号の広告の同人名には、舟橋の名が見えない。池谷信三郎や伊藤専一より、学生として舟橋は後輩だったという関係か。それとも、これは私の想像だが、伊藤専一の専横のせいか。とにかく心座というと、私には村山知義と舟橋聖一の二人が思い出されるのである。そしてその組合せが面白いのである」

と書いている。

然し、私の名が、心座第一回公演の同人名にないのは当然で、その頃の私は、舞台裏の張りものの蔭に立って、台詞をつけるプロンプターをやらされていたにすぎない。

心座の第一回は、十四年九月の築地小劇場であるから、朱門の創刊とは殆んど、同時であった。池谷信三郎が、「婦人公論」に載せた「三月三十二日」という題の戯曲と、カイゼルの「ユアナ」。それに村山知義の「タンツ・オーネ・ムジーク」などという表現派風の舞踊数種が行われた。私はその前に、小山内薫氏から、河原崎長十郎を紹介されていて、個人的な交際をしていたのだが、心座の最初の同人決定には、私は除外されたのである。それが高見氏のいう如く、伊藤専一氏の専横か否かは知らないが、只、心座のプログラムに、「三月三十二日」の舞台効果として、私の名前が印刷されたのを、池谷氏にこっぴどく怒られたのを記憶している。池谷氏は私がまだ若いのに、とかく名前を出したがるのが、怪しからんというので、私を戒めるべく、痛いことを言ったものであろう。然し、私はそのプログラムの印刷にはノータッチであったので、私の名をそれに書入れたのは、他の同人の誰かであったと思う。それはとにかく、私の名がプログラムの隅に、しかも、効果係として載ったばかりに、池谷氏にいやというほど、呶鳴りとばされたので、私はひそかに、口惜し涙を流した。

この頃は映画の字幕などに、効果はもとより、裏方の末端まで、その名を列ねるようになったが、三十余年前には、新劇のプログラムに、効果係の名前さえ、出し渋らねばならなかったのだから、まさに今昔の感である。

が、私はこの池谷の叱正を今日に忘れない位だから、自分でも、同時代の連中に、負けまい劣るまいの競争心から、とかく名前を出したがったり、売りたがったりする傾向があることを、強く自省することが出来たには違いない。ただ、そういうことがあったとすると、第一回心座の同人連名に私の名が除かれていた空気もはっきりし、これを書いておくことは、伊藤専一氏のために雪冤《せつえん》となろう。

要するに、池谷氏は私を弟の如く思ってくれたのかもしれない。それにしては、私の兄事が足りなかったのであろう。それかあらぬか、池谷氏は「朱門」から、いつのまにかその名を消し、「心座」のほうも、二回目の、アンリ・ルネ・ルノルマン「落伍者の群」の演出を最後にして、手をひいてしまった。池谷氏とすれば、私などとつきあうより、「望郷」は今日のベストセラーではあるし、横光川端中河氏らとの仲間入りをして、菊池寛門下の四天王となるほうが、よっぽど有効適切だったに相違ない。然し私の態度にも、この才能豊かな流行作家を怒らせるに十分な、いやなところがあったのだ。

○

こうして、大正終末期は、二つの問題にしぼられていった。

一つは、ジャアナリズムの攻勢であり、今一つは、プロレタリア文学の台頭である。にもかかわらず、文士の坐臥は、これまでの文人墨客趣味、或いは自然主義作家の非技巧的非社交的態度が是認されていた。然し、すでに文名をなした宇野氏や葛西氏ならそれもいいが、ジャアナリズムの目つぶしを、まともに受けて立たねばならぬ若い作家は、そういう鷹揚な態度ではいられない。こちらも積極的に、ジャアナリズムを泳ぐべきだ。ジャアナリズムに殺されないで、逆にジャアナリズムを食うほどに強く押してゆかねばならぬ。然し、そういうことを口に出してはうまくない。あくまで、ジャアナリズムの攻勢などは、どこを吹く風と知らん顔をしながら、しかもジャアナリズムの中へ、自分の維持しているものを、乱されずに押し流してゆくほかはない……。

私は段々、そんな風に考えるようになっていった。が、これは私だけの意見ではない。同時代の連中の大部分が、そう思ったのではないかとおもう。ただ、それを表面に出して、いかにもジャアナリスチックに、ふるまうことは禁物であった。そういう風に、地あらにふるまった人達は、日ならずして、文壇から相手にされなくなった——。しかし又、一見いかにもジャアナリズムを軽蔑しているような顔をしている作家たちが、案外なときに、ジャアナリスチックであったりして、馬脚をまる出しにすることも多かった。

その頃のジャアナリズムという言葉は、今日ではマスコミに置代えられている。現代の作家は、マスコミの要求で書くことを恥とも何ンとも思っていない。違うところはそこだけである。三十五年前には、ジャアナリスチックということを、作家の恥と思いつつ、然し、私たちは、ジャアナリズムに乗らなければ、作家生活を一貫することが出来なかったのである。そして、これがその一時代前とは、全く月とすっぽん程違うのに、しかも私たちへの要求は、その一時代前の作家

の武田麟太郎のような上手な小説書きが、小説を忘れて、ガリ版をすらねばならぬ時代が来た。今、私はそれを以て、彼らを責めているのではない。たしかに、私自身の気持の中にも、自分を不用の男として、屑化《ルンペン》したいということに、安住はしきれないものがあった。

虚名でもあれ、文名をあげたい心の中には、自分を世の中へ押出し、その存在を明かにさせて、有意義化したいという野心があるからだ。また世間のほうにも、作家を有意義化したいという希望がある。その両者が燃えつくと、忽ちにして、有意義な作家が登場することになる。自分でそんなに売出さなくても、世間のほうが彼を認めて、どんどん売出してくれる。それがブームだ。

古く云えば、滝沢馬琴は、婦女子のために小説を書いて得た潤筆料で、有意義な読書勉学して、一かどの学者となるのを目的とすると宣言したのだし、明治では、二葉亭四迷や岩野泡鳴や国木田独歩が、作家生活の外に出て、行動半径をひろげている。近くでは、菊池寛氏が文藝春秋社を興し、小山内薫氏が築地小劇場を経営したのも、文士有意義化のあらわれである。そして大正末期から更らにプロレタリヤ文学の全盛期に際会したのであるから、競ってこれに参加して、女々しい恋愛小説などを書いているものは、すべてプチ・ブル的として、逆に有害視されるに到った。つまり、不用ということは、一歩を転じたら、有害にほかならぬという論法である。

私の戯曲「白い腕」が、築地小劇場の舞台に、心座の河原崎長十郎氏によって上演されたのは、大正十五年九月であるから、青野季吉氏の有名な論文、「自然成長と目的意識」が「文藝戦線」に出たのと同時であり、それが文壇、上を下への大センセイションになったのだから、こちらは最初から、時代の潮流に対して逆コースをとることになった。

私のこの戯曲は、兄弟が一人の女を争うというような筋で、兄が弟夫婦の寝室を覗いたり、女の腕に執着して、それを切取った錯覚で、実は氷袋をぶらさげて歩くとか、まことに、とてつもない妙な、官能的なものであった。どう見ても、戴けないものだったから、世評は散々であった。当時花形の佐々木孝丸氏などは、ある講演会で、「白い腕」を徹底的にコキおろし、およそ病的頽廃の極、人類の進歩に有害な言語道断の愚作ときめつけられた。それで、心座の同人たる村山知義氏や河原崎氏も、大いにもてあましたのだろう。といって、私を追放するわけにもいかない。なぜ、追放されなかったかというと、彼らの友情が私を思想的に救おうとしていたからだろうとおもう。

一体私の何を愛したのだろう。これは疑問であるが、然し、私の戯曲を愛したのでないことはたしかだ。彼らは「白い腕」などという作品を愛せる筈がないのだから、作品以外の何かを愛して、私の追放を思いとまるどころか、心座を一部と二部に分けて、組織の再編成までして、私を残留させたのだ。

心座は第五回公演から、一部を村山氏が主宰して、「社会主義的演劇を演ずるもの」とし、二部は、「社会主義的意識の上にでなく演劇を演ずるもの」として区別し、二部のほうに、私と今日出海氏が配属された。

この村山氏の考え方を解説すると、一部の社会主義的演劇は、強い政治意見を持つものであるから、積極的であり、これに対して二部のほうは政治的にはどちらでもいいのだから、消極的である。若し二部の主張する政治性が、はっきり資本主義、帝国主義の政治綱領を宣伝高揚するものならば、両者は同一劇団に同居出来ないが、今のところ、二部の主張は政治的に無色無支配を標榜しているのだから、一部二部は対立しながらも、共同経営が成り立ち、また文芸部は対立しても、これを演ずる俳優は無思想であるから、一部へも二部へも出演して一向差閊えなしという論旨であった。つまり、一部は有意義で、二部は無意義であるが、今のところ、有害ではないから、一緒にやってゆくという方針だ。今になって思うと、一部が二部の存在をゆるしたのは、二部のもつ観客動員を利用した点があったかもしれない。そういうことが、秘密裡に、「前衛座」あたりの指令によっていたのかもしれない。が、こっちでも又、一部の存在を利用したつもりもあった。が、あえてこちらを二部とされたのに、それを甘受したのは、やはり私達の心の中にも、自分たちを無色無意義化する認識の作用が蔵されていたからだろう。

前にも云う通り、私には、無為不徳、虚無消極、反政治などの料見が、一ぱいに詰まっているが、然し、人からあまりにも、無意義化され、軽蔑を浴びせかけられると、一時的には亢奮を抑えきれないウイーク・ポイントがあると見えて、その都度、青くなったり、赤くなったりした。今日になって考えてみると、私の一生にとって、そういう時——つまり道徳的になった時が、一番危険な曲り角であった。そして、遺憾ながら、時々は道徳的な亢奮情態になることもあったのを、認めるほかはない。

自分がこうして、人に軽蔑されるのがいやさに、道徳的になれば、忽ち、作品を有意義化したくなるし、それには今まで用いてきた技術の上に、何か別のものを加えなければならない。道徳的とは、即ち、政治への色目を使うことになり、同時に自分の内部の不道徳なものを断乎として、弾圧する必要も出てくる。然し、亢奮しているときは、それが出来そうな気がするものだ。好色などは、もっとも非難すべきだと思うようにもなるものだ。それに道徳的亢奮というのは、一日や二日では、鎮静しないから、一層恐ろしいわけである。

○

ものは考えようであって、村山君の友情が、こんな風なこじつけの論理を編み出し、思想的には対立しながらも、友達として、また心座の生えぬきとして、やはり私とは手を切らずに進もうとする複雑な心理過程だとすれば、精一杯の妥協工作だったのだろう。が、然し、それが一時的な糊塗策であったことは、次第にこの対立が、激化していったので証明される。

この公演で、一部は村山作演出の「スカートをはいたネロ」二部はアンリ・ルネ・ルノルマンの「時は夢なり」を上演した。一部のほうでは、前衛座の研究生が大ぜい客演して、前衛座の出店化し、二部は岸田國士の台本で、今日出海や私やその他の合議演出。河原崎はニコ・ヴァン・エイデンに、黒木照改め花柳はるみが、ロメ・クレメルスに扮して出演した。公演そのものは、大した反響もなかったが、この形で互に鎬を削ったところは、昭和初年にふさわしい時代風景でもあった。

然し、こういう変則な形がいつまでも維持されるわけもない。いかにしても、この呉越同舟的な組織には無理があった。そこで、日夜の論議沸騰のあげ句、遂に一部と二部とは決裂して、村山氏が心座を追ン出てゆくことになった。

私は創立当時は、同人の名前さえ認められなかった一プロンプターであったのが、二年そこそこで、同座の全機能を掌握し、自らボスを気取るに至ったが、それは僅か三日天下で、六回七回八回の三回の公演をやったあとは、一度追ン出た村山氏の復帰となって、こんどは逆に、私が心座から追ン出される番となった。

私にボスたる器量のないことがしみじみ思い知らされたのは、この新劇運動に於ける失敗による。今でもそうかもしれないが、当時の新劇運動とは、一種の政治運動であった。そうでない二部のようなものでも、少くとも一種の道徳運動であった。劇場人は小政治家であると共に、モラリストでなければならない。モラルがなければ、大ぜいの人手を要する協同製作に当ることは不可能である。

そこへいくと、小説家はもっと個人的で個性的である。原稿は好むがままに、いつ書いてもよいのであって、一定時間の制約を受けないが、劇場人は稽古の日割や集合時間を常に念頭におかないと、協力者、第三者、他人を長いこと待ち呆けさせることで、完全な迷惑をかけてしまう。

それればかりではない。

人と人との接触は、社会的である。劇団を統率して、メンバーに和をたもたせることは、政治的ですらある。政治の要諦をつかまぬことには、劇団の理事は出来ない。今はどうだろう。今はそれ程でもないかも知れぬが、然し文壇人にくらべて、劇場人は道徳的な印象を持たせる。もっとも、この場合の道徳的という言葉の意味は、その座の女優に手をつけるとか、つけないとかいう問題とは無関係なところにある。そういう点では、文壇人より劇場人のほうが、タチが悪いこともある。然し、それにもかかわらず、彼らの立場は道徳的である。

なぜだろう。それはわかっている。劇場人のほうが、政治的社会的だという点だ。私は三日天下の座に坐って、これを存分に味い、危く小政治に巻きこまれて、満身疵だらけになって、街上へおっぽり出されたのが、昭和四年八月、折柄、ドイツのツェッペリン飛行船が飛んできて、白魔のような姿を東京の空にあらわしたその日であった。

私は大いに後悔した。どうして、小学生中学生のとき、首席にはなっても級長にならなかった私が、歌舞伎役者を相手に、劇団を組織したり、左翼演劇チャキチャキの村山氏一党などと、勝算のない闘争をやったりしたのだろうと。私が級長になれなかったのは、クラスメートの前で、大きな声を張って、号令が掛けられなかったからである。人が人に、声を大にして命ずることが、私の内部に抵抗をおこした。すると私は、小さな声しか出なかった。体操の教師が、順番に一人宛《ずつ》列から離して、号令をかけさせる練習をするとき、私は口の中で、モグモグしてみせるだけで、進むのか退くのか、その命令は、まったく伝わらなかった。教師ははじめ、烈火のように怒ったが、しまいには、あきらめていた。

「君は級長にはなれない男だ」

と、刻印をおした。私は、それを内心喜んだ。級長なんぞになれなくとも、旧制高校から大学へと進めばそれでいい、と自負した。若し級長に祭り上げられるようなことになったら、私は死にもの狂いでも、ことわるつもりでいた。果して、卒業したとき、私のクラスからは、私ともう一人以外は旧制高校へパスした者がなかった。で、内心はそれ見ろと思った。号令のひどくうまかった級長は、その後あんまり芳しいコースは取らなかった。

そういうことを百も承知の私が、新劇運動へとびこむと、すぐ火傷をしてしまったのである。これはわかりきったことであった。私は劇団員に号令をかける術を知らず、その結束を固める方法にうといのである。それも天下を取るまでは、しきりに触手をうごかして、策謀を練ったのであるが、さて自分が中心部位を占めると、私の内部に抜きがたく存在する反道徳的なもの、好色なもの等が、大へんな邪魔をした。いや、邪魔すると考えられた……そして、被害妄想に取ッ憑かれた。

新劇団で、一ッぱしの頭目となるには、もう少し神経を太くして、被害妄想をしりぞけ、且つ政治的でなければいけない、と私は気がついたが、おそかった。

そして、政治的ということは、多かれ少かれ、痩我慢が出来なければならない。ところが私は、痩我慢が何よりもきらいであった。所謂忍耐力を、美徳として考えることは、私には不可能である。

食いたいものは、食いたいと云い、痛いものは痛いと云いたい。修身で教わった克己心などは、一番下等な良心だと思っている。

然るに、新劇団に入ると、瘦我慢や克己心が、団体生活をする上に、何よりも必要な精神である点は、一種の小軍隊化を思わせるに足りた。

新劇運動でさえ、そうであるのだから、ましてほんものの左翼運動に入れば、もっともっと、瘦我慢の美徳や忍耐力を養わなければならないだろう。それは、確かに、日本のもう一つの、別の軍隊である。

同時代の友達は、そういう私を、無類の我儘者と見た。

「君は一度もプロレタリヤの飯を食べたことがないから、生れつき、ブルジョアに対する報復心がないのだ」

と、私は或日、武田麟太郎と村山知義の両氏に、頭ごなしに云われたことがある。（たしか新宿の白十字であったような気がするが）そう云われてみると、私は資本家に対する直接の復讐心はないかもしれなかった。それは私には英雄的すぎる。然し、資本家を憎んでいることは、資本家の作った軍隊や警察に、怖気をふるっていることで、十分自覚していた。少くとも私は、資本の権威に頭をさげようとは思っていなかった。同時に、反資本の権威にも、追従しようとは思わなかった。なぜなら、どちらにしても、瘦我慢を美徳としなければならないからだ。

私が心座を追われたとき、私は再び、権力や小権力の座には就くまいと決心し、そのために三文小説を書いても仕方がないと、臍を固めたのであるが、しかし又、その後、懲りずまに、小権力、小政治の座を望んだこともなくはない。そういうときには、必らず私の内部に、道徳的亢奮を同伴しているときだ。

○

私は資本の権威、または反資本の権威にも追従したくないが、さりとて、庶民思想に迎合して、庶民と共に生きるという風な感慨にひたったこともない。

もっとも、私の血は、主に町人の血であってプチ・ブル的な系図を背負っている。父は貧乏儒者の子で、伊達藩の士族だったが、母系は、古い三多摩の鉄砲鍛冶であるから、やくざの血もはいっているのではないか。その鉄砲鍛冶が御家人の株を買って旗本になり、榎本武揚の部下となって、彰義隊の戦争に加わっている。その後裔の私の祖父は、明治になって、古河市兵衛翁の筆頭重役になった。それで、生活は富裕に恵まれていたが、本質的に貴族的ではなく、根が町人出の卑俗さをかくし切れない。一族の中で、一番官僚的なのは、当時東京帝国大学の助教授だった私の父であった。私の血には、そうした気質の混血があった。心座を追ン出された私は、当分新劇運動はやるまいと心を決めた。むろん、政治運動にも入らないし、その政治運動の前衛であり、啓蒙宣伝をつとめる所謂主人持ちの小説家にはならないと覚悟した。覚悟とか決心とかいうと、今日では、大仰な身ぶりのようだが、当時の空気からいうと、それは大仰でも何ンでもなかった。

私は、新興芸術派の傾斜面に立ちながら、危っかしいスタイルで、短編小説を書き出した。然しそれに満足していたわけではない。もう少しは、ましなものを書きたいとあせりつづけた。ましと云っても、それが有用の書となる意味ではない。閑文字《かんもじ》で結構である。然し、その閑文字にもよりけりで、俗悪なペンキ絵同様の新興芸術派小説に、本気で取組む気にはなれなかったまでの話だ。

私はその頃から、再び古典へ戻っていった。大学の卒論は、「岩野泡鳴伝」であったが、泡鳴が文学以前の権力に途まどって、樺太まで、カニの罐詰事業に出かけてゆく気持が、私としては、バカバカしいなりに、そのよろめきが面白かった。大なり小なり、作家にはそれがある。清少納言にもあれば、吉田兼好にもあり、また、馬琴や四迷や独歩にあったことは、前にも触れた通りである。然し、興味はあったが、泡鳴に心酔するわけにはいかなかった。

私は先ず何よりも「源氏物語」に惹かれていったが、その頃、文壇では、「源氏物語」も「枕草子」も、殆んど、読まれていなかったのである。僅かに正宗白鳥氏が英訳でこれを読んで、評論された。日本の作家が原典を読まずに、英訳で遠回りして読まねばならぬことが、私には、情ないことに思われた。然し、世間はそういう読み方を怪しまぬばかりか、それを端的な方法のように思い、正宗氏の発言で救われた感じであった。正宗氏でさえ、そうなのだから、普通の読者が何もわざわざ小面倒な平安朝の文脈を辿る必要はない。そういう煩を避けて、物語の中心にメスを入れる読み方のほうが、一層近代的であると合点する風であった――。

もっとも、「かげろふの日記」にしても「紫式部日記」にしても、難解であることは、英語、フランス語の原書以上で、正しく読むには、一日に三頁も進まないことがある。然し、そうして読んでゆくうちに、英訳では、「源氏物語」をとうてい味いつくせるものではないという自覚にはっきり到着することが出来た。

私は又、新劇で手を焼いた反動で、歌舞伎の世界へ戻った。はじめて、客席以外のところで、歌舞伎の舞台を見ると、その美しさに瞠目した。

客席以外のところというと、たとえば、上手下手の幕だまりとか、下座のあるお囃子部屋とか、臆病口の幕のかげとか、二階の電気部屋の一隅とかから見る角度で、思いがけない新鮮な印象がうかび出てくる……。

もっとも私の楽屋好きのクセは、小さい頃からだった。子供の私は、女中部屋が好きで、女中が髪を結ったり、お灸をしたりするシーンを眺めあきなかった趣きは、どこかへも書いたことがある。

私は普通の子供のように、とんぼや蟬をとって遊ばず、いつも家の中で、折紙をしたり、積木をして、もやしのように育った。動物は、犬や猫でも恐ろしかったし、まして、蛇や蜥蜴には、総毛立って慄えた。私はすべて男の子の男らしさに欠けていた。私は子供の頃から、只々、対人関係、人事にだけ興味をもった。山よりも川よりも、四季の草花よりも、人恋しい子供だった。

そのクセが直っていなかったと見えて、大人になって、築地や柳橋の料亭に遊びにいっても、広い座敷で、大ぜいと酒肴をたしなむよりも、一人そこをぬけて、箱部屋で油を売ったり、帖場のそばの長火鉢の前に坐って、お燗番をしたりするほうが、よっぽど退屈しなかった。

たしかに私の心には、コンプレックスとも違う強情な女々しさがあり、同時に幇間や芸妓を虫けらのように見くだす客の精神が足りない。人は、それを私に、高邁なものが欠けていると、見るのであろう。

しかし余談だが、客というものは、殆んどみな、騙されている。

偉大な政治家でも、皇族出でも、また崇高な学者でも、年若い小妓や老女将の手管にあやつられて、ニセモノをつかまされている。まんまとしてやられている。ここでは、権威というものも、まるで空虚である。鼻の下を長くした権威が、だらしなく、討死してしまう。彼女らの謀略は、手のこんだもので、且つ年季がはいっているから、世間へ出ては空威張りをしていても、ここへくると、まるで骨をぬかれてしまって、彼女らのウソを看破し得ないのである。いかにも権威に屈伏させるようだが、法外な金を取られているところを見ると、死闘の末生きのこるのは、却って客でなくて、女のほうである。

私はそういう裏ばなしに、人一倍興味をもった。

小説とは、畢竟小人の説であって、君子の説ではないのだし、人生の表ばなしではなくて、この世の裏ばなしである。小説を志す限り、その位のことは最初から覚悟していていい筈なのに、虚名を得るに従って、小説家も亦、一代の師表となったつもりになる人が多いから、滑稽だ。

ある友達が云った。

「君の小説を読んで、ぼくはまだ一度も涙を流したことがない」

「そうか」

「君は、男子の涙をふるうような感動的な小説が書けないのだろう」

「そうかもしれぬ」

「一度、そういう感動にみちあふれたりっぱな小説を書いてごらん。どうしてもそれが書けないなら、筆を折り給え」

「さア、いくら君の忠告でも、そういう見当ちがいは困るね」

「何が見当ちがいなのだ」

「私は男泣きに泣くようなことが、大きらいなのだ。そういう男らしいことは、すべて痩我慢から発しているのだから、そんな落涙を美しいとは思ったことがない」

「そういう料見では、感動的な、高邁な作品が書けないのも当然だ。もう、君のものを読むテはない」

「どうぞ、お勝手に——」

こうした押問答は、その後も、友人や読者との間に度々くりかえされたが、私としては、何ンと云われても、一念発起するわけには、いかなかった。私の作品に、感動的なものが欠けているのは指摘しやすいが、その感動とは何ンだろう。感動というものは、実は年々歳々に、変化するものではないのか。

二の章

「源氏物語」については、三人の師があった。一人は旧制高校時代の先生で、宇野親美さんと云った。当時は独身の若い学者で、多分に文学青年気質があったから、その点で学生には親しまれていた。私が下宿していた旅館と、宇野さんの旅館とは、大通りを中にはさんで、向かい合っていたから、ちょくちょく、出かけていった。「須磨・明石」あたりまで読んだ記憶がある。私の旅館は福田屋と云い、宇野さんのは、佐野屋。どちらかといえば、福田屋のほうが格上であった。佐野屋には地方巡りの役者とか漫才のようなものも、よく泊っていた。宇野さんはそういう姦しさの中で、孤りでしきりに古典の読漁りしているように見うけられた。

第二の師は、島津久基氏。氏からは、「源氏物語」を活字ばかりで見ずに、耳からも聴いた。その朗読法は美しいものであった。日本文学大辞典に拠ると、

朗読法とは、口語体又は文語体の文章を正しく且つ趣味あるように読みあげる方法である。聴者が文章の意味を十分に理解するのみならず、文章の美質をも善く感ずるように読みあげ

る術である。

と記してある。島津氏の源氏の朗読は、そういう文章の美質を伝えることが出来たとおもう。然し、その後、国文の朗読というものは廃《すた》ってしまって、草書や変体仮名同様、過去の遺物となったのである。

私が最後に聴いたのは、信州上山田温泉清風園とやらの夏の夜であった。明眸白皙《めいぼうはくせき》の氏が旅館の座敷に端座して、

須磨には、いとど心尽しの秋風に、海は少し遠けれど、行平の中納言の『関吹き越ゆる』と云ひけむ浦波、夜々はげにいと近く聞えて、またなく哀れなるものは、かゝるところの秋なりけり……。

と節つけて音読するのを聞いていると、今の世とは思われなかった。昭和初年のことだが、何年頃か記憶はないものの、この夜の印象は、忘れがたいものがあった。

島津氏の朗読は「源氏」ばかりでなく、「太平記」なども、哀調を帯びた調子で、澄みきったものであった。然し、いくら、その声に魅せられても、私はそれを真似てみる気は起らなかった。

私は現代小説を読むのと同じに、「源氏物語」や「枕草子」を活字に拠って読む以外に、わざわ

ざ、声を張って音読する興味も自信もない。が、若し、ほんとうに「源氏物語」の世界に耽湎《たんめん》し、陶酔して、自分を遠い古《いにしえ》に運ぼうとするならば、只目で読むだけでは物足りず、やはり音吐朗々と、声をあげて読むに如くはないだろう。

もっとも、今日の大学でも、古典文章の講読は、先生か或いは生徒が、声に出して読んでから、註釈なり解説なりをすることになっている。然し、その読み方は、普通の現代文を読むのと少しも変りがなく、抑揚や調子のついたものではない。昔風の朗読法は、今きくと、少々どぎつい程に、メリハリをつけ、節に近いところもあるほどであった。恐らく、古典文章を、昔の人のように、抑揚のついた調子で音読するという風習は、殆んど根絶してしまったのではないか。

島津氏の次に「源氏物語」について、沢山の啓発をうけたのは、池田亀鑑氏だ。然し、氏は私より三年程先輩の大正十五年組であったから、そういう同時代同士の反発のようなものもあって、戦前までは、単なる畏友という程度であったが、戦後の「源氏物語」劇化の企画と実行を見るに及んで、特に強く結ばれた。更に彼が、意外に早く死んでみると、たしかに彼は、私に沢山のものを教えてくれたありがたい師であった。

意外に、と書いたが、実は前々から、氏の病弱は、誰の目にもわかっていた。少し急いで歩けば、息が切れ、高い階段をあがると、フーフー云っていた。歌舞伎座三階の楽屋まで、一息にはのぼれない。途中で休んで、呼吸をととのえて、のぼるような始末だった。

「源氏物語」の稽古場の細長い机の前へ坐ってからも、しばらくは目をとじて、はずむ呼吸を抑

える風だった。傍にいる私は、
「大丈夫か」
と、訊かずにはいられなかった。そういう氏の挙措を、氏のポーズと見る人もあって、いろいろと非難が多かったが、それから間もなく他界してみれば、氏の病弱は必らずしもポーズのみではなかったことがわかる。この国では、学者の仕事は報いられないので、島津氏、池田氏のような天分豊かな国文学者が、恵まれぬ状態で死を急いだ観のあるのは、文化国家としては、再吟味すべきこと柄である。

要するに、中興館発兌《はつだ》の「源氏物語講話」（島津氏）と云い、中央公論社版「源氏物語大成」（池田氏）と云い、内容は極めてすぐれたものだが、社会的反響はさほどとも思われない。その理由の一つには、学者同士が足を引っぱってしまう節もあり、また社会が、これら篤志の学者に対する認識を欠いているからでもある。これは国文学者ばかりでなく、英文仏文の著名な老学者先生でも、功成り名とげて尚、夜間部の授業などをしなければならぬのが現状であるらしい。島津氏や池田氏も、決して「源氏物語」一本に没頭してはいられなかったようだ。あまり物的に恵まれすぎても、学問的情熱を失うが、その反対も然りである。おしなべて、この国では、学者の待遇の悪いことは、みんなの目にあまっているが、特にこれを改善しようという積極的な意慾をもつ篤志家の出る様子は、今のところ、全くない。

日本の女流舞踊家として、既に長老級の吾妻徳穂氏が、舞踊家は日本では、商売が成り立たないという理由で、アメリカの永住権を獲得し、単身日本を飛出してゆくという話題は最近のものであるが、日本という国は、ふしぎな国で、おとなしくしていると、どんな商売でも、少し宛商売にならぬところが残されているのではないか。おとなしくない者だけが、食べていけるようになっているのでは、吾妻徳穂ならずとも、亡命したくなるだろう……。

まして、国文学者などは、おとなしいうちでも、おとなしい存在である。そして、こういう存在は、無視されがちだから、たまたま多少とも恵まれた人たちは、仲間の嫉視をうけて、とやかく云われることになる。それでも、池田氏は一流の書肆から、尨大な研究の結果を発表し得られたから、まだしもであるが、島津氏などは、その死後に於ても、報われること尠少《せんしょう》で、今や満足な索引《インデックス》すら、求めることが出来ないという有様である。この国では、学者の老後はまことに悲惨なものが、多すぎるようだ。

○

五十嵐篤好の「雉岡随筆」に拠ると、

われ源氏物語をはじめて見し時、好色なるものかなと思ひて、おのれさへ心あだ〳〵しくなるやうに覚えき。

さてうちかへし〳〵見るに、十かへり余りに及びてより、さらに好色なる事を覚えず。

時世によりて移り変る人情、さて人々の生れ得たる所ありて、取りかへがたきさまなどのみ見えて、見るたびに歎息せられ、さてもよく人情を書き尽くしたるかなと、うめかるゝばかりなり。これを思へば、何事も一わたり見て、さこそとは思ひ定めがたきものになむ――

とあって、好色の本かと思って読んだが、好色ではなかったという述懐だ。

この著者は、寛政五年越中国の生れ。臥牛斎と号し、また鳩夢、雉岡等の別号もある。文政二年、故あって職を免ぜられ、能登国島地へ流されたが、その謫居《たつきょ》中に、本居宣長の著書を読んで感動し、国学に志した。赦免の後、越中砺波郡惣年寄役を命ぜられ、扶持は十石、はじめ本居大《おお》平《ひら》の門に入り、また富士谷御杖《みつえ》にも師事した。文政元年、年六十九で金沢に病歿するまで、藩政の諮問に答え、或は進んで、政見を具陳したことが多かったという。

この場合、用いられている好色の意味は、頑固な国学者が、読まぬうちから、心をあだあだしく浮き立たして、源氏物語を繙《ひもと》いたというのだから、ごく俗論的に使っているのであるが、十回も読み返すうちには、さてもよく人情を書き尽したものと、うめかるるばかりだという実感的な表白は、数多い「源氏物語論」にプラスとなっている。

これは五十嵐篤好ばかりではない。「源氏物語」と聞けば、何か怪しげなオブセーヌな描写があるものと、初めから思いこんでいる人は今日でもかなりある。現に、先年「源氏物語」初演の時、歌舞伎座正面入口の前で、入場しようとする客を、警視庁の役人が一々カードを渡して、その観劇意図をあらためようとしたケースがあって、物議をかもした。劇場支配人がそれを抗議したところが、警視庁側は知らぬ存ぜぬで押通した。然し、聞かれた客は一人ではないのだから、やったことはたしかだ。やったとすると、やはり、源氏物語を好色なものと推定して、かかった仕事に相違ない。

ところが、「源氏物語」は篤好の云う如く、通俗的なオブセーヌなところはどこにもない。第一、あのやかましかった内務省警保局検閲下でも、伏字はなかった。西鶴や春水、種彦は伏字だらけだが、「源氏物語」は藤壺懐胎の事件がカットされただけである。若し「源氏物語」の中に、刺激の強いシーンがあるだろうと思って読めば、あてがはずれる。そういうシーンが読みたければ、現代には沢山のどぎつい出版物があるのだから、それで十分である。「源氏物語」のような難解な文章を読みあぐむ要はない。然し、なぜ源氏が一千年の歴史にわたって、愛読されているかというと、多くの学者の熱心な解説にもかかわらず、やはり「源氏物語」文学の根底には、「好色」があるのみであり、それが、世人の心を惹くのである。

今までの「源氏物語」論、註釈、解説等のすべては、皆も、「源氏物語の実態は、好色文学ではない」という命題の諒解を得るための仕事だったといっても過言ではない。五十嵐篤好の一語は、その最も端的な云い廻しであることに、生命があると見られた。あらゆる源氏学者が、いろんな方法で、戦いを挑んだ点はそれであった。

――何ンとかして好色ではないという諒解が取りたい。せめて、好色ばかりではないとしたい。

好色以外の何かが本筋であって、それを正しく読ませるために、好色という調味を以てしたという風に諒解したい……。

それには、宣長のように、「もののあはれ」というもので置き換えようとした知恵の深さも見られる。

好色では、戴けないが、「もののあはれ」なら結構という暗黙の諒解が、成立たぬ筈はないという考え……。

みんながかりで、「源氏物語」を好色以外のものにしたいと躍起になっているのが、いままでの源氏物語の研究、解説、評論の綜合的な業蹟であったといえる。それは、「源氏」を愛読すればするほど、「源氏」を好色論から、解放しなければならぬという愛と責任を感じ出すのである……。それほど「源氏物語」は、日本人にとって、愛すべき魅力的な小説であり、且つ代表的な作品なのだ。

そこで、今の五十嵐篤好のような表現も出てくるが、更に、「消閑雑記」(岡西惟中《いちゅう》)のような説明も成り立つ。


源氏は和国の奇筆なり。

細川玄旨《げんし》法印の扈従《こしょう》に、宮木善右衛門孝庸といひし武士、因州の牧に仕へ給ふ。若年の時より随ひて、委曲に伝授し承り終りぬ。

ある中に、孝庸、玄旨法印に、世間の便になる書は、何をか第一と仕るべきと尋ねさせければ、源氏ものがたりと答へ給ひむ。
又、歌学の博覧第一のものはと問へば、
同じく源氏と答へさせ給ふとぞ。
何もかも源氏にて済みぬる如く承りぬ。源氏を百色つぶさに覧《み》たる者は、歌学の成就なりと宣ふ由、法印は語らせ給ふ。

とある。細川玄旨法印とは、細川幽斎のことである。この話を島津久基氏は、次のように書いている。曰く、

昔、因州の士宮木善右衛門孝庸といふ人が、その師細川幽斎に向かつて、

〝世間の便りになる書は、何をか第一と仕るべき〟

と問うたら、幽斎は言下に、

〝源氏物語〟と答へたといふ。面白い話だとおもふ。如何にも含蓄のある、そして如何にも剴切《がいせつ》な答だと思ふ。然し、現代に於て、果して幽斎と同じ答を与へる人が幾人ゐるであらう。源氏物語の名は、余りに知られてゐる。その名小説であることを知つてゐる人も無数であらう。けれども、その真価が国民全般に十分、知悉せられてゐるかとなると、甚だ心細いもの

がある。

要するに、島津氏でさえ、源氏物語の真価とは何ぞや、という一番大切な問題については、はっきり、「好色」ということを断言は出来なかった。むしろ、細川幽斎の言葉のほうが、アイマイなだけに、含蓄は深いのかも知れない。宮木某は、それをまた、更にアイマイな感受性で、

「何もかも、源氏にて済みぬる如く承りぬ」

と受けとっている。

このように、源氏物語という偉大な素材と取組んだ源氏学者のすべて――古くは、定家にしても、世尊寺伊行《これゆき》の「源氏物語釈」にしても、「弄花抄《ろうかしょう》」のメンバーにしても、また下って、「湖月抄」（北村季吟《きぎん》）や「玉の小櫛」以降（本居宣長）、島津、池田に至るまで、彼らのふりおろそうとする検討のメスは、源氏物語という小説の目的が、好色以外のところに存在するのではないか、というサスペンス。しなければならぬというドグマ。してほしいというエクスペクトにかかっているのであった。

○

ところが、それらはみな、的がはずれていて、やはり、源氏物語の真価として、多くの人の心を惹くのは、好色以外の何ものでもないのである。

「源氏物語」が、日本文学の典型として、文学といえば、源氏の代表する趣味が最上のものであ

ると考えるようになったのは、平安朝でもなければ、鎌倉でもなくて、実に足利時代まで、待たなければならない。「源氏」は足利時代に到って、はじめて、日本の源氏となったのである。これをまた逆に云えば、源氏物語を論ずることなくして、足利時代の文化を諒解することは不可能でもある。

この中心が、前にも触れた「弄花抄」のグループ、即ち、宗祇、牡丹花肖柏《ぼたんげしょうはく》、甘露寺親長、柴《さい》屋軒宗長《おくけんそうちょう》などの名前があげられるが就中《なかんずく》、三條西実隆が、その最も熱心な研究者であり、またパトロンでもあった。

実隆が「源氏」の筆写を終ったのは、文明十七年のことである。はじめから、宗祇に師事したというわけではなくて、「花鳥余情」（一条兼良《かねら》）などを手がかりにして、読み且つ書写していったものであろうが、その間、彼の邸へ出入したのは、牡丹花肖柏であったらしい。有名な「実隆公記」によっても、肖柏の名前のほうが、宗祇より先きに見えているから、実隆ははじめに肖柏を知り、然るのちに宗祇を知って、その門に入ったものであろう。

文明十七年閏三月、五十四帖の筆写が終った晩は、宗祇、肖柏らが、三條西邸へ集って、一夕の宴を催し、共にその喜びを分ったと云われている。これ以来、宗祇の源氏講読は、専ら三條西邸で開かれるようになった模様だ。

宗祇と肖柏は、常に携えて、実隆のもとを訪ねているが、ほかに同宿の宗観、宗作、玄清らが随行した。聴聞衆には、実隆の外、滋野井（滋前相公）、姉小路などの諸卿も来会し、宗祇の都合の悪いときは、肖柏が代って、開講したと云う。

この源氏物語研究会は、やがて、伊勢物語や古今集を取上げることになって、例の古今伝授を生むことになるのであるが、それは本章の筋を離れるので、暫く省略して、この研究会の申合せとも云うべきものを、披露するのが先きであろう。

もっとも、「伊勢物語」などに対しては、宗祇の態度もぐっと砕けたもので、言葉も巧みに、面白おかしく、講読をつづけたらしい。例の「実隆公記」にも、伊勢の講読に就いては、

「言談之趣、尤神妙々々」

とあるのでわかる。それに、「伊勢」のほうは、主として、朝から昼までの間に行われ、「源氏」の講義は、夕方から夜へかけて催されている。「伊勢」は分量も短いから、七回位で完了した。然しその話術がよほど面白かったと見えて、のちに伏見宮家などからも、所望されて、宗祇は断りきれずにいる。

ところが、「源氏」の場合は、「伊勢」とちがって、いとも厳粛に行われ、聴聞衆の申合せには、

「講談中は、魚味を食することは差支えないとしても、房事は二十四時《とき》を隔てなければならぬ」

という風なややこしい一條があった。

こうした文芸愛好家たちの好学の精神を、私は悪いと云っているのでは決してない。

然し、宗祇一派が、――と云うより足利時代の一大文運の経営にあずかったこのグループが、「源氏物語」を、日本の源氏にまで推上げたのはいいけれど、やはり、「源氏」を何ンとかして、

社会有用の書たらしめようとする苦心の果てになった一つの掟即ちドグマではなかったか。

魚味を食するのは、差支えないと、わざわざ断ってあるものの、恐らく、この研究会の食膳は、生ぐさものを嫌らったのではないか。「日記」には、一帖を講じ終ると、慰労として、饂飩《うどん》ぐらいで、献酬することもあったと記してある。時には、余興として、座頭《ざとう》を呼び、平家を語らすこともあったそうだ。

また、宗祇の希望で、三條西邸に、源氏物語論議が催された時、参会者は、各人、源氏に関する問題四箇を持ちよって、一問一答のような形式でやることにした。先ず、肖柏が問題を読み上げると、一同のうちから、これに答える者が出て、更に、順次に質問がうけ継がれてゆく。これを、執筆役の実隆が聴書するという仕組である。

冬の夜は更けやすく、宇治十帖の五ヶ條のみが決定しないで、後日を約し、その晩は宗祇の持参した食籠《じきろう》と酒で一盞《いっさん》を傾けてから、散会したという。

この会のありさまを、実隆は、特に創見も異見も出なかったが、面白かったと記し、どうせ源氏を読むなら、「源氏小鏡」程度の梗概書で、わかった顔をせず、もっと、徹底して論義しなければならんという風に、強調するのは、さすがに一代の師範たる風貌が偲ばれる。恐らく彼らの食膳からは魚味すらも、遠去けられたのではないだろうか。

かくまでに気を入れて、惚れこんだ三條西たちが、その結果、源氏を崇めたい気持が進んだのは、是非もないことだが、只、楽しいものを楽しんでいるだけではすまないのが人情であるから、段々に「源氏物語」を神がかり風にまで孤立させるに到ったのである。

二十四時といっても、今日の倍の四十八時間である。殆んど前々日から、聴聞衆は房事を禁じなければならぬというのだから、洒落や伊達には、「源氏物語」を読むわけにはいかないという始末だ。

彼らに云わしめれば、源氏物語のような貴重な文化遺産を繙くからには、その位の禁止條項を守るのは当然であると思惟したのであろう。

然し、その裏面には、只無性に有りがたがって、「源氏」を神秘的に、あがめ奉ろうとすることで、却て「源氏」を社会的なものから、浮き上らせるのに役だってしまった。（たとえば、「源氏」を青表紙系一本にせばめたのも、この時代のこのグループの罪だった）要するに東山時代のディレッタンチズムは、一面に、「源氏」や「伊勢」や「古今」を前代よりも、はるかに強力に、社会一般の中へ推出すブームになったと同時に、またすぐ神秘化して、その孤立を図ったとも云えるのである。

その生を伎楽師にうけ、秩序紛乱の応仁文明の世相にあって、あくまで連歌師の初一念に徹して、保守因習の公卿や知識人から、最高の認識をうけた宗祇、また、師と異って貴族的出身から、古典学の全般に博通して、好学の権化とも見られた三條西実隆にしても、遂に「源氏物語」をあるがままの姿に於て捉えることが出来なかったことは、もはや明かだろう。

もっとも私は、「源氏物語」が抜く能わざる好色を、その根底に根強く蔵していて、好色以外の何ものでもないからといって、放埒無慚、寝ころんで読み捨てていいのだと云っているわけではない。それは、房事を禁ずる程ではなくとも、文学美術に対する時の、鑑賞者の威儀というものは、崩すべきではあるまい。

しかし、それにもかかわらず、「源氏物語」の情緒、趣味、思想、観念、目的等が、好色に発する以外の、何ものでもないことを喝破し得なかった宗祇や実隆は、やはり「源氏物語」を誤読した多くの批評家、評論家、鑑定家などのうちの一人であり、否、その首謀的地位から下りることが出来ない者だ。

彼らが、魚味はともかく、二十四時の禁慾を條件として、源氏を読んだ厳粛な精神態度の中に、私は、源氏を有用の書と転じたい、そのためには、思いきって神秘化し、可能な限り、勿体をつけたいという底意がありありと感じられる。以上によって、私は、この熱心な擁護者達の功罪を、功は功、罪は罪と、はっきり区別しておく必要があるとおもう。

三の章

昭和八年の頃であった。

正宗白鳥氏が、「英訳『源氏物語』に就いて」という随想を発表されたときは、三十歳前の私なども愕然たる思いに撃たれた。

この論文は、ごくわかりやすく、楽々と書き下したものであったが、或る意味で、氏の古典観、伝統論の中心をなすもので、その後も、この観点——即ち、源氏を読むなら、紫式部の原典を読むより、アーサー・ウェレーの英訳を読むほうが、よくわかるという論旨をくり返し説いていられることで、判然とする。

正宗白鳥という一作家が、個人的に源氏ぎらいなのは、別に不思議でも何ンでもない。然し、恐らくそれは、正宗氏だけの独白ではなくて、日本の文壇人、日本の作家の或るグループには、共通の精神である点で、私には、等閑にできない問題であった。

ところが、実際には正宗氏のくり返し発言した独白に終ってしまい、誰もこれに追従した者はなかった。そして又、これに対して、正面きって反駁した国文学者が一人もいなかったのも、めずらしかった。要するに、誰一人、正宗氏に追従して、この論法に賛成の声をあげる者はなかったけれど、肚の中では、大いに吾意を得ていたに違いない。正宗氏が、よく云ってくれたと、ひそかに感謝していた文壇人は少くなかったであろうと、私は推測する。だから、賛成の声はなかったといっても、その沈黙の中には、自ら、賛成の空気があったのであり、一見奇異に感じられる氏の発言は、たしかに当時の文壇に於て、暗黙の諒解を得られたように、私は記憶する。

しかも、正宗氏は、文壇きっての読書家である。その学識は氏の多くの随想評論の中に、十二分にあらわれていて、今更ら贅言をなすこともない。日本の古典についても、広く且つ深く、読破されている。殊に近松、西鶴には造詣が深い。そういう読書家が、突然、英訳源氏をとりあげて、原典源氏をくさされたのであるから、古典ぎらいの文壇人の大部分は、これに音無き拍手を送ったのも、むりではない。

氏は曰う。

> 国文の研究者は、学問のための学問をしている学究たるに留まって、あんな古文学によって、自己の審美感を満足させているのではあるまい。『源氏』を読みながら、欠伸もせず、面白そうに陶酔することがあるのだろうか。
>
> ところが私は今度、英人アーサー・ウェレー氏訳の『源氏』を通読して、日本にもこんな面白い小説があるのかと、意外な思いをした。

だが、紫式部の原文を読むと、今の私にも、尚名文とは思われない。二三枚も読むと、巻を投じたくなるほどに、頭脳に倦怠を覚える。人物や事件の印象も、甚だ不鮮明である。私は原文と対照しながら、しばしば訳文のほうが、原文より傑れていると思った。ウェレーはロセッタ石の象形文字を読みほぐしたように、日本の古文学を読みこなしながら、それを自分の文学に仕上げた。創作的飜訳である。

日本の古典学者が何ンと云おうと、私などは、紫式部の『源氏』には随いてゆけない気がして、この舶来の「物語」によって、新たに発見された世界の古文学に接した思いをしているのである――

以上は正宗氏の一文の要点を抄録したものだが、これだけでも、その論旨は十分にわかると思う。

当時私はまだ文壇へ出たばかりの所謂かけ出し時代であったが、文壇の大家たる氏が、源氏には蹤いてゆけないと公言されるのを聞いて、途方にくれたといっても、必ずしも大ゲサではない。しかもそれは、前に述べた通り、氏一人の説ではなく、氏らによって代表される既成文壇がこれを怪しむとしないところの空気である。既成文壇がそうなのだから、況《ま》して私らの同時代の空気は、更により、反伝統的なものに近いことは当然である。

他の社会はどうであろう。

みな、文壇のように、伝統を無視するものであろうか。たとえば、絵画とか、演劇とか、建築とか、音楽とかに於ては――。

私は既に「好色論」の序章等で述べてきた如く、文学に志して以来、文学以外のことは殆んど無知にひとしい。絵画、音楽、建築等は、何にもわからない。

ところが、日本の文士は、ふしぎにも、自国の古典文学ぎらいであるくせに、絵画に関しては、骨董好きが多い。日本の既成作家は、一通り文学を卒業すると、絵画に赴いて、その鑑賞眼をもてはやされるしきたりだが、私はそれには、眉唾である。

絵画の古典に首を突ッこむくせに、どうして自分の専門の古典文学ぎらいなどを、標榜するのであろう。日本の文士は、功成って金が出来ると、古典文学を寄せつけないで、古い絵を買い漁る。

日本の作家が、小説の勉強に、日本文学の伝統を知らないでも済むという大きな慣習が、いつのまにか、樹立されてしまったのは、たしかだ。

正宗氏の所論によれば、

今日、試みに、国文の粋である王朝文学を読んでみると、それらの文章は、頭脳の倦怠を覚えさせ、歯がゆい思いをさせ、審美的快感を起しかけても、絶えず妨げられがちである。『源氏』を悪文呼わりするのも、必ずしも暴言とのみは思われない。『栄華物語』にしても、

『大鏡』にしても、読みづらいこと甚だしい。こういう読みづらい文体の中に没頭して、特殊の教養を重ねた者だけが、他のうかがい知らない妙趣を感得するのであろうか。

と、疑問を呈していられる。

とすると、日本の作家が、所謂特殊の教養を重ねず、源氏ぎらいを押通し、飜訳で、「罪と罰」や「アンナ・カレーニナ」や「ボヴァリー夫人」でも読めば、それで文士として通用するほうが、はるかに民主的ということになる。

たしかに、日本の古典を勉強していると、特殊の教養を重ねるだけで、人間学の根本の骨格を逸することになるかもしれない。それは日本の国文学者が、古典の難読を解釈する専門家にすぎずして、文学の真骨頂に触れることが出来ないことで、逆証される。文学・人間学の真髄にふれるためには、古典の難読に耐えなくともいい。そういうことより、もっと直接に、或は外国文学の飜訳によって、文学の何たるかを知るほうが早道であるという思想は、暗々裡に、日本自然主義以降の文壇人の頭を支配し、そのほうが、社会性をもち、且つ民主的な方法であるとされたことは、疑いもないのである。

これは、文章さえ書ければ、そして少々当世のことだけ知っていれば、古い面倒な伝統学を何一つ知らないでも、文士になれるという資格審査パスの風を生む動機となった……。つまりそれが、誰でも文士になれるという民主的方法だったのである。

これを裏返しにして云うと、特殊の教養を重ねた特権者だけがわかる古典伝統の存在そのものが怪しからんという思想も出てくるわけで、戦後にあらわれた新カナ遣いやカナモジの考え方は、やはりこの伝統抹殺の系譜の上に、圧倒的な威力を発揮したということになるのである。

○

然し、正宗氏も、その随想の一部で、飜訳知識の心細さに就いては、次のように述べていられる。

> 拙劣な模写や写真版によって、ラファエルやミケランジェロの偉大な芸術の味いを鑑賞し得られる筈はないのと同様に、露語・仏語に熟通せずして、トルストイやバルザックの芸術を鑑賞したつもりでいるのは不当である。
>
> 外国文学に関する我々の知識はインチキなものである。私などは長い年月、インチキな知識を蓄積することに努力したようなものだ。徒らに広く知識を求むることばかり心がけないで、一人の傑れた作家を徹底的に追究したほうが、自分の心の修養になりそうに思いながら、今日まで散漫に失して、一事に集中し得なかった。『源氏物語』を一生の研究題目としている篤学者などに感心する所以である。

という反省的意見も附け加えてある。この伝統に対する散漫な考え方は、正宗氏ばかりでなく、日本自然主義作家に通有的な態度である。特に、徳田秋聲氏や島崎藤村氏よりも勉強家であるように見える田山花袋氏の文学観に於て、その読書法や古典への迫力が散漫で、一事に集中せず、また、全体の体系的な教養が足りないことが、露わにうかがえる。要するに花袋氏を支えているように見えるその学識は、雑駁で散漫で、体系のない濫読と、気まぐれな鑑賞眼によって、補われているにすぎない。

ところが、大正・昭和の日本文壇は、自然主義作家の主導力のもとに、発生し発達したのであるから、戦後に至る文壇の不文律は、伝統学への嫌悪感を内包せざるを得なかったのである。

文学の若いエネルギーの方向は、たしかに古いものへの拒否、伝統の否定へと進もうとするものだ。若い作家の巣立ちに於て、それのないものはない。伝統学への尊敬や崇拝がありすぎては、若いエネルギーの結実による個性の伸展はありえない。そこで、大正期に於ける花袋・秋聲・白鳥の伝統否定は、それを善意に考えれば、文学史的な意義をもつ。

然しその人たちの影響下に進んだ日本の文壇が、伝統の破壊だけにとどまって、その弁証法的な組替え、即ち伝統の継承を怠った点は、等閑に附し難い。

新しいエネルギーの持とうとする権威の樹立が、心細い飜訳的要素の基盤にあるとすれば、それは致命的な弱点である。まして日本の飜訳の逆輸入などというものが、どれだけの信をおけるか。

戦後、日本文学の海外紹介が一種の流行となっている。然し、私たちの作品が、どれほどの正確さで、露語や仏語に飜訳されているのだろうか。恐らくは無数の曖昧さが、ちりばめられ、正宗氏の云うようなインチキな知識とまではゆかなくとも、かなり怪しい置換えによって、似て非なるものになっているのだろう。外人の日本文学好きにも、ピンからキリまであって、時には有りがた迷惑なこともある。

向うからの飜訳も危いが、こちらからの飜訳は、更に怪しいかもしれない。もっとも、芸術に国境なしという俗論の威力は、近時ますます旺んになっている。が、そのために、伝統学への嫌悪感が底流となっている日本文壇の無気力な惰性が、いよいよ古典とは縁遠いものになる傾向を、私は賞められないことだと思う。

戦後の日本にあらわれた「無学時代」とも称すべきものを、過去へさかのぼってゆくと、大正期の自然主義作家に行き当り、そして日本の文壇は、それを起点として、今日に到っているのである。とすれば、この漠然たる破壊作用は、約半世紀の長きに渡っている。が、その破壊のあとに、どんなエネルギーが発生し、そして組立てられたかというと、やはり外国文学の飜訳をベースとしたものであって、伝統の再編成でも継承でもありえない。その結果、戦後の滔々たる「無学時代」を現出したとなると、自然主義以後の若いエネルギーに対しては、まだほんとうに正確な、本格的な反伝統の権威が与えられていなかったということになる——。

そして、そういうものに、拍車をかけているのが、新カナ遣いの制定、或は漢字の制限等による国語政策であるが、この破壊勢力からも、いまの処、新しいエネルギーのための権威が、うち樹てられそうな見込みはない。

或る変革期には、伝統学は破棄される。そこで一種の無学時代を生じる。それでもいいという考えもなり立つ。変革期というものは、すべてのことより、変革それ自体が優先するのだから、伝統は勇ましく拒否されなければならぬと云うのだろう。

が、私は今日の無学時代が、変革を優先するために、滔々と行われている無学時代とは思われない。もっと端的に云えば、無学的現代は、変革期のせいではなくて、マス・コミ流行現象の一つにすぎないのではないか。三〇円の小冊子に、三〇〇万円を越す誇大広告をしなければならぬ週刊誌ブームからは、一体どういう叡智が生れてくるのだろう。恐らくは、ミステークだらけの雑駁な、底の浅いルポ的な考察だけである。いや、それは考察の名にも適しない。

アルバイト的に、数名の男女を集めて、座談会を催し、その速記録によって、大急ぎにでっちあげられるルポルタージュが、いかに真実を誤り伝えているかを思うと、慄然とする。それは程度の低い岡ッ引根性をベースとしている。現在はそういうものが、マス・プロされていて、しかも圧倒的であるから、学問が、それに太刀打が出来ないのは、遺憾ながら、否定できない。丁度、ホンモノの原作を読む暇がないので、みなダイジェストによって、ストーリーを読むのと似ている。ダイジェストがマス・プロされれば、それに流されて、ホンモノは読めなくなってしまう。間違いだらけのアルバイト的ルポが、圧倒的にマス・プロされている今日、学問が全面的に後退して、所謂無学時代を現出しているのは、当然の成行でもある。

然し、十年二十年、或は百年を経過したのちに、若しこの間違いだらけのライターによって書かれたルポルタージュだけが存在し、それ以外に、正統な歴史が埋没してしまったとしたら、現代の真実の姿というものは、将来に語り伝えられることは、無知にひとしいと云うのだろうか。

みんな読んだような顔をしている。然し、読んではいないのが、現代である。昔は新聞常識と云われたものだが、今は新聞よりやや詳しい週刊誌風の解説、ダイジェスト、ルポなどがあって、一応それが、ごく軽い知識慾をみたしている。それだけに、一層、無学時代に化しつつあるとも云える。

私は思うのだが、そういう間違いだらけの記述が将来に及んだ場合、歴史に対して、口碑や伝説以上の妨害作用をするに違いない。変革期に於ける変革自体の優先のために起りうる伝統の拒否というような一時的なものではなくて、長期にわたって、慢性的に且つ全面的に、ひろがってゆく学問の否定である。

然し、実際には全く手のつけられないほどの傲慢さで、それは今の日本を、押し包み、マス・コミ以外の発言を、殆んど封じこもうとしている——。が、それは似而非《えせ》なるものではないのか。

○

正直な話、私はその云い方——源氏を原文に拠らずに、英訳で読むべしとなす言論に、先ず作家の傲慢さを感じたのである。もっとも氏自身は、傲慢どころか、その反対の謙虚な気持で、訴えられたにちがいない。然し、氏の言論が、音なき拍手を得たと思ったとき、私はそれに、手のつけられない傲慢さを覚えた。

当時としては、奇異の発言であり、それが読者の悉くを首肯せしめなかったかもしれないが、私に云わせれば、今日の週刊誌的文化のマス・プロの淵源に存在するその発言はひいて今日の現状を成したのである。そしてその利点は、少しでも多くの人に読ませている。という一点である。たしかに、それはいいことだ。然しその弊害は、もう動かすことの出来ない確実さで、見えてきている。

ところで、この原稿を書いている途中で、丹下健三氏が「日本の伝統の変革」に就いて小論を発表されたのを読んだ。大いに興味深かった。

氏によると、伝統はそれ自身、文化創造のエネルギーとなることは出来ない。なぜなら、伝統は常に形式化し固定化する。伝統を創造に導くためには、伝統を否定し、その形式化を阻止する新しいエネルギーが、そこに参加しなければならない。つまり、伝統の破壊だと云う。然し氏は、これに附言して、伝統の破壊だけでは、文化形成をなしとげることは出来ない。その破壊のエネルギーを制御してゆくものとして、また伝統が働くのだと説明する。

つまり、この伝統と破壊の弁証法的な統一が、創造の構造だというのが、氏の論旨であって、それを氏は、具体的な、たとえば東京都庁舎や香川県庁舎の例について、論説している。

丹下氏の仕事が、世界的に高く評価されているのは、戦後日本という環境の中で、殆んど埋没に近い目にあっている哲学的な思考を、最も具体的な方法で実践し、しかも俗論化しないで、従来の秩序と価値観を十分に変革し得たところにある。

戦後、新興宗教的に、過去の秩序と価値を稍〻《やや》変更した世間師達と、それを混同することは、許せない――。今はそれを列記しないけれど、そういうまがいものは随分多いのであるが、彼らには、まったく哲学がないから、真贋はすぐに出る。

一般的な無学時代にあって、哲学の衰退は最も著しいわけだが、それを防ぎとめて、具体的な実践の方向へ展げた丹下氏の功績は小さくない。哲学というのは、どういうところで、どういう時に、動き出すか、知れたものではない。然し私は、東京都庁舎の前を通るたびに感じるような伝統の変革を、ほかの、政治とか道徳とか、家庭とか個人とかには、殆んど知覚できない。

日本の政治、道徳、家庭、個人等には、全く哲学が死亡したままで、十何年かがすぎている。そういうものからは、全然、哲学の影すらも、自覚できない。

いや、もっと端的に云えば、戦後の文壇的諸傾向の中に、伝統と破壊の弁証法的統一についての明るい見通しが一つでもあっただろうか。

私の答えは、否、だ。

それどころか、無智文盲の政治が、逆コースをとるのをいいことにして、伝統の保守へ無批判に流れこもうとするような見苦しい俗論さえないことはない。

要するに、丹下氏たちの仕事が世界的な信用を博しているのは、第一に、それが飜訳的でないこと、それから、哲学的方法の実践であること、秩序とタブーの破壊であること等々によっているのだが、同時に、丹下氏たちが、日本の前歴史時代――自然との奔放な戦いの中から生れる強靭な抵抗感と質量感をそなえ、また自由で敏しょうな感受性を示して、民族の根元的な生命的なエネルギーのあふれた時代から、王朝的な絶対権威と幕府や軍部の絶対権力の二重の圧力によって、長く閉じこめられていた民衆のエネルギーが、はじめて不十分ではあるが、解放された戦後――それは、或いはロックン・ロールへ、またロカビリーへと、転々と、そのはけ口を見出そうとして、混沌としていると云う。……その長い長い時代にわたる歴史的考察を、彼らの仕事の根底に正しく把握しているという信用が、この変革の哲学の基礎になっている点である。

作家は、その道の達人である前に、先ず専門家でなければなるまい。作家が小説の変革を目的とするときは、先ず文学者でなければなるまい。

こんなわかりきったことが、等閑に附されたればこそ、素人作家とマス・プロとの吻合がもたらされて、誰も怪しむところがなかったのである。

私は日本の若い作家たちが、激しく伝統に肉迫することで、はじめて伝統を変革しうるものと思う。

真実のところ、私が昭和八年の頃、正宗氏の言論に対して抱いた驚きと疑問は、何ら解消されないで、今日にまで及んでいる。それほど、文壇は伝統から静かに遠のいた位置にある。それで却て、日本文学の伝統は、好事癖のある外人たちの手で、いじられ廻されている現状だ。が、それは全く、アーサー・ウェレーの英訳で、源氏物語を読むようなものである。

自然主義以後の日本の作家が、いかに学問ぎらいであるかは、その読書歴が、非体系的で、思いつきだけで、濫読をやっているのでわかる。

ところが時代のテンポは、ますます激しい競争時代を生み出している。負けると知っても、競争を挑まねばならず、競争することで、負けるまで生きようとするのが、現代の性格である。それがどんなに、バカバカしいものであると知っていても、みんな、どうすることも出来ずにいる。

そういう時に、源氏物語について、排除規定をかかげ、現代語訳や英訳では、その核心に触れがたいと云ってみても、はじまらないかも知れない。むしろ、新カナ遣いの故智に倣って、一人でも多くに読まれ、一時間でも早く解決し、特権的な教養を否定して、その学習の負担を軽くするべしと説くほうが勇ましいに違いない。たしかに、前章に於て闡明《せんめい》した東山時代の篤学家、宗祇や三條西実隆や牡丹花肖柏が、源氏物語を崇拝するあまりに、これを偶像化し、神秘化し、その講読の前の二十四時には、房事を禁ずるというようなタブーを設定したことは、源氏を特権的知識人の玩具と化したという十分な非難に値する。私がその間違いを見おとしている者でないことは、諸者諸氏もよく諒解されていることとおもう。

即ち、それを首肯して貰った上で、私はやはり、あらゆる芸術の変革或いは創造は、伝統への正しくて激しい肉迫と、そしてそれとの完全な燃焼がなくては、形成し得ないものであると考える。私は前言を補正する。変革それ自体が優先するといった変革期に於ける芸術の創造でさえも、伝統を無視することは、禁ずべきであると。古今東西、こういうことは、あり得なかった……。

四の章

源氏物語を、好色本かと思って読んだが、案外そうではなくて、さてもよく人情を書きつくした物語ではあると、思わず、溜め息が出た、と述懐した五十嵐翁の随筆のことは、二の章で触れておいたが、翁などは一種の中立派である。大ぜいの人の中には、あくまで好色本として、源氏物語を排撃これつとめた人も多い。

太平洋戦争の前にも、はじめは、日本浪漫派などの提唱で、復古主義、古典主義が容れられたので、一時は源氏復興の声もあった位である。然し、敗戦を前にして、情況が深刻になってくると、やはり源氏を否定する方向へ、国策の路線が動いて行った。源氏の文学的価値に敬意を表しながらも、その内容に、不敬や誨淫が多いという点に抵触を感ずる人は多く、といっても、積極的な是か非かは、いつも、アイマイにされて来た。特に烈しい弾圧もないが、全面的な解放もない。終戦前までは、藤壺不倫の個所は、長いこと内務省警保局によって、伏字にされていた。

そういう中で、実にはっきり、源氏物語を好色不敬の書として、追放したのは、後光明《ごこうみょう》天皇一人であると云っていい。

後光明は百十代。御名は紹仁《つぐひと》。素鵞宮《すがのみや》と云われた。父は百八代の後水尾《ごみのお》だが、壬生院藤原光子を母とし、同じ後水尾の女一宮、明正天皇（女皇）のあとをうけて、寛永二十年の践祚である。父後水尾には、后妃として、中宮東福門院源和子（皇女興子、即ち明正天皇の御母）、また後光明の母たる藤原光子、逢春門院藤原隆子、典侍新広義門院藤原国子をはじめ、大勢の後宮が控えていたのに対し、後光明には、中宮も女御もなく、僅に大典侍源秀子が一人、側近に侍したのみだ。

秀子ははじめ小一條の局と称し、のちに源大典侍と改めた。皇子はなく、孝子内親王が生れただけであるから、第百十一代は従て弟秀宮が践祚した。後西《ごさい》天皇がそれである。後水尾天皇が藤原隆子に生ませ給うたところだ。

後光明が英邁の君主だったことは、「野史《やし》」や「槐記《かいき》」や「鳩巣《きゅうそう》小説」が、いずれもこれを説いている通りだ。只、非常な大酒家であらせられたことも史実である。

野史にも、

○嗜㆑酒劇飲　公卿憂㆑之

と出ている。

といって、誰一人、諫言する者もない。然るに徳大寺権大納言公信が、進み出て、今宵も例の大酒になろうとする御様子を見て、

「平生より御酒をお好みあそばす上に、時としては、御大酒にも及ばれますことは、第一御養生

のためによろしからず。殊に近頃は、程朱《ていしゅ》の学を修め給うと承りますに、あまりの劇飲は、朱子学者としてお似合あそばされぬ御事にございます」

と、憚るところなく奏上した処、後光明は大いに機嫌を損わせられ、

「推参なる事を申すものかな。打切ってくれよう」

と、剣を按じて立ち給うた。徳大寺公信は従容として、

「神武天皇以来、天子の御自ら、人民をお手打になったということを聞いて居りませんが、若し私が殺されたことで、お酒をおやめになるというなら、誠に以て男子の本懐と存じます」

と、些かも臆する色がなかったので、後光明は剣を下げたまま、奥へ入御《じゅぎょ》なさってしまった。それで宴も中止となった。

ところが、翌朝、主上は常の御座へお出ましになって、小倉宰相という近習の者へ、

「昨夜、徳大寺へは、近頃になき過言を申し、無礼かたがた後悔いたした。実は今朝方まで、一睡もしなかった。徳大寺は怒って、もはや出仕いたすまいな」

との御諚《ごじょう》。小倉宰相は、答えて曰く、

「徳大寺は、疾くより出仕いたして居りまする」

「それは思いもよらず。それでは徳大寺へ申しつけてくれ。昨夜の過言は恥かしい。もはや合わす顔もない程だが、若し徳大寺が伺候したいと思うなら、御ン直に話したいことがある」

「勅諚直ちに、申し伝えまする」

と、小倉宰相は恐懼《きょうく》して、徳大寺のところへ罷り下る。徳大寺は承って、落涙を禁じ得なかったが、重ねてのお召に、御前へ出ると、昨夜の過言を詫びられた上、爾今大酒過酒は止めることにすると仰せあって、昨夜、彼を一刀両断すべく持ち出された剣を、徳大寺へ給わったという話が、後光明の美談として、残っている。もっともそれだけの大酒家が、それでぴたりと禁酒したかどうかは疑わしいから、話をうまくこしらえ上げた嫌いもある。

もともと、鳩巣小説の作者室《むろ》鳩巣は、長く北陸の金沢に閑居していたので、自分が直接見聞したことではなく、恐らくその話柄は、六代将軍家宣の時幕命によって京師《けいし》に赴いた新井白石が聞いて来た話を、鳩巣がまとめ上げたものではないかと推される。よってその悉くが信憑するに足りるとも云われない。

その室が、後光明天皇の源氏物語否定について、次のとおりに叙べている。

常々仰せられ候は、わが国朝廷の衰微いたし候は、和歌の発興と源氏物語の行はれ候との二つより起り候。

中古以上の天子又は大臣の内にも、天下を治め、儒学に志ある衆にて、誰か歌を好き申す人ありや。況んや源氏物語は、淫乱の書に相極まる由仰せられ候て、一向歌は読ませられず候。

源氏、伊勢物語の類は、御目通りへも出申さず候。

或時菊亭（著者注、菊亭大納言経李《つねすえ》のこと。正保二年四月、勅使として、飛鳥井大納言雅宣と共に、江戸へ下向。また慶安四年四月、勅使菊亭江戸へ参向。十八日登城、家綱卿征夷大将軍たるべき宣旨を捧ぐ、云々）殿、関東より帰京の節、御冠棚献上あり。その砌《みぎ》り、源氏物語の内の画を、蒔絵に仕り候御手箱を、差添へ候て奉られ候処、大いに御気色を損ぜられ候て、

朕が悪《にく》む所の源氏の画を書き候こと、御満足に思召されざるの由、かへし下され候。菊亭殿一生迷惑に存ぜられ候由。

とある説話がそれだ。

野史にも、これに基いて、

○居常疎㆓斥和歌及伊勢源氏等所謂物語㆒。

謂朝政廃弛、因㆑耽㆓玩之㆒者也。

と書いている。

菊亭大納言が江戸土産に献上した冠棚の上におく手箱に源氏の蒔絵があったのを悪んで、朕のきらいなものを土産にするとは何事かと云って、下げ返されたというのだから、後光明の源氏排撃も、相当徹底したものであったと推される。

わが朝が、古くから和歌を弄び、伊勢や源氏を耽読したので、朝政が廃弛《はいし》したとまで、口を極

めて云われている。

この主上の発言は、和歌国文を以て、天子の学問として来た朝廷学の主旨とは、全く氷炭相容れぬこととなる。

そこでその反響は、堂上堂下に及び、是なるも非なるも頗る重且つ沸騰的であったと云わねばならない。

○

後光明は十一歳で、即位された。先皇明正天皇は女皇であったし、後光明も幼君であったので、後水尾上皇（のち法皇）が、専ら政事を聴き給うた。

然し、後光明長ずるに及んでは、英気高く、傑出の見識を備えられたと云う。たとえば、

「仏学は面白きものながら、体《たい》は有るようにて、用のなき物なり。

天子諸侯は、わけて人民の主なれば、有用の学をすべきものなり」

と、仰せあって、源氏・伊勢、或いは古今・新古今など、すべて文弱の書は国家不用の道にすぎずとこれを排された。

儒学も漢土古註の説は、親切なところが足りないから、向後侍講の場合は、程朱の新註を以て、講義をしなければならぬと命じられた位だ。

ところが、関東の家康は源氏物語をかなり高く評価していて、やはり天子の学問には、源氏物語は欠く可からず、とし、殊に国土を平定してからは、

一、天子の諸芸能の事。第一、御学問也。学ばざれば、古道を明かにせず。（略）たとえ綺語たりと雖も、わが国の習俗也。棄ておく可からず。

として、天皇の学問を奨励し、それも有用の学より、花鳥風月の文学を読み給う可しとした。狂言綺語も、捨つべからずとした。

これは只、家康が皇室を抑圧し、天皇をして手も足も出ぬようにするために、敢て有用の書を封じ、不用の文学書を与えんとしたわけではない。家康自身武断政治家のくせに好学的であり、治世の第一として、文教の開発につとめている。しかも彼の学問熱は老いて、いよいよ、旺んであった。彼は慶長十九年、齢七十歳で飛鳥井雅庸から、

一、源氏三箇の大事

に就き相伝を受け、また、冷泉為満から、

一、古今伝授

を受けた。そればかりでなく、彼が大坂落城後、二條城滞在の際にも、中院《なかのいん》通村を招いて、「源氏物語」の講義を聴いているが、その時の質問は、講義者の意表をついて、通村らがむしろ、当惑したほどであったというから、家康の源氏愛読は、決して、お座なりでも、形式的でもなかったようである。

云うならば、源氏や古今の本家は、定家・宗祇・三條西らの路線に従って、公卿アカデミーの独占であり、関東の武将たちには、無縁のものであったにかかわらず、却ってあべこべに、家康

のほうが、源氏通であったのは、主客転倒の観があったという。

「駿府記」にも、

元和元年七月二十日。
　中院に源氏物語初音の巻を読ましむ
同二十九日
　御数寄屋に於て、中院に源氏箒の巻を読ましむ

等々の記事が見えている。

　これらによっても、家康自身が相当の源氏ファンであったのであるから、当然、天子の学問は、伊勢・源氏・古今等、わが国の国文和歌を宗とすべきだという信念があったので、これが後陽成天皇の好学的傾向と一致して、源氏物語の価値を、ますます堂上に重からしめていたことは、事実であった。

　ところが、後光明天皇に到って、突然逆転が宣せられ、源氏は完全に、好色淫靡の書と化し、追放の憂き目に遭遇した。

　若し、後光明が長寿であらせられたら、朝幕の間に既にはやくも、軋轢不和を生じただろうと説く史家もある。後光明が源氏物語を淫猥として斥けられた底流には、家康が勝手にきめて、押

しつけた、「禁中並公家諸法度」を、無理にも守らせ給うことの不満・不平が、あったのではないか。それを一天万乗の君主として、屑《いさぎよ》しとし給わなかったのではないか。

それは然し、ここでは別問題であって、さしもに尊敬を集めた「源氏物語」も、一青年天子の発言によって、忽ちにして堂上より、すべり落ちた感のあることに、注目して戴きたい。

後光明は、それほど激越な御気性で、心の底では、徳川の専横を悪み給い、後陽成以来、父後水尾に至る関東への妥協と媚、またその裏返しの面従腹背に腹を立てさせられたとは云え、長い伝統の上に根ざして、既に偶像化し、神秘化している「源氏」や「古今」を、好色誨淫の名で追放するということは、なかなか、出来ないことである。

源氏学者はむろんのこと、世の評論家、批評家も容易になすべからざることを、後光明は、青年の客気に飽かせて、やりとげた御一人であったのだ。

ところで、後光明に於て、源氏が好色の故に堂上から、放たれるや、誰もこれを擁護する者もなく、むしろ、青年君主の見識を英邁と見るだけであったのは、いかにも不甲斐ない話だ。

それればかりでなく、後光明は、大典侍秀子のほかは、后妃がなかった。女色に耽けることは、朝政弛緩のもとと思召された。その代り、劇飲斗酒を辞しない大酒家であらせられた。

その点で、かの石川丈山とも、共鳴せらるる節が多かった。丈山も変り者で、一乗寺村詩仙堂に隠棲し、酒は強かったが、婦人は娶らず、妾も婢も、雇い入れなかった。酒びたりの女ぎらいで、ついでに、国文和書もきらいだった。丈山が、源氏を好色本の如く見て排斥したという記録はないが、今日でも残っている詩仙堂の庭や建物を見物すると、中国趣味は横溢しているが、国文の伝統は、どこにも容れられていない。

丈山は、隷書の名筆であったので、これを後光明の御需《も》めに応じて、献上したことがあり、後光明また嘉賞愛重されて、酒肴を給わったとあるから、両者の間には、そのほかにもひそかに交流するものが多かったのではないか。私は、後光明の源氏好色論の背後には、丈山の思想が、反映しているのではないか、というような気がしてならないが、これは私の直観で、史家を首肯せしめるような、何らの証拠を入手しているわけではない。只、丈山も婦人を近づけず、終生側近に妻妾婢女を置かなかったと云う点、後光明の后妃が、他の歴代の後宮にくらべて、至って単純だったことと、鳥渡似ている。

徳富史観では、丈山は徳川譜代の臣だが、比叡山麓、一乗寺村に隠遁してからは、詩酒・琴書に親しむことが多かったとは云え、彼を以て、幕府の隠し目付の一人であるかのように、猜推《さいすい》する説は、穿鑿《せんさく》に過ぎたるものだと云っている。

むしろ、徳川にとっては、子飼いの異端児であり、厄介な浪人者の大物であったろう。しかも、出身が出身で、長く家康の近侍であり、大坂の役の殊勲者であるため、司直もこれには手を焼き、京都所司代板倉周防守重宗をして、時に保護し、時に監視の目を注がしめた。若し丈山が、後水尾、後光明らの招きに応えて、朝廷と気脈を通じる形跡が看取されたなら、恐らく、幕府は丈山を、詩仙堂に安住させてはいなかったろう。

野史に曰く。

「園中有リ二十二境一
不レ往二京師一ニ。後水尾天皇聞キ二其ノ雅致ヲ一召スレ之レヲ。固辞ス。
而後不レ済ラ二鴨川一ヲ
終世不レ入ラ二京師一ニ」

とあるのも、鴨川を渡れば、直ちに身首所を異にする刺客の剣の及ぶことを、彼自身はよく知っていたからではないか。詩仙堂は、彼自ら築き、彼自らを投じた軟禁錮ではなかったか。

○

その証拠に、彼を保護し、且つ知遇したと云う所司代板倉でさえ、承応元年、年七十の丈山が、故郷三河の泉村へ帰省を望んだところ、断じてこれを許さなかったと云う。若し彼の望みを容れ、詩仙堂の外へ赴かしめた場合、板倉は丈山の生命の安全を保障する責任が持てなかった。この山麓の草堂に住する限りの自由であって、既に一歩、鴨川を渡れば、幕府は彼を、政治的、或いは思想的容疑者と目することに、何ンの躊躇もなかったのではないか。

只、御用学者林道春が丈山に与えた手紙を見ると、丈山もまた、道春の異学の禁の片棒をかついでいる印象があるので、一部には彼を御用浪人と呼び、隠し目付のような存在ではなかったろうかと猜する人もあるわけだが、丈山が藤原惺窩《せいか》に親炙して、異学を捨てたことは事実で、その点で、林道春が好意を寄せていたことはわかる。だからといって、彼の軟禁状況が、少しでも緩和されたというわけではなかった。

しかも、彼は道春に上回って、国文和書を採らなかった。源氏物語など、軟弱の和文は眼中になかったろう。一般的に云って、丈山は公卿及び公卿文化が、きらいだった。そんなものは、人間を腐敗させるだけである。それがわが朝の文化と教養のベースになっているのが、甚だ不満だった。それで、後水尾天皇が来いと召されても、応じなかった。後陽成・後水尾には、その公卿文化の毒が濃くまつわりついている。

それにくらべると、後光明は源氏ぎらい・好色ぎらいと聞いていたので、丈山も進んで隷書を呈して、その志のほどを披瀝した。

要するに、後光明も丈山も、源氏物語を好色誨淫の軟書にすぎずとし、これを宗とする公卿文化の堕落腐敗を非難した点では、全く共通であり、共に和文排撃の急先鋒たるを失わなかった。その意味では、異学の禁の同調者でありながら、共に堂上文化のアウトサイダーを以て任じたのだろう。そこで、鳩巣小説は、更にその後の消息を次のように伝えている。

> 右の御様子、密々関東へ相聞え、御沙汰よろしからず。その上、御三家様のうちへ、潜に御通路のところもこれある由。

御痘瘡御大切にいらせらるゝの旨、披露これあり候ところ、関東より医師参上、天脈を伺ひ奉り、即ちお薬を差上候。

そのお薬、かたく召上られまじき由、数度勅諚候へ共、時の所司代、強いて召上られ然るべきの旨、執奏これあり候。

よつて召上られ候ところ、間もなく崩御あそばされ候。

宮中貴賤、歎き悲しみ候こと、大かたならず候。——

右によると、幕府は後光明の御俊英を恐れて、これを毒殺したということになる。鳩巣小説の作者室は、のちに江戸の儒官となった人で、本来御用的な立場の安全主義者だということだから、特に虚構を設けて、幕府を誣告《ぶこく》することもない。その彼が、こう書くのであるから、当時この流説風聞は、相当度にひろく且つ深く行われたものであろう。

しかも、歴代の天子は、土葬を以て礼としたのに、後光明に限っては、はじめは、火化と廟議が一決した。それでよけい、流言がひろまった。毒殺の真実を覆うために、例のない火葬に付して、後証をまぬかれようとするのであると。

市井の徒魚商八郎兵衛なるものが、憤慨して、周旋奔走の結果、火化を取りやめ、土葬になったという話もある（「承応遺事」その他）が、真偽のほどは保障できない。

かくて、後光明は聖寿二十二歳、在位十二年で忽諸《こつしよ》として、崩御あらせられた。

もっとも、それが毒殺ではないという証明は、後世の中から提出されている。幕府が江戸の典医を京へ出立させた日には、すでに後光明天皇は崩御あらせられているので、毒殺し奉る時間的余裕がないというのが、立論の根拠である。

御病症は痘瘡で、承応三年九月十四日、御発病。十九日夜半、御危篤。翌二十日未明、崩御。然るに御発病の報が江戸へ聞えたのは、二十日であったから、すでに御危篤、若しくは崩御の後に報じられたのであるという。

「徳川実紀」によると、

二十日。

この程主上痘瘡に悩ませ給ふ聞えあれば、明日公卿饗宴の猿楽を廃せらる。

また二十一日。

この日、高家《こうけ》大沢兵部大輔基将は、主上御疱瘡の御けしき伺ふべき旨命ぜられ、上洛の暇給はる。

武田道安法印信良をも遣はさる。

二十四日。

主上この二十日升遐《しょうか》し給ひし旨注進せしかば、聞召しおどろかせ給ふ。廿七日まで御精進したまふ。

とあるので、幕府差遣の医師は、崩御後に発令を受けた模様である。

とは云え、「徳川実紀」が、毒殺の指令を受けた医師の名を平然と記載する筈もない。そうした密命は、暗々裡に行われるのが普通であるから、「徳川実紀」に書かれた医師差遣は表沙汰であり、その以前に、既に別途に隠密の辞令が発しられていたのでないか。後光明崩御前後に関する鳩巣小説の記事は、いかにもまざまざと現実味に富んで居る。当時の京都所司代（鳩巣は、これを板倉とせず、土井大炊頭としている）が、一度ならず、御薬服用を拒まれた後光明に対し、無理矢理に、服用を強制し、さすがの後光明も、毒と知りつつ遂にこれを嚥下する状は、思わず肌に粟粒を生ぜしめる程だ。

また、「徳川実紀」同年十一月二十八日の條に、

○御側出頭牧野佐渡守親成、京都所司代を命ぜらる。板倉周防守重宗老衰せしかば、差添て京の事仕ふまつるべしと仰付られ、京辺にて、一万石の地を益封せらる。

と板倉更迭の事情を叙している。

また魚商八郎兵衛が、市井の徒でありながら、後光明毒殺の流言に憤激し、それが火葬されるのを好まないで、大声にわめいて、世論を興す「承応遺事」の顚末も面白い。

かくて、源氏ぎらいで有名な青年君主は、ふんぷんたるデマの中に、穏かならぬ最期を告げ、同じく和文淫書を排した石川丈山も、遂に終生京師に入らず、故郷三河に帰省することさえ許されないで、軟幽の余生を送ったのであるが、しかも尚源氏物語はいっかな亡びず、再び堂上堂下に蘇ることが出来たのである。

要するに、後光明も丈山も、最初一箇の偏見にとらわれし、源氏を否定し、それが次第に、心の全幅を占めるようになり、ぬきさしのならぬ反国文の立場に追いつめられていったのであろう。しまいには、意地になっても、源氏物語を堂上から追放しなければ止まなかったのである。

しかし、これは、後光明や丈山のような、一代の異端児が、抱懐した思想というだけではない。この人達の心中にあるものは、また世論の中にも芽生えている。源氏を淫書とする考え方は、決して、後光明や丈山の専売ではないのである。只、この人達は、端的にこれを表現し、また実行したにすぎない。

蕃山は如何に。

為章《ためあきら》は如何に。

源氏ぎらいは、必ずしも、僅少にはあらずだ。熊沢蕃山にしても、安藤為章にしても、みな我田引水して、僅かに源氏を容認したにすぎない。否、彼らのみならず、現代に及ぶ反好色の系列は、たとえば、源氏物語に関して、文章の難解を忌むというよりは、あの無秩序なほどの生命の流露、そして、多感多情の幸福論が、気に入らないに違いない。好色即ち幸福と云いきれぬもどかしさが、それの鑑賞を妨げている。そこで何ンとかして、源氏を有用視しようとして藻掻くのだが、所詮は空転だ。

然らば主好色とは、何であるか。

五の章

魯迅の言葉を引いて、倉石武四郎氏が、

希望とは、地上のみちのようなものだ。もともと、地上には、みちはない。あるくひとが、おおくなれば、それがみちになる。

と書いていた。ある新聞のコラムの短章である。

面白い言葉だと、私は感心した。たしかに古くは、地上に道らしい道はなかった。道が道らしくなるには、そこを多くの人々が歩くからである。踏みならし、踏みならすうちに、自ら一條の道を生じる。

史記の「李広伝」に、

太史公曰ク、伝ニ曰ク、其ノ身正シケレバ、令ヤバシテ行ハル。其ノ身正シカラザレバ、令スト雖モ、従ハズト。諺ニ曰ク、桃李言ハザレドモ、下自ラ蹊ヲ成スト。コノ言小ナリト雖モ、以テ大ニ喩フベシ。

とあるのを、私は思い出した。昔隴西成紀《りょうせい》の人、李将軍広なる太守は、その体貌、悛々《しゅんしゅん》として、宛《あたか》も一個の鄙人《ひなびと》にすぎず、口もろくにきけなかったが、彼の死する日に及んで、天下は知ると知らざるの区別なく、みな彼のために哀悼を尽したという故事を引いて、桃李は物を言わないが、その花実の故に、人争って帰趣し来住することが絶えないから、敢て衒《てら》わざるも、其下自然に、蹊《けい》を成す。即ち徳人は、黙して自家吹聴をなさざるとも、人民自ら帰服するに喩えたというわけだ。

今日でも、人跡《じんせき》まれな山の中には、道らしい道もない。が、日本ではそういうところは、少くなった。私は去年の夏、海抜一〇〇〇〇尺といわれる乗鞍の頂上まで行ってきたが、乗鞍火口湖群の一つである鶴の池の上まで、バスが行く。その発着所の山荘には、電報電話局もある。お花畑一帯の散歩道《プロムナード》なども、すばらしいものだった。恐らく、奥穂でも、白馬でも、立山でも、また魔の谷川岳でさえ、道のない山などは、もはや存在しないだろう。

倉石さんは、熱心な国語表記の改革論者である。新聞のコラムなどでも、執拗にくり返し、それを説得しようとかかっていられる。せめてコラムだけでも、横組にしたいという希望が述べられている。その反響がないというので御不満らしい。つまり道なき道を歩いて、自ら下、蹊を成さんという腹と見えた。希望とは、そんなものだと云って、謙譲を示されるが、今日の国語改良運動の実態は、そんな慇懃《いんぎん》なるものではない。

倉石さんたちの運動も、ずっと昔は、そういう時代もあったのだろう。道のまったくないところへ、歩くことで地ならしをして、段々に道らしくしてゆくような、至って原始的な方法しか、考えられなかった時も……。

然し、今はまったく違う。

道は、そこを歩く人の多勢の、好むと好まざるにかかわらず、勝手に、天下り式に、作られてゆく。巨大な機械力が、それをやってしまう。

その機械力を持っているのは、国家であり、政治家であり、官僚でもある。人が歩こうが、歩くまいが、勝手な構図に基いて、都市を左右前後に切断する。道なきところに道を作るだけではなく、そこに安住するつもりだった人間の住居を、相談もなしに、破壊して、新しい道路に変じてしまうのである。魯迅の言葉にしても、また「桃李言わされども、下自ら蹊を成す」にしても、今日ではそんな風流弁に耳を籍す人は殆んどいない。否、現代的性格とは、P・Rならざるはなしであって、桃李花実を生じたら、自家吹聴しないほうが、頭が悪いとされているのである。（われわれのやっている日本文藝家協会の旧敷地（永田町）も、突然一片の触れを、区役所にはり出されただけで、下相談はむろん、通達書さえなしに、東京都の下役人が、独断的に道路に変更すると云い出して、遂に追立てられ、今の産経会館へ逃げこんだのだが、四年前のことである。

ペンマンとして力のある当時の理事長石川達三氏でさえが、泣く子と地頭には勝てぬと見たか、両三回の折衝であきらめて、泣寝入りをしたのであるから、普通の個人では、どうともなるまい)。

化けもののようなトラクターとC・ミキサーと杜撰きわまるデスク・プラン書によって、一方的にたくましい道路建設の行われるのが現代都市であるから、倉石さんの云うような道の概念は、とっくになくなってしまっているのではないか。

そういう倉石さんたちの希望し且つ実行していられるカナ書、横書等の、国語表記の単純化運動《シンプリフイケーション》のやり方も、実は倉石さんが慇懃を通じられるようなものではない。仰有るように、踏みしめ、踏みしめ、道なき道を作る原始的、未組織的、または稍〻感傷的方法であるなら、私なども反対は申さないかもしれぬ。実はそんな謙遜も慇懃も感傷も、単なる口上にすぎないので、実は、言論・教育・官僚その他の諸機関の宣伝力、指導力、圧力等をフルに動員して、更には国会へ働きかけ、代議士や大臣に建策して、立法措置にこぎつけようとしているのが現状だ。

にもかかわらず、この単純化運動は根本的な説得に欠けているので、実は、それを成功させるためには、もう一度振出しへ戻って、新規蒔直しをやらなければならぬところへ来ている。

史記李広伝の、

「其ノ身正シケレバ、令セズシテ行ハル。正シカラザレバ、令スト雖モ、従ハズ――」

が、この場合にも、あてはまるように感じられる。

国語問題に限らず、すべての社会革命が、歩一歩、理想に近く達成されれば、文句はないのだが、概ねそうはいかない。変革に際しては、いつも変革それ自体のエネルギーが、他のすべてのエネルギーよりも優先するので、大きな誤りと損害を受けてしまう。最近、私は文部省の国語審議会の席上で、ある底の浅い国語単純化論者が、たとえば、日本の固有名詞を、カナ文字に統制しようとする理由の一つに、税務署の徴税事務を簡便にするため、というような程度の低い論拠しか持っていないのに、啞然とした。然し、そういう低劣ささえ、変革期には優先的なエネルギーとして、取りあつかわれる誤りを犯し易いのである。その日同席された倉石さんのような碩学でも、うっかりそんなものに、ひッ搔き廻される観を呈するのを、然し、どうしたらいいのだろう。

少くとも、人間がかわるためには、ほんとうに古い道に行詰り、それに閉口してからのちに、新しい道を求めるのでなければならない。私は、今、

「断橋無復板
臥柳自生枝」

という杜甫の詩を思い出さずにはいられない。古い橋がこわれていて、どうしても通れないと知って、新しい橋を求めるのが本筋であり、伝統と変革と創造の弁証法が、そこにこそあるのである。

○

人間が変るということについて、ソ連から帰った中野重治氏が、次のような示唆に富む文章を

発表した。

曰く、

私は、日本でもかれこれいわれたフルシチョフの『文学砲兵説』について感想を書いておこう。あの砲兵説は、文学を何かのハシタメにしようというようなおかしな説だったかどうか。私の聞いたかぎりでは、フルシチョフはそんなことはいわなかった。

なるほど、共産主義へ行くためにはその物質的技術的土台が必要になる。そこで五ヵ年計画だの七ヵ年計画だのということになる。けれども、物質的技術的土台の面で七ヵ年計画が五ヵ年計画でできあがったところで、人間がかわらなかったらどうなるか。（註・傍点は私）

物質的技術的土台では進んで、しかし人間ではそれにふさわしく進まなかった社会ができたとしたらそれはカタワの社会であるほかになかろう。

しかし共産主義はもともと人間の問題だった。それは倫理の問題だった。また美の問題だった。それは物質的技術的な『土台』の発展だけで解決されることはできない。

七ヵ年計画に文学を追いつかせるのではない。七ヵ年計画そのものをも人間のものとするための芸術文学の特殊の任務、それをフルシチョフがたとえて砲兵といって語ったとあのとき私は聞きとった。（朝日・学芸欄一九五九年六月二十四日）

そうあって欲しいと思う点では、これも中野重治氏と同感である。しかし、フルシチョフばかりでなく、核兵器を所有した政治家の心に、その念願とは反対の、まったく反対の決意を見出してしまうのを、如何ともなし難い。

たしかに、中野氏の云う如く、人間がかわらなくては、何ンにもならないのである。いくら物質的、技術的な土台が変革されても、人間がそれにふさわしく変ってゆかなければ、カタワの社会だ。

中野氏はいざ知らず、二、三十年ほど昔のマルクスボーイは、みな、下部構造を変えることで上部構造が変ってゆくという風に云ったものだ。物質的技術的土台が変っても、人間が変ってこなければダメだ、カタワだ、などとは云わなかった。

私は寡聞にして、一体いつ頃から、中野重治が人間主義者になったかを知らない。然し、彼を弁護的に云えば、昔から彼ほど人間的なコンミュニストは、類がないとも云える。彼の本質は、むしろ、人情豊かな私小説家的でさえあったとおもう。彼は、先ず物質的技術的土台が変革されて、そこへ人間が、桝で計って、鋳型にはめられるような方式で、変革を強制されたら、まったく腹を立てて、そういう共産国家をカタワ呼ばわりするコンミュニストであるけれども、然し彼の人情味は、そういう政治家の仮面を、そのまま宥免《ゆうめん》してしまう善意がありすぎる。

然し、私としては、核兵器というものを所有して以来の政治家を、どうしても全面的には信用することができない。

もっとも、中野君が見てきたように、フルシチョフの頭の恰好が面白いとか、あのなかには、水ははいっていないとか、河野一郎氏が見てきたように、同席のモロトフなどには、洟もひっかけないで、自分本位の際どい冗談ばかり飛ばしていたとか、伊藤整氏が見てきたように、三宅艶子氏がすっかり気に入って、三宅さんにばかり話しかけ、自分には何ンにも云ってくれなかったとか、そういう私行の面白さは、人間的な中野氏を、懐柔するに十分なニュアンスとなっているだろう。

核兵器を所有しだしてからの政治とか国家とかいうものの考え方は、どうよく考えてみようとしても、人間的ではありえない。人間自体が、変ろうと変らなかろうと、原子力を含む物質的技術的な土台へ、人間を鉛のように流しこもうとする戦後国家の政治のあり方は、その動機に於て、ナチスのやったアウシュヴィッツの方法、即ち男も女も子供も、それが人間であるということを全然認めないで、大量的にガス室へ送ったあの非人間観と大差ないように思われて仕方ないのである。

このことは、政治家が核兵器を持った瞬間に、その人間の誠意とか善意とかが大幅な変化を起すものだということを、十分に考慮にいれて、ものを判断しなければならなくなったせいではないか。私は、そうなってからの政治家の国会答弁なども、ひどく滑稽で眉唾ものに思われてならぬようになった。

その意味では、フルシチョフの砲兵説などにも、全幅の信頼がおけない。正直、核兵器を持つと持たぬのとでは、対人間関係がガラリと一変してしまうのを、どうすることもできないだろう。ボタン一つで、一瞬に大量虐殺を可能にするような権力の座というものは、その個人のユーモアや個性や愛すべき酒癖などを面白がる寛大さをなくしてしまう。

私は、核兵器を所有した政治家が、物質的技術的な土台の変革よりも、人間が変らなければならないなどと本気で考えるかどうかを疑う。恐らく、彼らは人間が変ってゆくなどとは考えていないのではないか。かなり如才なく、人間にお世辞を言うことも知ってはいるが、その実は、人間などというものよりも、核兵器のほうをより多く信じているのではないか。なぜなら、彼らの権力を守ってくれるものは、人間ではなくて、核兵器であるから。

人間などはどうでもいい。変っても変らなくっても、どっちでもいい。それに、人間が変るなどということを、悠長に待ってはいられない。それよりは、物質的技術的な土台を変えて、そこへ人間を送りこむ。丁度さっきの話と同じように、巨大なトラクターが、先ず道路を作る。すると、そこを人間が歩き出す。みんながゾロゾロ歩き出す。人が歩いているから、自分も歩くのである。

人が読んでいるから読み、人が見に行くから見に行く。政治家はそういう大衆の無思想を見抜いている。人間が変るためには、芸術や文学を与えるよりも、物質的技術的な方法、巨大な機械によるに如くはないと……。もっとも、核兵器のない時代でも、権力を持った政治家は、いかに善良素朴な紳士でも、最後には奥の手を出して、人間をおびやかしたものだ。小官吏、小警吏、みな然りだ。彼らにとっては、やはり、人間より権力を愛するしかなかった。「共産主義は、もともと、倫理の問題だった」と、中野氏は云う。たしかに古くはそのようにして、出発し、発見したものであるだろう。然し、今日の共産国家を、倫理の問題として考えるには、程遠い。否、もっと手近かに、全学連の問題を考えてみてもいい。それは倫理の領域をはるかに置去りにしてしまっている。

核戦争をめぐって、既に、倫理の問題も人間の問題もあまりに無力化している時、古い戦争用の砲兵やら歩兵やらを持ち出したフルシチョフ演説のまやかしは、どう甘く見てもユーモア・ショウの如きものであったが、然し核に対する人間の問題、その復活と文芸の関係などが、真剣に考えられねばならぬという機縁をつくるには、或いはタイムリーでもあったようだ。

○

政治に人間が追いつくのではなくて、政治を人間のものにするという理想を、中野氏は説いている。

現代は、どんな卓越した芸術家の個性でもが、政治から離れて、自由に別個に存在することは許されない。たしかに、われわれの先輩たる明治大正の文人は、政治から離れて生活することがあったのだが、今日では、森羅万象がみな、政治的だと云える。そこで政治が優先し、人間は衰弱してゆく。

二昔前には、同伴者文学ということが、大真面目に論議された。それを究極へもってゆければ、文学は政治のハシタメにすぎない。大きな戦争がはじまれば、文学はすぐ、ハシタメの任務に就く。フルシチョフは、それを砲兵まで格上げしたのだろう。だから中野重治氏の理想通りには、いっていないと思う。ハシタメ変じて、砲兵になっただけだ。

ところで、われわれの先輩が、反政治的だったのはなぜかというと、政治にこみやられまいとすれば、出来るだけ遠くへ離れてしまわねばならない。それで、明治大正時代、またその前の古典時代などでは、作家は隠遁者に近かった。

今はそれが許されない。日々に政治の風塵を浴びなければならない。その中で、作家であるには、一昔前の人達よりも、更に強靭を必要とする。同伴者性などというまやかしものでは、到底現代の国家政治には太刀討はできないのである。

たとえば、法科の学生と文科の学生を、一ツ所へおとし、暫く放置すれば、文科のほうが、法科の中へ同化してしまう。法科が文科に同化する例は、殆んど聞かない。悪貨は良貨を駆逐するが、文科学生の頑固さは、寡であって、衆俗には吸いこまれてしまう。正直な話、生れおちた時から、芸術家だという奴はないのだ。

生半可な修業では、芸術家はすぐ、もどされてしまう。それは冷凍魚よりも、簡単である。

私がそんな話をしたら、文科の学生は、気に入らないという顔をした。然し、残念だが、法科の学生はノーマルで、無神経でもあるから、自分のほうへ同化する。政治と文学の関係もよく似ている。文学のほうが、政治に同化してゆく。政治が文学のほうへ、同化してくるということは、なかなか、考えられないのである。

政治家というものは、文学者を尊敬しているように見せかけるものだ。然し、しんそこから、許しているのではない。それは作家が、政治の権力に服していないように見え、政治とは別の権威を持しているのが、何ンとなく煙ったいというだけの尊敬である。精々が、「文学者は変っているな」といって感心する程度の話である。文学者のほうから、政治家をがんじがらめにして、彼を同化せしめて、文学者の下風に立たしめるということは、古今東西先ずありえないのではないか。

文学者にくらべると、芸人の修業は激しいから、おいそれとは、もどらない。というと、芸人のほうが作家より、立派なようだが、そうでもない。芸人は打ちこんで、一筋に修業して、余念がないというだけで、パンセもエスプリもないから、強いだけのことである。

最近、小説の芸能化などと云われるが、ほんとうの芸人の修練にくらべては、比較にならないもろいものだ。

この間、文楽の或る太夫と一晩、話をしたが、この世界の人達は、どんな政治家の中へ放り出しておいても、彼らに同化することはないだろうと思った。だからといって、それが偉いわけでもない。

そのときも話が出たが、女形は絶えず自分を女形にしておく努力を加えないと、男になってしまうという。もともとが、男だからである。

生れた時から女形というのはない。生れた時は男だが、いつか女形になっただけの話である。だから、平常努力して、女形でいなければならぬ。努力をやめれば、男にもどる怖れが十分あるわけだ。

　われわれも亦、もどる怖れはうんとある。正直なところ、自分が文学者であるという自覚以外に、それを支えるもののないわれわれは、太夫や女形のような、外見からも、自分を支えている柱がない。それで実際、日本の文壇の場合、二年も三年も小説を書かないと、書けなくなってしまうという不思議な魔もある。もっとも、ジンクスというようなものではないだろうが——。

　まったく、書くという勤行以外に、文学者たる自覚がもてないという慣習は、情けない話だが、然し、長い間書いていない文学者に、久しぶりに逢ってみると、驚くべき俗人になっている例は、なきにしもあらずである。

　そこで、前の話に戻るのだが、核兵器があらわれてからの人間というものは、実は政治家という特殊人物の、持って廻った政策や禁制や弁解の如何にかかわらず、人間自体が、人間の自由を喪失しようとしているのであって、自分の意思で、どうにもならない核国家の政治の前に、人間は鉛のようになってゆく。七ヵ年計画だの、砲兵説だの、或いは又、計画経済で、低所得をつり上げるのと云われても、それが人間の幸福や自由とは、全然無縁にしか考えられない。

　然し、人間に生れた以上、最後の勇気をかり立てて、自分が人間だという自覚に努力すべきだろう。そうでないと、女形が男にもどり、文科の学生が法科の学生に同化しやすいように、人間という存在も、いつのまにやら、非人間という存在に化してしまう。巨大な機械力の前には、たしかに、そうなってゆく。

私は今、マスコミの攻撃をしようとしているのではないけれど、例を小さく取れば、マスコミという非人間主義は、核兵器時代には、まったく都合のいいなれ合であった。

日本の民主化は、誰かが予言した通りに、基本人権擁護は、ほんのお座なりで、実は滔々たるマスコミの非人間化に成功してしまったのである。

特高が廃止された時も、天皇制が弱体化された時も、それで人間が変ったのではなくて、物質的技術的な土台が、占領軍によって、変革されただけであり、その下部構造の変化に、追いつけなかった日本人民が、自ら逆コースのハンドルをひねってしまったとも云える。この十何年の間に、軍国主義の非人間化から、マスコミの非人間化へ、移動したにすぎないとすれば、一体、どこに、人間の幸福の復活を見ることが出来るのだろう。

戦争で死んだ子は帰って来ないが、一旦廃墟となった東京には、きらめくネオンの渦と、立ちならぶ高層ビルの間を、華美な車が氾濫して、曾て見ざる国際都市となった。だが、これは明かに、独占資本主義的・物質的土台であって、そこを歩く人間の自由が、それだけで解決されたと見ることは出来ない。

個人の生命のうちの真実と幸福――それは空しく投げ棄てられている。その意味では都市は虚無的人間の葬列とも云える。

六の章

「恋愛は人生の秘鑰《やく》なり」

とは、北村透谷が、「厭世詩家と女性」なるエッセイの冒頭にかかげた情熱的な宣言だ。これは明治二十五年。当時透谷の愛読者だった木下尚江が、

〝厭世詩家と女性〟は、従来のものとは全く調子の変つたもので、その冒頭の一句が、青年の尚江に、非常なものをぶちこんだ。私も今は、こんなよぼよぼの老人になつてゐるが、その頃はこれでも、堂々たる青年であつたのだ……。〝恋愛は人生の秘鑰なり〟

この一句は、まさに大砲をぶちこまれたやうなものであつた。それまでは、恋愛——男女間のことは、何か汚いもののやうに思はれてゐた。それをこれほど明快に喝し去つたものはなかつた。透谷の自画像は、この一句に尽きる。この一句は、彼の一生の大事業であつたと思ふ。透谷の言葉である。彼は実はその先駆者であつたのだ。が、果して透谷は、恋愛の鍵を以て、人生の鉄門を開き得たであらうか。ここに鍵があるといふことは知つたのであ

らうが、その鉄門を開くまでに至らず、実相を見るに及ばないで、倒れた人であると想ふ。

と語っている。

明治維新も、政治の変革が優先したので、先ず、大政奉還、天皇親政、開国貿易などの政治機構が変り、次いで、斬髪、廃刀、洋服その他風俗の変革がつづき、そのあとに、学校とか新聞とか、精神の環境に移動があって、これらの所謂物質的技術的土台の変革のあとに、明治精神、或いは明治の実証的精神が大きくはいってきたのは、どうしても、「小説神髄」の明治十八年から、透谷の活躍期あたりまで、およそ五、六年の歳月をかけて、いたと見なければならない。

それにしても、透谷の出生は、明治元年十一月十六日だから、彼は徳川時代を知らない。徳川と明治をまたいで、その移り変りを見てきた人でない。いわば生粋の明治ッ子だ。その男が、二十五歳になった。だから、大胆で情熱的な恋愛宣言も出来たわけだが、もの知りの維新前派や維新中派は、青二才の発言として、そんなものには、目もとめなかった。然し、透谷はそれに負けずに、周囲の反対とたたかって、石坂美奈子と結婚した。

それについて、藤村が云っている。

「この結婚によつて、透谷は彼の周囲にあつた親しい人々を失つた。彼のはじめた結婚生活は、それらの人々に対して、血戦をひらいたやうなものだつた」と。

花嫁は学生であった。麹町の女子学院へ、毎日通学した。好奇というより、侮りの目が、雨霰

と、新婚の二人に注がれた。彼らの目は、

「そんな勝手なことをして、生活が出来るのか、生活が——」

と非難をこめている。然し、透谷は、その冷い礫《つぶて》に対して、

「しかし僕は、恋愛のない結婚なんて、全然考へることが出来ない。僕の人生にとつては、生活より恋愛が大切なのだ。生活なんて失つてもいいから、恋愛を獲得しやうと思つた……」

と、反撃している。彼はまた、ペンをとって、

「情熱は執なり
放にあらず」

と、手帖に書きつけた。そうかと思うと、夫婦は周囲の敵ばかりでなく、自分達の内部のものとも、激しく争わねばならぬ日が多かった。

「恋愛には、若干の悪意が必要だよ。それは一種の調味料のやうに、愛情をこまやかにも、鋭くもするのだ。何ンの消耗もない恋愛なんて、それこそ味も素ッ気もないもンだらう」

「恋愛ありて、のち、人生あり」

そういう高姿勢な云い方が、ますます周囲の誤解を深くした。

そして、透谷は、その圧迫に戦い破れて、二十七年五月十四日、庭つづきの芝公園地内の一樹に縊《くび》れて死んだ。

これを評して、親友の藤村は、

透谷の惜しい生涯は終つた。彼は誠意のこもつた恋愛をも、そこから出発した結婚生活をも、すべて疑問として、この世に残していつた。彼の生涯は、結局失敗に終つた戦ひだつた。

と云い、更に、徳富蘇峰に至っては、

想ふに透谷君は、才情濃やかにして、神経過敏に、志望高く且つ多くして、理性、意力、或は少しく之れに伴はざりしものありしならん。果して然らば天才狂に近しとは、君に於ては、無意義の矯言といえ、これを排すべからざるなり。(国民新聞)

と、風聞の伝える発狂死を容認するかの如き口吻である。

然し、彼に発狂死の汚名を着せた恋愛至上論は、その後強く生きて、明治末年から大正、昭和の初期になると、恋愛結婚と云っても、誰もそれを怪しまぬ程、普遍化した。むしろ恋愛なき結婚は、非人間的という一般的な定説を生み、猫も杓子も、恋愛病に取り憑かれるようになったのだから、透谷を以て、近代恋愛の開祖と云っても、冗談とのみは云えまい。要するに、透谷は、二十七歳の短命に終った先覚者であると共に、時代の犠牲者であった。

私が生れたのは、明治三十七年であるから、透谷が死んで十年が経過している。当時は自然主義文学のスタート時代だから、「好色論」の序章で述べたように、私は子供の頃から、「女難」や「耽溺」や「あらくれ」を濫読して、透谷の恋愛讃美より、泡鳴・秋聲の主好色に惹かれたわけだが、いかに自然主義全盛とは云え、

「好色とは人生の真実なり」

と、正面を切って云った者はなかった。然し、「女難」や「耽溺」や「爛」のような小説を読みふけると、やはり、その主題になっているものは、恋愛というよりは、好色であって、既に透谷の時代からは、大分時が流れていることが証明される。私などが小説を読みはじめた頃は、もはや、

「恋愛は人生の秘鑰なり」

では、通らなくなり、性の秘密やその実証が、人生の問題になってきていた。要するに、文学が恋愛の美を謳歌するよりも、人生の真実を描くには、先ず性の解決からはじめなければならない時代になりつつあった。性の諸問題に対する解答なしに、人生論を説いても、空疎な掛声にすぎず、また恋愛という架空の抽象を描いても、それに好色が伴わないと、つくりもののような気のする時代が来た。

昭和初年には、そういう主好色の潮流が、たしかに日本を覗いたとおもう。然し、それはほんの短い期間であったかもしれぬ。時代というほどの時の幅がなく、期間という言葉のほうが、あてはまるかも知れないほどの短さであったが、それでも、その洗礼を受けた者は、少くない筈で

ある。

然し、日本の土壌に、それは根を張ることがなかった。まして、花を咲かせることもなしに、やがて潰えた。潰したのは、太平洋戦争へ国民を駆り立てて行った日本軍国主義だけではない。進歩的と称した知識人達その他一般左翼も、文学に於ける主好色を、ひどく、いみきらっていたことは事実だ。

○

「いや、決して僕の自殺は、頽廃ではない」

と、透谷はその決行直前、自問自答した。が、この天才を、周囲が死へ追いやったことは、疑うべからずだろう。透谷を開祖とする純文学の道は、藤村、一葉、花袋、秋聲、泡鳴などと、幾曲りのジグザグコースを辿って、一つは求道的反好色へ、今一つは、実証的主好色へと、分岐していったと見ることが出来る。

吉田精一氏が、「自然主義の研究」の上巻の序論で、

日本近代文学史上に於ける写実主義の主張は、坪内逍遥の『小説神髄』によつてはじまつたが、それが急速に、封建体制から、キャピタリズムに、かけ上つて行つた時代の要求に即応して、近代小説の方向を、大体に於て正しく指摘したものであることは云ふまでもない。資本主義社会、もしくは市民社会の発展――確立期にあつて、小説の方向が、写実に向うこ

とは、ヨーロッパの文学史に徴《ちょう》しても知られるが、その根底には、近代社会の特色たる実証的精神が据つて居り、文学に於ける写実主義も、その精神の一つの表現に外ならない。

と説明している。明治の純文学が、その背中に背負ったものは、この実証精神の十字架だ。そのために、彼らは異端視され、一般社会から疎外され、貧乏と病苦に喘ぎ、その揚句、透谷のような悲惨な最期をとげる者もあった。

菊池寛以後、小説の商業化と共に、明治文人の十字架であった実証主義は衰弱しはじめた。同時に小説家は、貧乏と病苦から救われ、社会人としての、待遇を受ける所謂社会的地位を確保はしたが、その文学が水ましとなったことは、争えなかった。

昭和初年は、この菊池寛が大成した文学商業化時代の興隆期だし、それから更に分化して、大衆文学の系列が、万花をひらくに到るのだが、一方、流派の消長につれて、モラリズムの思潮は、私小説派を中心とする文壇主流の路線を画いて、プロレタリア文学に於ける求道派島木健作などを包含しながら、透谷以来の実証精神の追求を次第に鈍らせ、むしろその反対の精神家気質、高士風、道徳家、そして、おしなべての文学商業化時代の中の抵抗としての存在、即ち師表たる名誉が与えられた反面、そうした一般精神主義にあき足りない多数の層が、人生には、もっと何かが、秘められているのではないかと、探りはじめた。それには、今までの文学者が、好んでその主題とした愛とか、恋愛とかいうものを、もう一皮剥き出しにしてみたいという欲求が生じる。

もともと日本の近代主義は、そういう今まで、わからなかったもの、当り前とされていたもの、タブーの過剰などを、一皮二皮と剝いてみたいという意慾のあらわれであり、それが文学のコマーシャルによって、著しく衰えたとは云え、まだ、あちらこちらに沢山、残っている。

作家はそれらの意慾のままに、或いは深刻に、生真面目に、熱心に自問し、或いは軽快に、飄逸に、且つ面白そうに、自答しなければならなかった。

「今まで、それだけは正しいと、信じていたのですか？」

「やはりそれは、誰かに、信じこまされていたのでしょうか？」

「偽りの合言葉にすぎないのですか？」

「偽善？　――」

「せっかく学んできたものが、死んでしまうのではないでしょうか？」

「私達はそれを、劣情とか醜行とかと、教わってきたんですが？」

「では、男女の結びつきは、愛というものではないと仰有るのですか？」

等々。

たしかに、そういって問いただすわたし達のまだ不安な顔が、時代の僅かな垂れ幕の間から、覗かれた。

が、まもなく、その垂れ幕は、厚い壁によって、置き換えられた。昭和初年も、すでに三年には、張作霖の爆死事件があり、六年には、柳條溝爆破の一閃によって、明治以来の実証精神も何もかも、一切が終止符を打った。

うって代って、いろいろと、まやかしの精神愛が説き出されたことは、すでに御承知の通りだ。思想統制、言論統制の波が、二重三重に、おしかぶさってきた。われわれは、崇高な精神の愛、忠君愛国、親孝行、兄弟愛、隣人愛、友愛等を、戦争目的と結びつけて表現することを強いられた。強いられれば書くという習性のために、誰一人、ペンを折らなかった——折ったということを聞かなかった。然しこういう條件下で書くということは、文学の死であり、実証主義も何もかも、あったものではない。むろん絶対的な反好色でなければならず、当時の政府官僚の検閲機関が、一字一句をゆるがせにはしなかった。この約十年、文学は仮死をつづけた。

——やがて文士の従軍やら徴用やらがはじまった。文士のうちの主として道徳家が選抜されて行くのかと思ったら、片岡鉄兵氏とか川口松太郎氏とかあまり道徳家らしくない連中まで、従軍することになった。それを聞いて、私は怖毛《おぞけ》をふるった。このことは、何遍も書き、そのたびに誤解されたが、また書く。文士の従軍ということは、仮死状態の日本の文士が、軍人の手で活を入れられて、軍の片棒を担ぐことの命令である。私は本気で、そんな目に合うなら、文士を罷めたいと思った。それは今でも同じで、フルシチョフの文士砲兵説も、その本質は従軍と五十歩百歩だろう。

私はそのとき、片岡鉄兵氏を見送りに東京駅まで行った。氏はれいれいしい軍服（?）に身をかためていた。ほかの連中は二等車なのに、彼だけは展望車におさまっていた。今思うと、それ

は片岡氏の秘かなレジスタンスであったかも知れない。上司小剣氏が、やはり見送りに来ていて、私に、

「あなたなんかも、当然行くべきではないのか」

と云われた時は、グキリとした。その頃の文壇の空気では、従軍作家こそ花形作家であり、その選に漏れることは、文壇の通行証を失う位に、仰山に考えられていた。文学コマーシャルの風習は、そういうところに形を変えてあらわれてい、仲間意識、オンパレード、登録板などの道具立てで、かり立てられると、否も応もなかったのである。彼らの内心は知らず、少くともその外見は、いとも華やかで、いかにも子供ッぽい特権的な様子が見受けられたが、然し私は、それを羨む気持は毛頭もなかった。

上司氏は、古くから私の小説を読んでくれて、文芸時評などに度々取上げてくれた理解者の一人であったから、その時東京駅のホームで、自分が片岡氏の悲壮な出発を見送りに来たわけを話し、然し自分は、こういうことは、絶対にいやだから、若し頼まれても、ことわるほかはないと云うことを述べたが、上司氏も元来、こういうことはきらいだったと見えて、やがて汽車が出てしまい、二人がホームに取残された頃、段々に上司氏の話は熱を帯びて来た。そのとき、「女難」の作者の、旅順港従軍談なども出た——。

「作者は筆が立つということで、よく利用されるが、本質は全然違うものだし、こういうことに利用されるのは、つまらない」

と、氏は云われた。

然しこれは、昭和十三年のことだから、日華事変勃発の翌年であり、その三月に、国家総動員法が成立したばかりとは云え、まだ勝ち軍《いくさ》の時代だったので、文士従軍の様相も、さして、せっぱ詰った感じはなかった。が、やがて昭和十六年のそれになると、こんどは天下りの徴用で、人数も多く、下交渉なども殆んどなかったのであるから、当時の文壇を震撼せしめるに足りた。

○

その頃の或る日、新潮社から電話が掛ってきた。相手は楢崎勤氏だった。

「君のところに、徴用令は来なかったか」

そういう問いであった。

「べつに来ない」

「文壇に大ぜい来たんだ。知ってるかね」

「知らない」

「誰それに、誰それに……」

と、彼はずらりと名前をあげた。みな、馴染の名前ばかりだった。私と同時代の仲間が多かった。阿部知二、豊田三郎なども入っているのに、私がまぬがれたのは、何たる僥倖かと思った。

「今に、君のところへも来るぜ——」

と楢崎氏は、少しおどかすような調子で云った。

私は思った。いよいよ、文学は殺されてしまった……と。戦争文学なぞは、文学ではないのだから、文学者は全部開店休業を命じられている。どうせ休んでいるなら、徴用してやろうというのか、それとも、作家のほうから、冬眠状態でいるより、軍費で南方を飛廻って来ようというのか、いずれにしても、文学者本来の仕事はもうなくなってしまい、近代リアリズムの作家精神は終焉を告げ、単なる物書きとしての利用価値だけが認められていることを痛感させられた。

――一週間ほどして、私は銀座のモナミという喫茶店で、偶然島木健作氏に会った。私と島木とは同じ同人雑誌の仲間だったが、作風は正反対で、彼はプロレタリア文学者上りのモラリスト作家だった。大ぜいの作家たちと共に、徴用令書を受け、芝の増上寺まで行ったが、身体検査ではねられて、帰ってきたのであった。

私は、さっそく云った。

「おめでとう」

すると彼は、けげんな顔をして、

「なぜ、めでたいのだ」

「だって、徴用をのがれたそうだから」

「然し、身体が悪いことを宣告されたのでは、あまりめでたくもない」

と苦りきって答えた。私は病気のことで、あまり気を落とすなと慰め、

「それでも一晩、泊ってきたそうだが、どんな風だった」

と、訊いた。

「芝の増上寺で、一晩泊められた。むろん、最下等の待遇さ」

「どうして、軍はわれわれを、虐待するのだ」

「真意はわからない」

「従軍はことわれないのか」

「ことわれない」

そんな話をした。私は、ことわって見せると云って、彼に、

「君は、お坊ちゃんだから、そう云うが――」

と、嗤われた。

然し徴用された文士連中も、相当の我儘者ばかりで、ふだんは、人が何ンといっても、自分の主張をまげない頑固者が多いのに、さすがに軍人の前では、服従あるのみだと、聞いた時は、軍の威力に魂消《たまげ》ると共に、文士の闘魂も、あてにならないものだと思った。一人位は、軍人をあわてさせる位の不服従はやれないものかと云ったが、島木は、

「まア一度、現場へ行ってごらん」

と云って、取合わなかった。

そのうちに、軍の徴用は、次第に天下り的でなく、先ず作家に内交渉があり、それから令書が来るように、宥和された。私にも、その内交渉が、海軍から二度ほどあった。日本にいても、空

襲になれば、吹けば飛ぶ命になるのだから、いっそ南方へでも行って見ないか、と、ある将校に真顔ですすめられたこともある。それに対して私は一度もいい返事をしなかったせいか、終戦まで、とうとう白紙は舞込まなかった。これはクジ運がよかったのかそれとも、ことわればことわれると思う気がまえが、向うに通じたのか、いずれにしても、一度も軍の御用をつとめずに、あの大戦争をすごしたことは、私の一生の幸運であった。

創元社の小林氏が、谷崎先生が「細雪」を書下し、自費出版するという話をしてくれたのが縁で、私も疎開先の熱海で「悉皆屋康吉」の書下しにかかる決心をつけ、創元社から、初版三千で出版する約束をした。然し、当時は厳重な出版統制の時代であったから、果して、この非戦時小説が、出版出来るかどうかは危ぶまれたが、その要路にいた河盛好蔵氏のおかげで、三千部の用紙が割当てを受けることになった。

戦争以来、文学は死滅したと思っていたのが、はからずも自由創作の小説出版に、三千部の用紙が貰えるということは、まったく天来の福音であり、文学の根がまだ生きていたと思うことで、私はつい感傷的となり、その許可証を持った時は、涙なき能わずであった。

初版本の「あとがき」に曰く、

この戦時下、巻の七、巻の八を書く頃は、B29の空襲漸く激化して、執筆中屡《しば》〻警報を聞き、書きかけの原稿用紙をかかえて、待避壕へ急ぐような始末を演じた。

そうして昭和二十年二月に書き上げた原稿を、熱海で創元社の小林さんに手渡し、発兌の日を待ちかねていた処、それが五月二十五日の空襲で焼けたと聞いた時は、まさに失望落胆した。もっとも、私の手もとに、見本が十部だけ届いていたので、これさえ残れば、いつかは陽の目を見られるかとも思ったが、それは儚い望みで、当時は長期抗戦が叫ばれてい、戦争はいつ果つべしともなかったのだから、先ず、再版の機会はありえないのが実情だった。

その日、私は、とりあえず、創元社まで出かけていったが、その時の水道橋駅附近は、全くペロリと焼けつくして、見わたす限りの焼野であった。創元社も焼け、製本屋も焼け、従って紙型も焼けた以上、再版の見込みは立たぬという話を、小林氏から聞かされた。ところがそのあとで、三千部のうちの千部だけが、前日、小運送のリヤカーで、日配へ届いていたことがわかった。まさに奇蹟的なセーフであった。

これを聞いた時は、欣喜雀躍した。たとえ千部でも、空襲下の市場へ出たというのは、僥倖以外の何ものでもない。しかも小林氏は、両方で少し宛損をしましょう、と云って、二千部分の印税を払ってくれた。

まもなく終戦。

それから、僅か四ヵ月後の昭和二十年十二月に、これが再版となった。むろん、紙型は焼けているから、最初から組直したが、初版通りの本が出来た。その上、部数は一万部刷った。

然し私は、それだけで納まってはいられなかった。死滅したかに見えた文学の復活が、戦後の廃墟に、迎えられた。戦争文学は追放され、再び近代文学の自由と美と求真とがその失地を回復する。そう思われた。明治大正から流れてきた実証精神の伝統的エネルギーが、戦争という壁にぶつかって、仮死状態になっていたものが、もう一度蘇る時が来た。そういう風に、私は考えた。

その時の私には、ごま化しも、口実も、迎合もなかった。戦後まで生きのびた以上、長く仮死していたものを、酸素の中へ放つのは、当然の使命と思った。この敗戦は、同時に、あらゆる精神愛的なもの、似而非なる道徳的なものの馬脚を露呈せしめたのだと、信じた。あらゆる精神派、道徳派、反好色派の嘘、偽善、贋、利己等々を、この際撃たなければ、撃つときがないぞとおもった。

然し私はそのために、露骨すぎ、いつのまにか、四面楚歌に落ちていた。

七の章

田山花袋の「インキ壺」に、

本能は人間の如何ともすべからざるものである。人は本能の衝動に逢へば、必ずズルズルと引摺られて行つてしまふ。本能と戦ふは、痛快な事業ではあるが、しかも愚かなる行為たるを免れない。本能に同化したところに、平和があり、楽天生活がある。

本能に反抗したところに、皮肉があり、悲壮がある。

と出ているのに、私は当時、影響された。然し、本能の実態が何ンであるか、私はまだよくわからなかった。私が「インキ壺」を読んだ中学校の三年頃、或る晩、私の家にいた年上の女中から、自慰《オナニー》を教わった。彼女の目的は、私を愛玩することではなく、況《ま》して自分を提供することでもなくて、只私の春の目ざめを見て、楽しむ意図であった。私のほうも、女をおかす勇気はなかった。恐らく私が、挑むような振舞に出たら、彼女は強く拒み、私と争っても、負けないつもりだったろう。私はまだ、ひ弱な未発育な少年であり、女中のほうは十分に熟した年頃の女であった。彼女は毎晩、受験準備をしている私のそばへ来て、私を促した。

人は本能の衝動に逢えば、必ずズルズルと引摺られていってしまうということを、私は自分の上に体験しはじめた。それと闘うのは、悲壮で、道徳的で、ひじょうな忍耐力の要ることとも悟った。

子供達は、みな知識慾にもえている。天文学が好きで、主な星の名を殆んど知っている子供もあれば、蝶や蛙の種類を全部そらんじている少年もあった。然し、私は、そういうものには全く無関心だった。私の思春期は、年上の女の夜ごとの来訪と自然派の小説の読みあさりで、一ぱいだった。誰からも案内されない性の秘密へ、その女と小説だけが、ひそかに案内してくれるのだ、と信じこんだ。

私の性の目ざめは、このようにして、少々変速であった。私は本能の衝動にかられて、少年の悪習とされた行為を、毎晩くりかえさずにはいられなかったが、女性の本能については、全く無知であった。私の相手の女性は、いつも看護婦のような爽かさで、取りみださず、私の行為を冷静に眺めるだけであった。

私は小説が文学だと認識する以前に、そういう短い時代があった。私は片っぱしから、赤鉛筆で、際どい個所へサイドラインを引っぱった。私は男女の出て来ない描写や叙景や作者の理想を語る部分は、みな、ふっ飛ばし、際どい描写のところへくると、急に、目を皿のようにして読んだ。つまり私は、小説に対する一番悪い読み方を、最初にしてしまったのである――。

もっとも、私はよく勉強もした。難かしい幾何や三角の問題に熱中すると、夜明しも辞さなかった。私は微分積分に退屈したり、エマーソンの難読に倦きたりはしなかった。然し、小説の魅力、ことに性の描写の魅力には、固唾をのんだ。私は自分の内部に二つの自分を自覚した。一つは、軌跡の難題に熱中する自分。一つは、小説の耽読に陶酔する自分。それは微妙なバランスをこわさなかった。いつまでも、平行に私のなかで伸びて行った。私は一日の中、何時から何時まででは、英和辞書と首ッ引きで、エマーソンを読んだ。それから、何時からは、「耽溺」や「爛」を読み、段々には風葉や水蔭まで読みあさった。祖母の書架に、二世種彦や川上眉山があるのを知って、これも持出して、朝までかかって読んだ。馬琴の「殺生石」、京伝の「桜姫」などが次ぎ次ぎと、運ばれた。――ところが、中学五年頃、友達の間で回覧されたホンモノの春本には、あまり心が向かなかった。私はそういう種類のものを蒐集したり、筆写したりする根気はなかった。みんなが争って読んだ「壇の浦」とか「弓削道鏡」などには、むしろ退屈した。私はそれより、「耽溺」の女主人公の色の黒い田舎芸者が、その頃はやった「やまと」という煙草の空袋を、電球へ下からスポッとかぶせてから、帯をといて、主人公の自由になるところの生ま生ましい描写に心がときめき立ち、何度読んでも、飽くことを知らなかった。

上級生に、そういう春本を何冊も持っている男がいた。一体どこから買ってくるのかわからなかった。手垢がついて、ボロボロになったのもあった。或る日、その男は私に、手に入った珍本

を貸してやろうと云った。私は、

「結構です」

とことわった。

「何だ、せっかく貸してやるというのに」

「でも」

「君は、小説が好きなんだそうじゃァねえか……よく、読んでいやァがるくせに」

「小説は好きなんです」

「これだって、小説みてえなもンじゃァないか。小説なんぞよりずっと面白いンだ。読んでみろ」

「いいンです」

「おかしな野郎だなア……これを読んで、この通り、女にしてみろ。女は身をもがいて、喜ぶぜ。お前なんて、何ンにも知っちゃアいねえんだろう。花魁を買ったこともねえんだろう。新宿へ行ったことはあるのか。一度もねえのか」

「ありません」

「話せねえ奴だなア。伊香保へ行って、酌婦と遊んだっていうのは、キ様じゃァねえのか」

「違います」

「青びょうたん！」

と、私は二つほど、横びんたをはられた。伊香保の話というのは、その年、修学旅行で伊香保へ行き、級友の一人が、怪しげなカフェーの女に魅こまれ、童貞を破った話が、上級生の耳にもはいっていたのである。私もそのとき、そのカフェーに連れこまれた一人だったが、難をまぬがれた。看板はカフェーだが、内部は地獄宿であり、女は根のさがった銀杏返しに結っていて、坐るとすぐ前を触らせたりした。

上級生は私を伊香保でガマを買った一人とまちがえ、怪しげな春本を読ませたあげ句、新宿へ連れてゆくつもりだったにちがいない。

当時、新宿追分から三丁目の先きまで、両側にずらりと青楼が並んでい、張見世こそなかったが、青い顔をした籠の鳥が、二階の窓から、通りを眺めている姿は、よく見うけた。学校の帰りに、わざわざ、廻り道して、その前通りやうしろ通りを歩くことがあった。あとで考えると、その上級生は、遊びの金に困っていたので、私が小説好きなのを知っていて、春本でも読ませて発情させ、一緒に登楼して勘定を私にはらわせよう算段だったに相違ない。ところが私にことわられたので、計画に齟齬を来たし、腹を立てて、私をはり殴ったというわけだろう。

その後も、私は所謂春本に感心したことも、また熱中したことも一度もない。私にとって、それは全く陳腐な、千遍一律の読物であって、退屈するだけである。たとえ最低の読み方にしろ、ホンモノの小説によって、人生の桃色を解し、春情の目ざめを促すことが出来たのは、私なりの思春期の幸福であったと云ってもいいだろう。

○

私達の仲間で、生前の岩野泡鳴に逢っているのは、井伏鱒二だけである。私にとっては、泡鳴は全くの畑違いのようだったが、子供のときに読んだ「耽溺」の感銘がいつまでも忘れられなかったので、東大の卒業論文にこれを選んだ。

書上げた枚数は六百八十枚ほどであった。それを製本屋へ持っていって、上、中、下、三巻の本に仕立ててから、当時本郷追分に、

「泡鳴堂」

という看板を出して、小間物屋をしていた英枝《ふさえ》未亡人を訪問し、伝記の全部を読み上げて、誤りがないかどうかを、たしかめてもらった。

英枝さんは、泡鳴晩年の小説には度々登場してくる女主人公のモデルである。「霊が勝つか肉が勝つか」で有名だった遠藤清子から、岩野泡鳴を奪ったその人である。それで私は、ひじょうな興味をもって、英枝さんに逢ったのだが、泡鳴が小説の上で、しきりに叙しているような肉感的美人とは思われなかった。髷の小さい銀杏返しに結い、胸もとはやや蓮っ葉にひろがっていたが、色は白かった。英枝さんが色白であることは、泡鳴も度々自慢している。

ついでに書くと、私は北村透谷の愛人の美那子さんにも、二三度逢っている。それから間もなく他界された。泡鳴の英枝さんもその後、追分の「泡鳴堂」をたたんで、満洲へ行ったが、やがて亡くなった。満洲からは、時々気が向くと、向うのものを送ってくれたりしたこともある。

美那子さんからは、透谷の日常や自殺前の状況などを聞くことが出来たし、英枝さんからは、遠藤清子に対する痛烈な批評を聞いた。当時私はまだ世馴れない学生だったし、この頃の週刊誌記者のように、ズケズケ無遠慮な質問をするだけの度胸はなかったが、今になってみると、得難いチャンスだったのだから、もう少し、突ッこんだ質問をしておけばよかったとおもう。

然し、美那子さんも英枝さんも、私が見た限りでは、別に特に変った感じのする女性ではなくて、むしろ、ごく当り前な、穏かな人である印象を受けた。この人達が、透谷や泡鳴のあんな激情をそそったとは、ちょっと考えられない程であった。

もっとも英枝さんは、すぐ立て膝になって、裾のわれ目から、女のかくしどころを、平気で、泡鳴に見せるようなところもあったと云うが、その程度のことはあったにしても、泡鳴が実子の薫さんを放逐したりまでして、気違じみた愛情を注ぐような特別の美人とは思われなかった。

それで私が考えたのは、透谷も泡鳴も、どうやら、その恋愛観や愛欲観に於ては、独り相撲をとる趣きを呈していたのではないかと云うことである。一般に、異常な性格の詩人の愛している相手は、平凡な女であることが多い。多少、変っているところがあるとしても、それは二次的、或は後天的な変化であって、はじめっから異常な女は、透谷や泡鳴には、蹤いていけないということも考えられる。

要するに、透谷も泡鳴も、本能の衝動に正直な男で、一般の人のように、それを抑圧する術《すべ》をもたなかったから、時には異常のようにも見え、反社会的な印象にもなったのであるが、その相手方たる美那子さんや英枝さんがそれにうまく跋を合せていった苦労のほどは、並大抵でなかったろう。

そういうことが、私には一目でわかった。或る意味では、透谷や泡鳴の早死が、この人達を救ったような点もある。この女性たちの顔には、何か重い一役すませて、楽屋でくつろいだ俳優のような安らかさが、見うけられた。これは、現代作家の夫人達の身の上にも、あてはめて見られることのように思う。作家の個性と大衆社会との板ばさみになりながら、時には狂言廻しになったり、時にはワキ役をつとめたりするせつないほどのバランス。私は、美那子さんや英枝さんを見たときに、すぐそう思って同情したが、そこには一種の失望もないことはなかった。

透谷や泡鳴のリアリズム――その実証的精神は、たしかに明治大正の実人生に、強烈な焼印を捺したものの、また空転もしていれば、独走もしているのである。正直、一人の天才が、

「この女性こそ」

と思って、飛びついてみたところで、一分一厘の隙もなく、ぴったり行く例は先ずなかろう。天才ほど、そういう間違いが多いのではないかとも、私はその時、思うのだった。

然し私は、透谷や泡鳴の外聞もはばからぬ真面目なリアリズムには、頭がさがり、そこに日本の純文学の本領を見る点では、当時も今も、変りがない。

が、私は、鏡花や荷風の世界にも心を惹かれなかったわけではない。

M市の旧制高校時代の親友に、鏡花ファンがいた。私は彼と一つ下宿に住んでいたので、鏡花

の小説は、彼に借りて殆んど全部読んでしまった。その友早崎文雄は、自然主義の作家たちを、みな田舎者として、見向きもしなかった。鏡花につづいて、荷風、弴を愛読していた。荷風の「腕くらべ」「おかめ笹」に傾倒した。芝居も好きで、六代目菊五郎の写実を毛ぎらいしていた。歯切れのいい十五代羽左や、名調子の二世左團次を高く買っていた。

早崎と私は、それでよく云い争った。私はその頃から、荷風は好きでなかった。「腕くらべ」も「おかめ笹」も、私の心をゆさぶらない。

私は都会育ちで、人工の街や不夜城が好きだったが、通人気取りのスタイルには興味がなかった。それよりは、野暮で、小汚い泡鳴の小説に、うつつをぬかす。そこらが、仲のいい早崎と、ソリが合わなかった。チャキチャキの伝法な東京の女より、田舎出身で、東京の水にもなじんでいるような女のほうが、ピッタリ来た。

「腕くらべ」の私家版というのも、「四帖半襖の下ばり」というのも、私には疑問だけが残った。殊に、後者は、安っぽい芸者の閨房談で、私は興味索然とした。その内容は、誰もが知っている技巧のマンネリズムだけで、あんなもので春情を促されるとしたら、よほど性的弛緩の状態以外には考えられない。緊迫した性愛のリアリズムなどは、一カケラもないとおもった。私は、某先生に、それとなく叱られたが、荷風山人については、圧巻「濹東綺譚」以外には、心から敬服しているものがないのである。

歌舞伎の濡れ場にしても、私は水の垂れそうな羽左と先代梅幸の演出より、やはり、野暮ッたくても、六代目の写実のほうが、色っぽいと思われた。その点でも、本格的な歌舞伎好きではないかもしれない。歌舞伎の演出は、そこまで写実的ではなくてもよいのである。その意味で、六代目の芸は舞台の約束に違反している。

だからと云って、私は自然そのものを愛そうとするのではなかった。私はあくまでも、自然に何かを加えたもの、人事の面白さを愛する点では、人後におちなかった。あまりに自然らしい舞台装置よりも、突拍子もないデフォルメのある大胆なデザインが好きだった。それが古い道徳観や価値観の崩壊を意味するとき、私は強く亢奮した。私は、六代目の写実を愛しながら、「朝から夜中まで」の舞台装置を見て、村山知義に劇しく惹かれた。

私の時代は、それを混乱と考える必要はないのであった。自然も反自然も、写実も浪漫も、明治大正に伝統する純文学の世界では一つの共通した実証的探求の方法であったのだ。

○

前章の終りで、戦後の私が、反好色派の嘘、偽善、贋、利己を撃とうとして、露骨すぎ、四面楚歌に落ちたと告げた。

戦前、戦中を通じて、官憲の圧迫があり、作家の筆禍がつづいた。私の作品でも、古くは「襤褸」という戯曲が発売禁止処分を受け、「木石《ぼくせき》」も、内務省では、改訂の必要があると云っていた。そういうものから解放された喜びが、戦後作家を異常に亢進させた。愛欲文学、肉体文学が氾濫した。私の或小説はその悪い見本になった。仙貨紙の印刷と、どぎつい装幀が、更にそれらの作品を粗悪化した……。

これは、戦争の影響である半面の戦争小説に対して、他の半面である戦後の肉体小説であって、戦後責任の一つでもあった。たしかに小説の無限の解放は、小説のもつ危険な作用を露出させた。小説の一番悪い読み方があるように、小説の一番悪い書き方もある。今まで、うっかりは抱擁とも書けないほどのきびしい検閲機関がなくなり、文士までが狙われていた特高の解散で、何を書いてもかまわなくなった作家の有頂天は足もとに、小説の危険作用の陥穽が、大きな口をあけているのを、よく見る暇がなかった。

「田之助紅《べに》」という私の作品が、終戦後まもなく、内務省へ告発された。その頃、内務省は進駐軍の命令で潰滅させられたので、それが京都の地検へ廻ってきた。若い検事は、起訴すべきかどうかについて、殺人列車に乗って東京の最高検まで指揮を仰ぎに来た。新聞連載のスクラップをかかえて、車輛と車輛のつぎ目の台の上に立ったままだったという。

最高検で、審議の結果、起訴に及ばずと云うことになった。もっとも告発人のメモランダムによると、猥せつ部分に当る処は、私の小説の中で引用した黙阿弥の「紅皿欠皿《べにざらかけざら》」の折檻場の台詞に該当していた。ところがそれは、戦前に内務省警保局検閲の下に出版された黙阿弥全集に掲載されたままの引用文なのである。若しこれを起訴したら、警保局が許したものを、いけないと云うことになるのだから、大へんな見当外れである。然しとにかく、あぶないところであった。

次は、当時の時事新報に、「夢よ、もういちど」を連載した頃、G・H・Qの新聞班長のイン

ボデン中佐か大佐に、呼びつけられた。彼が曰うのに、

「この小説に対して、ひじょうに沢山の投書がくる――

「本官は文法上の当否については、日本語をよく勉強しないからわからない。

「若し、投書の意見が、ある程度認められるとすれば、連載を中止するか、或いは貴下の良心によって、少し方向を変えてみてはどうでしょう――。

「このまま、貴下があくまでも連載の筆をつづけるなら、光栄ある福沢先生が、墓の中で寝返りをうつことになるだろう――」

インボデンはそんな意味のことを云った。福澤諭吉が墓の中で寝返りをうつとは、鳥渡した洒落のようにも聞えたが、私は青くなって腹を立てた。

言論は自由だなどと云うが、全然、自由はないではないか。G・H・Qによる立派な言論統制ではないかと思った。

当時、「夢よ、もういちど」はよく読まれていた。一枚の新聞を何世帯もで廻し読みしていた位だ。「田之助紅」も京都では圧倒的だった。その人気に対する反発があった、としか思われない。日本語のよくわからないインボデンに、小説の良否のわかる筈はないと思った。

然し、黙って帰るわけにもいかないので、

「貴殿の忠言に感謝する」

と答えて帰ってきた。そして、別に方向も変えずに、最後まで執筆したが、それっきり、何ン

とも云って来なかった。

つづいて私は、朝日新聞に「花の素顔」を書くことになった。然し又、G・H・Qに何か云われるのは面白くないので、当時の渉外局長と二人で再びインボデンを訪問し、

「私はこんど又、朝日に連載小説を書くが、途中で何か云われるのは、ご免蒙りたい。私というものがいけないいなら、最初に中止を命じなさい」

と、通訳して貰った。私は態よく、インボデンさんに喧嘩を売りにいったようなものだった。

すると、彼は前とはうって変ったような笑顔で、

「どうぞ、貴下の好きなように、お書きなさい。貴下の小説は、色気がある。私はもう老人です。若し、貴下位若ければ、私も貴下の小説の愛読者になったでしょう」

と云った。これでは全然、喧嘩にならないので、握手して帰ってきた。私は本気で、若しまだインボデンがうるさいことを云うようなら、「花の素顔」はもとより、彼が新聞班長である限り、新聞小説は書くまいと決意して出かけていったのであるが。

然し、あとになって思えば、この異国の老検閲官は、小説の書き方の悪い作用について、若干の忠告をしてくれたのかもしれない。私は、それに対して、別の論法で反駁し、

「真実を描いて、何が悪いのだ」

「真実を云えるのは、文学者位のものではないか」

と、ムキになっていた。

たしかに戦後には、そういう非公式の弾圧があり、それに対して、戦おうとするうちに、私は知らぬ間に、何かレッテルのようなものをはられてしまったことを自覚した。これにはおどろいた、と云うより、正直、参ったと云おう。

戦前、戦中にも、ずい分、作家はいじめられたが、みな一応、相手がはっきりしていた。ところが、戦後のレッテルは、相手が覆面でわからない。いつのまにか、ピタリとはりつけられているのである。

どこへ、はりつけられているかもわからない。それで自分では、はがせない。むろん、友達にはがしてもらうわけにもいかない。家人の手も借りられない。

「田之助紅」と「夢よ、もういちど」が、二つとも、生ぬるいお灸ですんだことも、私への罰を長びかせ、漠然たるボイコットのような空気を流す要因であったかもしれぬ。そしてこのレッテルは、よく隅々まで徹底したし、普及した。そのために、私はますます意地になって書きまくった傾向もあるが、又その反面、被害妄想にも落ちた。そのために、各所に摩擦をおこしたり、旧い友達や愛読者を失ったりした。私への非難と罰は、旧い友達の中からも起ってきたし、私を批判することで、戦後の自分らの停滞を取りかえす足場にしようとしたずるい人もある。

「先生はもう、昔のようなキメのこまかい小説——木石とか悉皆屋とか云うような作品はお書きにはならないのですか」

「先生は、全然変ってしまいになったのですね」

それは、私に背中をむけてしまった私の旧い理解者の合言葉であった。然し私は、少しも変ったとは思っていなかった。私の胸に炎えさかる文学への情熱の火は、衰えてもいなかった。それは昔から、少年の頃から維持してきた同じ火である。

只、ふしぎな魔力のあるレッテルをはられた私は、しばらくの間、自分の内部の真実を吐露するための説得力というものを、喪失していたことは、たしかだ。まったく珍らしい体験だった。

○

前号で、私が、インボデンさんに呼びつけられ、「夢よ、もういちど」の新聞連載（時事新報）について、言論弾圧を受けた話を書いたところが、

「そんなことがあったとは、ゆめにも知らなかった。当時は最も言論自由の時代で、小説家は書きたい放題を書いていたと思っていたが――」

という投書があった。

然し、占領治下の日本に、本当の自由がなく、あってもそれは、まやかしの自由でしかなかったことは、みな承知していたのではないだろうか。

河上徹太郎氏が、占領時代の自由を、

「配給された自由」

と評したのは、有名な話だが、言論報道の上でも、占領政策の是非は許されなかったのだし、若し自由があったとすれば、ワイセツだけが許されたのである。云いかえると、

「自由が与えられたのではなくて、ワイセツが与えられたのである」

ということになる。

たしかに、占領治下では、ワイセツは大目に見られた。それを、われわれは、自由が与えられたと思い違いした点がある。

然し、私たちとすれば、ワイセツが与えられたにすぎないにしても、たしかにそれを有りがたく受取った。ということは、その前が、あまりに窮屈な耐乏時代だったし、また戦時統制の偽君子的国策のウソが、たまらなく骨身に沁みていた反動からも、戦後のワイセツを、喜ばずにはいられなかったのである——。

エロ小説が氾濫し、ストリップ・ショウが流行した。闇市では、もっともワイセツな映画やスライドや、全裸ショウや、シロシロとかシロクロとか、シロヘビとかいう類のものまでが、比較的容易に、見物出来るようになった。浅草のある劇場では、ヌードが腰に一枚の手拭をまいただけで、据風呂に入るところを実演し、更に客に竹筒の眼鏡を貸して、湯槽の中を覗いて見せるような際どい演出を公開してはばからなかった。

全裸ショウは、浅草ばかりでなく、占領軍大官の出入する代表的な料亭の座敷でも、演じられた。バタフライを用いている子にしても、今日ではすっかり無くなったGストリングという細い紐で、つるしてあるだけだったから、背ろむきになれば、全裸と同じことだった。蛇遣いの女にしても、ふだんから飼いならしているヘビではなくて、その料亭の近くから買ってきた青大将を、平気で遣ってみせた。中には、セロテープを短く切って、蛇の口へはりつけてから、股や腰へまきつけた。どじょうを遣う女もいたが、どじょうが勢いがよすぎると、糸切歯で、頭部に一撃を加えてから、自分の中へ押しこんだ。すると口から、血が垂れたりして、一層煽情的な効果を狙った。すべて、そういうワイセツな見世物は、戦前からもあったのであるが、以前のように、ビクビクせず、やや大ぴらに、しかも簡単に演じられるようになった点が、戦後の特徴であった。

然し、それらも、実情はあちらさんのお裾分けのようなものであった。はじめ、あちら向きに、作られたショウが、半年一年経ってから、こちらの目にも入るようになる。丁度、新しい年式の自動車は、二年間は日本人は乗ることが出来ないのと似ている。この規則は、今日でも厳重に施行されていて、一九五九年の今日、われわれは五七年式までという制限を受けている。あちらさんが二年間乗り廻したお古を、しかもべら高の代金を支払って、ありがたく頂戴している。こういうことは、日本に自由のない証拠だろう。

当時は、洋パンというのが、街をゾロゾロ、しかも肩で風を切って歩いていたのを、よもお忘れではなかろう。彼女たちは、日本人には、全く目をくれなかった。洟もひっかけなかった。この間、芸術座で三島由紀夫氏の戯曲「女は占領されない」を見て、そぞろに当時を思出したが、あのタイトルは三島君の反語であって、女はまったく簡単に、占領されてしまった。あれだけの大量の女たちが、一体日本のどこから、匍い出してきたのかと、私などは想像がつかなかった。

私は、彼女らを見るにつけて、「新しい日本論」が出なければならないと思いつづけた。然しそれは出にくかった。出にくい情勢になっていた。新しい愛国論の一行さえ出なかったことが、やはり本質的に自由というもののなかった証明でもある。

　私はその頃、よく、外国人の多いホテルやナイトクラブに出かけて行った。それで、彼らと被占領女性との生態を目のあたりに見ることが出来た。女たちが、男より図太くて、生活能力が豊かであるのを散々見せつけられた。外人たちにも、「旅の恥は掻きずて」の考えがあるので、その本国に於ける振舞よりは、はるかに、大胆奔放であった。本国では、まさかあんな風にはやるまいと思うような行為を、人前でくりひろげて、はばからなかった。

　が、洋パンや、せいぜい、オンリーまではまだ罪のないほうかもしれない。三島君の書いた戯曲の女主人公のような、高級幹部付のラシャメン的女性たちの行った奇々怪々な振舞は、唾棄すべきものがあったにちがいない。その彼女たちも、一九六〇年代ともなれば、ずい分お婆さんになり果てている。或いは、破局《カタストロフィー》に喘いでいる人もあるが、要するに、一人の唐人お吉すら見つからないのは、どうしたことか。こういう時代——日本というものの値打の再下落した時代に、ほんとうの自由があるべき筈がない。私は一応は、自由を偽装しているこの時代にあって、それを痛感させられた。

　そういう時、或る日、私は日本旅館でＭＰの臨検を受けた。私は徹夜に近い仕事をして、五時頃眠りに入ったが、二人のＭＰは七時前というのに、ズカズカ、寝床のそばまで入ってきて、私の鞄や袋を調べ出した。しかも、彼らは靴のままだった。

私は目をさましたが、起き上らず、仰向けになったまま、彼ら二人の様子を見ていた。荷物の中に、進駐軍物資があるかないかを調べているらしい。

チョコレートの大罐が出てきた。彼らは、獲物を見つけて、大喜びで、何か奇声を発しつつ、罐の蓋を取ったところ、私はその中に、蕪と生鮭と麹の漬物を入れておいたのであるから、その臭気に思わず、罐を取りおとす始末だった。

それでも畳の上に散らばった生鮭の切り身や麹を、彼らは恰も、汚物でもつまむように、恐わ恐わ、罐へ入れ直し、

「エキスキューズ・ミイ」

とばかり、あわてて退散した。

この漬物は、わが家の秘伝であり、私を大事にしてくれた母方の祖母が考案したすばらしい味の漬物である。しかも、漬物だからといって、貧乏な食物ではなく、蕪は天王寺蕪の肉の厚いのに、鮭は北海道の新巻《あらまき》、麹のほかに、銀メシの焚き立てを、よくさまして、まぶしながら漬ける贅沢品である。外人のお粗末な味覚では、逆様立ちしても、わかるものではない。

私は、MPの去ったあと、そのおかしさに噴飯して、いつまでも笑いが止まらなかったのを覚えている。

○

私は先見の明を誇るわけではないが、昭和十六年十二月八日に熱海のうろこや旅館で、開戦の

報を聞き、皇軍緒戦の勝利の報道が、ラジオや新聞で、騒ぎ立てられている時から、この戦争は負けると思った心理的敗戦主義者であったから、負けたら、第一に、国民の税負担が莫大になることと、高級ホテルが接収されて、日本人が泊まれなくなることの二つは、すでに覚悟をきめていた。

——私のような戦争ぎらいにも、妙な兵法戦略はあるもので、あの真珠湾奇襲の直後、ハワイの敵前上陸を敢行し、ハワイに於けるアメリカの戦備一切を、わがものにしてしまうか、少くもミッドウェーその他の戦略地点を全部占領してしまえば、この戦争もドロンゲーム位には持ちこめるだろうと予想した。ところが、真珠湾は奇襲にすぎず、その日の朝刊に、アメリカは大軍をアリューシャン方面へ送ったという記事が小さく出ていたので、これはとても敵わないと思った。緒戦の勝利に酔ってなどはいられるものか。それより東京空襲は必至だから、熱海へ疎開しようと考え、咲見町の有力者を呼んで、小さい家を探して貰うことにした。今から思うと、手廻しがよすぎたほどだ。この前書いたが、「悉皆屋康吉」の執筆は、このとき予約した熱海の疎開先の旅舎であった。

終戦前、その熱海から、更に、信濃の志賀高原ホテルへゆき、そこで、「散り散らず」という短篇を書いた。これは「生活社」という本屋からの注文の書下し出版で、「日本叢書」の一篇。高木卓氏の「郡司成忠大尉」岸田日出刀氏の「すまひの伝統」亀井勝一郎氏の「日月明し」などとシリーズになっていた。

これを書いて、志賀高原の郵便局へ投函したのが、二十年八月はじめのこと。信州にも、しきりに艦載機が飛んできて、高原までは来なかったが、その麓の長野市や上田市へは、やたらに機銃掃射を加えていた頃だ。

そして、これが上梓されたのは、終戦直後の九月二十日で、再版が十月五日。二万部がすぐ売切れた。私の作品では、戦中戦後にまたがって発兌されたのは、これが一つだし、ほかにもそういう例は殆んどあるまい。

こうして私は最後の最後まで、小説の筆を止めなかったが、それでも、「悉皆屋康吉」につづいて、「散り散らず」を東京へ送ると、先ずこれで、いよいよ、小説の書きおさめかと思い、ヤレヤレと気がぬけたものの、この際、片ッぱしから、群書類従でも読んでやろうと、それを楽しみにしたところで、終戦となった。

この生活社は、戦中から戦後へまたいだ積極的な出版社であったが、社長の鉄村大二氏が、戦後まもなく亡くなって、立ち消えとなった。

私が、かくて終戦間際に、熱海から志賀高原へ移ったのは、一つには、居を変えて「散り散らず」を書きたかったせいもあるが、戦争に負ければ、一流ホテルは接収される。今のうちなら、志賀高原ホテルへも泊れると思ったので、少々危険を冒して、海抜三千尺のこの山へ登ったのである。むろん、バスも駕籠もないので、テクで登った。

高原ホテルは、ドイツ人の軟禁者で各室満員だった。支配人の久富氏と旧知だったので、私は特別にスキーヤーのための畳敷和室に入れてもらった。食事は、外務省からの配給もあって、毎日ビフテーキが出たし、山にはまだ牛が徴発されずにいたので新鮮な牛乳も飲めた。然し、温泉はとまりがちで、時間制になり、しまいにはドイツ人と混浴しなければならなかった。もともと私は、ドイツ人がきらいだった。彼らは温泉へはいるのに、身体をしめさずに入るので、そのたびに、口喧嘩をした。そのうちに、私がいると、コソコソ、逃げ出すようにしたが、それでも入ってくると、立ったまま、手桶の湯で、身体をしめすようになった。立ったままで、湯をかぶると、あたりかまわず、はね返るので、私は怒って、彼らを呶鳴りつけた。

発哺《ほっぽ》から引っぱってある温泉が故障すると、とうとう男湯が閉鎖されて、男女混浴となった。外国婦人は、混浴したりすると、羞恥のために卒倒するとも聞いていたが、この時の所見では、一向平気で、むしろ図々しかった。もっとも、軟禁という状態が、羞恥などは云っていられなかったかもしれない。それにドイツは、アウシュヴィッツなどで、散々フランス女やユダヤ系の女を恥かしめたので、こんどは自分たちがその番に廻るという覚悟でもついていたのか、みな手拭《タウル》も持たずに、アラビヤ馬のような尻をふり立てて、温泉を浴びていたのは盛観だった。

然し、入浴以外は、贅沢な洋間とベッドを与えられ、食事は、バタもありジャムもあり、血の垂れるビフテーキもあって、何ら不自由はしていなかった。但し、散歩は禁じられていた。

支配人の久富さんとは、よく話した。

「日本人は先生だけなんです。それで、奴さんたちは、ふしぎがって、いろいろ訊くんです。どうして彼は応召しないのか、なんてね」

「風呂さえ一緒でなければ接触しないですむンだが」

「さっきも、云い合っていらッしゃいましたね」

「湯をはねかすのでね。実に不器用なのだ」

「何しろ、彼らは、一人用のバスしか入ったことがないのですから……大ぜいで入る温泉の湯壺は、可恐いらしい」

「殊に、女は可恐がって大騒ぎだ。みんな、しゃがんで入ることを知らない。棒立ちで入ろうとするから、無理です。手拭というものは使えない。桶は立ったままで浴びる。そこへいくと、日本の女は、手際がいい。一本の手拭で、乳も股間もすべて隠して、他人の窺窬《きゆ》を許さない――」

「そのほうが、却って色っぽいですね」

「ドイツ女なんてのは、全く戴けない」

など悪口を叩いた。私は、この悪戦争へ日本がかり立てられたのも、大島浩・白鳥敏夫・松岡洋右などの親独派の外交官が、ドイツの宣伝に乗せられて、頭の悪い判断をしたからだと思っていたので、ドイツ人と見ると、戦争魔のようにしか見えなかったせいもある。

「戦争に負けたら、税金が高くなるのと、こういうホテルへ、日本人は泊れなくなる」

と私は云った。

「そうでしょうか。では、取っておいてもムダだから、うまいものでも食べましょう」

「こうして志賀高原へ来られるのも、何年先きだろう。それまで、国民は塗炭の苦しみですよ」

「占領統制は今よりもっと、苛烈でしょうか」

「むろんでしょう。然し、応召はなくなる。空襲もなくなる。それは大変な違いでしょうが――然しすぐ自由が回復すると思うのは、甘すぎる」

久富さんは、いろいろ貯蔵したものを取出してきて、御馳走してくれた。

この予想はあたって、戦後、日本人は高級ホテルから締め出された。帝国ホテル、第一ホテル、山王ホテル、万平ホテル、宮の下の富士屋ホテル、京都の都ホテル、キョウトホテル、神戸のオリエンタル・ホテル、大阪の新大阪ホテル等々。

志賀高原ホテルも、その一つで、しかもここは、かなりおそくまで、接収解除にならなかった。大倉さんの赤倉観光ホテルも同様だった。

久富さんも、終戦後は志賀高原を追われ、博多の帝国ホテルへ移ったが、今年の春、不慮の災難で、死去された。私は何ンとなく、久富さんが、志賀高原ホテルの支配人に返り咲く日を待っていたので、その突然の死はいかにも残念な気がした。氏の死の直後私は、たまたま、博多へゆき、久富さんに蹤いて、信州から博多へ移動したボーイに会って、しばし久富さんの思い出話をすることが出来た。

○

戦後、国民の税負担が重くなることは、戦中から覚悟していた私も、まさか、これほどの重税に喘ぐとは予想出来なかった。それで私は、戦後税金闘争に乗り出したが、完全に失敗した。

私は昔から、日本の作家は、ほんとうには一度も、日本国家、日本政府のお世話になったことはないと思っている。これは、絵画、彫刻等の美術、殊に日本画は、明治以来、時の政府の保護を受け、国家的名誉を授けられているが、文学の方面は全く捨てて顧られなかった。むしろ逆に、政府から、反道徳的、反社会的、反習俗的のレッテルをはられて、始終おっかない警保局に睨まれてばかりいた。明治大正の文学に、発売禁止がいかに多いかで、それはわかる。保護どころか、懲罰の歴史であった。

このことでは、菊池寛氏なども、始終云っていた言葉なので、私もそれを心に銘記していた。ところが戦争前から少し風向きが変ってきたのは、前章に叙した如く、文士の従軍がはじまり、国家の戦争に、今まで白眼視していた作家をまきこみ、その筆力を利用しだしたのである。然し、それが優遇でも何ンでもなく、逆に虐待だったことは、多くの従軍作家の経験が物語る通りだ。

私たちの実力は、誰に教わったものでもない。僅かにおかげをうけたとすれば、小中学校の綴方だけである。あとは自分で勉強して、実力を養ってきたのであって、私は東大の国文学科を卒業したとは云え、大学にはべつに、創作のための授業などは一時間もなかった。とすれば、私たちが作家として一人前になり、どうやら売文して飯が食えるようになったのは、すべて独学の賜物である。それなのに、やっと一人前になったところで、政府や国家や軍部が、従軍記事を書かせるべく、作家を徴用するとは、ずい分、蟲のいい話である。

要するに、日本の国家機関は明治以来、文士に対しては、何もしてくれてはいないのである。それなのに、急に、文部大臣賞などを出しても、それを有りがたがって頂戴する理由はどこにもないではないか。

——ことに戦後は、文化国家という名目上、いろんなことをして、国家や政府が、作家との接触を保とうとしている。作家ばかりでなく、昔は河原乞食と卑しめた俳優や芸能人に対しても、無形文化財だの人間国宝なぞと持てはやすようになって、隔世の感があるが、大体、資本主義は資本優先だから、作家や技術家を表面は奉るが、腹では見くだしている。

もっとも、昔とちがって、表面だけでも敬意を表してくれるほうが、まだしもではあるだろうが、それをほんとうの敬意と過信するのは、大きな見当ちがいになる。

今日でも作家が生きられるのは、新聞雑誌のジャアナリズム（マスコミとは、まだ云えまい）の機能によってであって、国家や政府の力ではない。国家や政府が、作家に対して持つ力は、極めて微々たるものだ。（それが又、ソ連や中共の作家にない自由でもある。）

われわれの収入は、新聞、雑誌、週刊誌或は興行師から受取るものが大部分であって、国家や政府からは、殆んど一物も受取っていない。結局は中小企業体との取引によって成立ち、しかも激烈な競争によって、実力的に売買契約が行われるのだから、作家の文運は勝つか負けるかの土俵の成績が物を云うだけの話である。

然し国家というものは、ふしぎなもので、角力《すもう》取でも役者でも、国家とつながることを無上に喜ぶから、世界ペン大会の一例のように、政府は金は出し渋るが、レセプションだけは、やりたがるものなのである。

――幸いに今日は国家権力というものも、昔のように、バカバカしく派手なものではなくなったし、絶対的に偉い人、というものもいなくなった。総理大臣も、陣笠大臣よりは偉いが、庶民より偉いとは限らなくなったので、今後はますます、国家的表彰が実力のない、空虚な内容になってゆくだろう。行悩む国立劇場の建設などが、そのよき実例である――。

国家・政府は作家には何ンの保護も加えぬばかりか、ややもすれば、旧い言論統制をなつかしむくせに、税金だけは容赦なく取立てる。徴税は一律一体とは云う勿れ。ほかの産業や輸出には、免税やその他の有力な措置があるのを見落すわけにはいかない。

それで当時私は、E・S・S(経済科学局)の歳入課にシャベルやハーノットを訪ねたり、シャープ勧告団のヴィッカリーに逢ったりして、その不当を鳴らした。私の主張は、作家の収入は変動するから、その年度収支だけのを見ず、五年間の変動所得にしてくれという案であり、これはヴィッカリーによって採用されて、シャベルが税法化した。私はシャベル自身の口から、

「君の原案は成功した」

と、告げ知らされた。そして、少くも占領軍が退去するまでは、実施されたが、退去後さっそく、日本の主税官によって、変動所得は適用しにくいものに変更されて、再び旧の木阿弥になったようだ。

が、それればかりではない。私の税金闘争は、日本の作家に共鳴を得なかった。私が国税庁の事務官と税法について、議論するよりも、仲間の作家を説得することで、完全に行詰った。友人たちまで離反した。その原因は、私の性急さにあったろう。私は離反した友人に対してまで、感情的になった。たしかに、その頃の私は、こと税金となると、喧嘩腰であった。戦争中から、重税は覚悟の前だというのに、感情が波立って仕様がなかった。私はE・S・Sに度々乗りこみ、そこへ、調査査察部の役人を二人も三人も呼んで貰って、議論をした。しかし私の言葉は、怒気を含みがちであり、カドが立つので、結局損をした。政府役人と喧嘩をすれば損というのは、この国の長い習慣であった。（二十三年度から二十五、六年度にわたるE・S・Sとの掛け合いは、いずれ他の機会にくわしく書きたい）

――占領治下の日本では、このように、チグハグで不安定な政治がつづき、一見非常に自由だったようで、実は自由のないものであった。あるとすれば、自由の擬態にすぎなかった。文化は用途変更を強いられて、只、観光用を目的とした。哀しむべきは、シロクロやシロへビさえもが、実は観光用として、大目に見られたばかりか、時には保護された。そういう保護や奨励を、自由だと錯覚したのは、笑えない悲劇でもあった。

そして占領は終了した。

だからといって、急に自由が来たわけでもない。

正直に云って、日本人はまだ、一度もほんとうの自由を味ったことがない。戦争という独裁から、占領という独裁に引つがれ、そこで錯覚のある間違った自由を学んだ国民は、正しい自由の権威をよく知らないでいる。それは丁度、戦争責任が曖昧にされたように、戦後責任が、もっと曖昧にされているからでもある。

然も、まだ、目に見えない占領はつづいているとも云える。日本人に教育は要らないとほざいたドッジや、私の小説を弾圧したインボデンは、遠く去ったと云っても、まだ、どこかで、見ているような気もする。

観光用文学も、なくなったわけではない。

軍票の代りに、今はホンモノのドルが鼻面をこすっている。依然として日本に自由はなく、あるのは修正されたワイセツだけかも知れない。

（未完）

群像　一九五九・一一

Ⅲ　性と政治と文学と

小説を読む心の新しさ

I

ベトナム戦争の停戦によって、俄かに文学上の変化があるとも、小説の読み方が変るとも思いません。といって、アメリカの敗戦とドル平価の暴落が現代文学に何の影響もないとは限らないでしょう。

まず為替相場に鋭敏に反映しました。ドル平価切下げを前にして、変動相場に移行しました。が、国家にしても政府にしても新聞にしても、どうしてズバリとわかり易く、真実を言ってくれないのでしょう。新聞記者が政府の高官と十問十答などをしていますが、一番大事なところは、実に巧妙に隠してしまって、庶民には聞えないようにしてあります。経済用語のわかり難《にく》さも、あれは真実をまやかして、庶民には何んのことか理解できないような表現にしてあるのでしょう。あのように面倒臭い表現をしているのに、文部省や新聞社が国語の表記を安易かつ単純にしようとし、当用漢字以外を使用してはいけないというのは、矛盾も甚だしいではありませんか。表記の単純化を行おうとするなら、金一オンス三八ドル価値の変更も、もっとわかり易く書いてくれたらいいでしょうに。

とにかくベトナム戦争はドロンゲームに近い大接戦ののち、アメリカが手を引くことになりました。アメリカに加担した日本は、その軍需工業で大儲けをし、高度成長を謳われました。そして間接的に、現代文学は繁栄をつづけ、各所に花を咲かせました。日本文学にゴールドラッシュが来たのも、文学自体が実ったのではなく、旺盛な軍需工業が間接的に文学の容貌を華やかにしたにすぎません。

ここ十年ばかり、頭の下がる傑作に接した自覚がないのです。谷崎潤一郎や志賀直哉や川端康成が死んだあと、それに代る人があらわれたとは思いません。それなのに現文壇は華やかで新人は輩出し、全集は氾濫し、出版社の景気は上々です。

正直、政界も財界も文化界も、有卦《うけ》に入っていました。物質はあり余り、いくら物価が高くなっても、それを苦にするどころか、年一年と贅沢になりました。綺羅を飾り、ものを粗末にするようになりました。何の用事もないのに欧米へ旅行し、新婚旅行まで海外でないと肩身が狭いことになりました。乗物はスピードを増しました。これみな、軍需工業の直接及び間接のお蔭だったのです。

こんなに贅沢をしていいのかと少し心配しながら、すすんで自ら浪費し、物価高だから自分も値上げをするという滑稽な口実で、物価を吊り上げました。言うまでもなく、株式市場は暴騰して、天井をつきました。そしてその最高の時点で、突然暴落がはじまったのです。それを株屋は西ドイツのマルク切上げの影響だと宣伝しましたが、実際はベトナム停戦による軍需工業のストップに基くものでした。そして支払われたドルが、半額近く不渡りになったのです。これが円の切上げの実相でしょう。

II

金に対するドルの暴落は数年前からはじまっていたのです。私の記憶では、菊五郎劇団が渡米した頃、闇ドルと円のレートを聞いてびっくりしました。その頃からドルは衰弱しだしていたのです。つまり、今はじまったことではないのです。にもかかわらずベトナム和平はなかなかおとずれませんでした。これは東条英機が下野した時、日本以外の国がみな日本の敗北を認識したのに、日本人だけが知らなかったのとよく似ています。東条がやめてから終戦まで、ずい分長いことかかりました。実際には負けているのに、どうしてシャッポを脱げなかったのでしょう。ところが勝ったほうの北側もデッドヒートの結果ですから、戦勝国という利益に恵まれてはいないのです。十対九という接戦ですから、言ってみれば辛勝であり、勝っても負けても荒い息遣いをどうすることも出来ないのです。

ちょっと相撲にたとえてみましょう。水の入るような大相撲をやった時は、負けたほうはクタクタですが、勝ったほうものびていて、星取表は白星でも、エネルギーは使い果されているのです。今度のベトナム戦争のような泥沼合戦のあとは、勝敗にかかわらず残っているものは消耗と衰弱だけです。停戦ののち、セメント株や建設株等の銘柄がちょっと上がりましたが、両ベトナムともおいそれと復興するわけにはいきませんから、軍需工業株が掌を返すように平和産業株に切りかわるわけにはいかないようです。

そこへいくと昔の戦争は戦利品を持ち帰ることが出来ました。戦争をすれば何か利益があるといわれて、国民もそんなものかと思ったものです。私が思い出すのは、大東亜戦争当初、石原工業の社長が私共を海軍省へ呼んで、壁面に世界地図を拡げ、今度の戦争で大東亜共栄圏を牛耳ることが出来れば、七珍万宝を持ち帰り、日本は百年千年の計に安んじることが出来ると、大ボラを吹いて文士を煙に巻きました。が、私は眉唾して聴いておりました。果してあの戦争の利益は零《ゼロ》で、あらゆるものを失いました。家や倉や紙幣を失ったばかりでなく、ウエーキ島でもアッツでもフィリピンでも有能な若い生命を殆んど根こそぎ死へ追いやりました。

戦争に勝ってもなんにもならず、あとに残るものはナンセンスだけだということを、大東亜戦争、朝鮮戦争、ベトナム戦争の三度の戦争で、人類は本当に思い知らされたのではないでしょうか。これからまた酔狂な好戦主義者と死の商人が戦争をおっぱじめて、たとえ勝ったとしても、戦利品がある筈はないのです。日本が高度成長を遂げたのは、大東亜戦争のお蔭ではなく、ベトナム戦争の軍需利益にすぎなかったのです。ところがその軍需利益への勤勉を、エコノミックアニマルというキャッチフレーズで呼ぶことになりました。それはまさしく、日清日露両役に於ける富国強兵というスローガンにならっていえば、富国強商とでも訳せるのではないかと思います。富国強兵の夢で大東亜戦争に敗れた日本は、またも富国強商の幻影に酔って、不渡りドルの苦盃をしこたま呑まされることになりました。

大江健三郎氏は日本をこの皆殺し戦争の加害者の加担者、あるいは協力者だという風に言っています。政府や新聞が円の切上げや貿易収支の黒字を大変な国難のように宣伝しているところをみると、日本が援助して儲けた筈の利益がドルであったために、そのドルが金に対して弱くなり、破産に瀕するとなりますと、たしかにこれは、経済的敗北から恐慌《パニック》のピンチに襲われることになったのです。

実際は円が上がるのですから、世界的に円が強くなり、日本人は今こそ天下の春を謳うことができた筈なのに（もっともこれはベトナム人の血を流すという激しく残酷な犠牲によるものですが）迂闊にも日本では、ドルに対する崇拝が為替相場閉鎖という惨状につながってしまったのです。思えば下手なことをやったものです。が、まず取り返しはつきそうにありません。

Ⅲ

アメリカが必死になって、ドルの平価切下げを防禦しましたが、ついに切下げざるをえなくなった形相は、まことにすさまじいものがあります。

こういう一種の惨状の中で、小説はどうなるのでしょう。

小説だけが時代の激動から離れて、相も変らず、花が咲いたの、魚が美味いの、女と楽しい旅をしたのとそんな話を書いてみても、現実のほうがドンドン先へ進んでしまっているような気がします。

にもかかわらず、小説の取組むものは人間なのです。たとえ変動相場であれ、三重相場であれ、固定相場であれ、人間は存在しつづけます。

小説が人間を書くものであるということだけは、確乎不動だと思います。どんな時代になっても、小説と人間は不可分だというのが、私の考えです。従って人間を書けない小説家は失格です。

ただ人間をどう書くか、またどんな人間を書くべきかが、現在及びこれからの問題でしょう。要するにもはや自然的人間というものに小説家は興味を失っています。いくらそれが善意の人間でも、あるいは道徳的人間でも、平凡な人間というものに魅力はなくなりました。お目出たい人間に、ユーモアやペーソスがあると思ったのは、すでに過去のことです。

国家や政府や法人の嘘や偽善に弱い人間にも興味はありません。そういう人間を主人公にして、どんなにうまく書いても、結局それは国家や政府や法人の虚偽を肯定し、支持に廻っていることなのです。たとえばベトナム戦争の敗北によるドルの暴落を、自己の人間性に結びつけることの出来ない愚直で自然的な人間というものは、その個人がいかに偽善を嫌い、真実に徹しているようにみえても、実は国家や政府や法人の嘘に乗せられているのです。

現代の人間は多かれ少なかれ社会的人間であり、知識的人間であり、行動的人間であり、政治的または反政治的人間であり、宗教的あるいは反宗教的人間です。そのほか恋愛的人間、肉親愛的人間、芸術的人間、マニア的人間、賭博狂的人間などもありますが、そういう人間でも、ドルの不渡りと不可分ではいられないのです。

たとえば賭博狂的人間は、たしかにある時間のパートに於いては賭博プロパーであり、変動相場制移行とはまったく無関係に生きているような自覚もありますが、そしてそれが時には習慣性となって、入院中の重病人のように、世界の激動から分離して生きることもありますが、それでもその人が接触している第三者のパイプから、世界は連帯しているのです。

Ⅳ

文学の陥り易い弱点は、そこにあると思うのです。はじめは万人のものであった歌や詩が、段々にあるグループのものになります。この作品を最も正しく理解するのは、我々グループしかないという錯覚におちます。源氏物語に
「読み癖あり」
として一部のディレッタントの専有物にしたり、古今和歌集に「古今伝授」をつくって、神格

化したりしたのは、みなその弊害のあらわれです。和歌が衰えて、連歌が興ったのも、またその連歌が衰微して俳句が盛んになったのも、さらにそれが好色本や読本《よみほん》や人情本になり、明治になって小説になったのも、一握りのディレッタンティストの私有物になったのから、次の時代の健全な大衆に開放されようとする自然の革新動向にほかならないのでした。

小説の読み方にしても書き方にしても、現実から逃避している過去のグループのものになっては終りなのです。小説家が新しい創作に向う度に、古い殻を破り、既製の権威と闘い、マンネリズムを破壊しなければならないように、小説を読むためにも、なにも新しがる必要はないのですが、新しい視野を求め、未知の世界に対する興味なしには、小説を読むことのプラスにはならないでしょう。

もっともこれは過去の作品、即ち古典の否定ではありません。どんな古いものでも、読む人の心が新しければ、新しく読めるのです。源氏物語のような古いものでも、読めば読むほど新しくなるというのは、読む人自身の心に進歩があるからなのです。近世の国文学者五十嵐篤好が、

われ源氏物語を始めて見し時、好色なるものかなと思ひて、おのれさへ心あだ〳〵しくなるやうに覚えき。さてうちかへし〳〵見るに、十かへり余りに及びてより、さらに好色なる事を覚えず。時世によりて移り変る人情、さて人々の生れ得たる所ありて、取り替へ難きさまなどのみ見えて、見るたびに歎息せられ、さてもよく人情を書き尽くしたるかなと、うめ

かるゝばかり也。是を思へば、何事も一わたり見て、さこそとは思ひ定めがたきものになむ。
(雉岡随筆)

とある通りで、これは五十嵐篤好の心が年と共に新しくなっていき、それに伴って源氏物語があたかも猫に鰹節のようにダシがきいて来るという所感です。これは個人篤好のみならず、執筆当時(約千年前)に較べて、昭和四十年代末の源氏物語の発行部数が、曾つて想像も出来なかったような大部数を出版しているのにつけても、年々歳々この物語を愛読する読者の心が深く広く、かつ新しくなりまさるからであり、「今や世界の源氏物語」と言ってもいいほど、世界中にその読者を増大しているのです。

言い換えると、小説の読み方には常に新しさが要求されていて、古いところに停滞すれば、忽ち動脈硬化をおこして、手足が動かなくなってしまうということです。

ベトナム戦争が停戦となり、富国強商をキャッチフレーズとした日本の軍需工業がストップし、メイドインジャパンの兵器が空しくベトナムの泥土を掘り、破壊のための破壊だけをして、世界最高のドル国として贅沢三昧をやりましたが、それがアメリカの頓挫によって、日一日と崩落し、折角投資したものがドル紙幣の反古紙に帰するというこの惨憺たる状況にあってすら、小説は決して古くなっていいことはないのです。同時にその読み方も同じです。

また、自然的人間は衰えても、人間自体は存在しているのです。小説はそういう新しい人間を書こうとしています。型がきまっているので、古い人間のほうが書き易いにきまっていますが、読者は新しい人間観を求めてやみません。ですから、ドルが暴落し、不渡りとなり、円が切上がり、破壊されたベトナムが再び立ち上がるためには、アメリカにペッティングされた日本のように簡単にはいかなくても、とにかくこの時点で小説は今日の人間を書き、そして読まれなければならないのです。

世界は激しく移り変りつつ、けれども地球は動いていて、そこで呼吸する人間は、今日から明日へと生きつづけなければならないのです。

群像　一九七三・四

三木首相との三時間半――政治における新しいリベラリズムを確立するために

一　閣僚の選挙運動

初夏の一日、私は三木さんと話をする機会を得た。

最初の話題は、時の閣僚の選挙運動のことだった。本来、大臣は行政官庁の長官という任務にありながら、選挙運動にばかり熱中しているのが私にはまず疑問だった。

ある公務員が退庁後、共産党の選挙ビラを貼付《ちょうふ》して回ったことで、第一審は無罪だったが、控訴審で、罰金五千円の有罪判決があったという報道を読んだ。

ところで総理はじめ各大臣は公務員特別職となっているそうである。これについての、自治省の見解は、

「公務員は選挙運動をしてはならないと国家公務員法に規定してあるが、その公務員とは一般職をさすものであるか特別職であるかの規定はない。そこで閣僚が公務員であるにもかかわらず、選挙運動をするのは、慣例として認められている」

である。

まことに曖昧な話である。

つぎに法制局の見解では、

「大臣の選挙応援を禁止する法律はない。国会議員の大臣には一種の二重人格が認められ、大臣の選挙応援は、国会議員としての議員活動とみなされる」

となっている。法制局のいう「二重人格」とは恐れいったものだ。ふつう二重人格というと、あまりいい意味には用いられていない。試みに辞書を引用すると、

「①意識の統一が分裂して、言動が平常とは全く別人のようになり、ある時間を経過すればまた元へもどる現象。②同一人のなかに性質のちがった二個の人格が存在し、時にまったく別人のように行動すること」

とある。

したがって法律およびその法律の解釈はきわめて曖昧な状況だから、この際、総理以下の閣僚は公務員であるかぎり、特別職如何を問わず、選挙運動に関係することを禁止する法律を制定してはどうか。これが私の腹案だった。

私の感じるところでは、選挙のシーズンにはいると、総理大臣までが全国を駆け回ってわが党の代議士候補者のために、熱弁をふるう光景を見せつけられて、気が重くなる。

大臣のポストに坐った人たちは、選挙は政党執行部および国会議員に一任して、専ら国政に時

間とエネルギーをフルにふりむけてもらうことが国民の政治信頼を挽回することになるとおもう。

勿論、総理の来援は地元の選挙民および立候補者が熱狂的に希望し、その実現にあたっては満腔の感謝をささげるにちがいない。このような大歓迎をうけては、三木さんといえども、悪い気はしないだろうし、その候補者が当選すれば、やはり首相の力だといって、鼻を高くするのは当然である。

私とても、時の政府が自分の政党の議席数に強い関心をもつことを軽視するわけではない。政党の議席が減少すれば、その内閣は政権を維持しきれず、他の政党に王座を明けわたすことになるのだから、総理や閣僚も選挙のゲームに気が気でないことは同情に値する。

しかし、いまもいったとおり、国政の執行機関である台閣に列している人たちは選挙とは無関係にあってほしい。まして二重人格という苦しい弁明がついてまわる以上、ここは潔く閣僚の選挙運動禁止という新しい法律の制定が必要であると思う。

こんなことをいいだしたのは、私自身の実体験によるのだった。いささか自分のことになるが、私は建国記念日制定の審議会、国語審議会、その他一、二の審議会の辞令をうけたことがある。いつでも心平らかならずして、任期をおわった。何故かといえば、自分がアクセサリーとしての存在を苦々しく思いながら、命じられるままに出席した不満を拭いきれないからであった。

これらの審議委員は主務大臣の諮問委員ということになっている。しかるに、そういう審議会に大臣は殆ど顔を出したことがない。たまにあっても、表面上のいわゆるご挨拶を述べるなり、さっと席を立ってしまう。ことに最近五年間に依嘱されたある審議会の場合は、その五年間に一回も大臣は出てこなかった。これには驚いた。最初と最後の審議会で事務次官が挨拶したが、それも形式的で、次の局長も出たり出なかったり、実情は課長または課長補佐のお相手をしたにすぎなかった。

大臣不在の理由が、

「大臣は急なご用があって」とか、

「県知事の選挙演説にお出かけになりました」

とかの理由が徒《いたずら》にくり返されるのだった。大臣の諮問というのは、まったくの有名無実なのだろうか。諮問とは辞書によれば、上の人が下の者に尋ねるという意味だそうであるが、私なども市井の一作家として、答申に加わったものの、正確なかたちでの、大臣の諮問を受けたかどうか実にまぎらわしい思いをせざるを得なかった。

要するに大臣は行政長官である筈なのに、諮問する審議会員の会合にも出席せず、その答申案もせいぜい課長に読ませ、よくわからぬままに判を捺すだけで、あなた方の関心事は党議席の数と、選挙のゲームだけにあるのではないだろうか。

一体、日本の政治はどこにあるのか、という最も素朴な疑問から、私は政府閣僚の選挙運動禁止の法律を必要とすると考え、それをここに強調しておきたいのである。

二　福田家にて

順序をたてて書くと、三木さんとの会談の原案は文藝春秋の企画によるものであった。両人に多少の躊躇があった。それで実現の運びに至るまでには、時間がかかった。偶々《たまたま》故二所ノ関の告別式で、自民党代議士宇都宮徳馬君がこの相撲部屋の後援会長であるところから、隣りあって着席した。彼と私は旧制水戸高校の同窓でもある。そこで三木さんの話になった。

その後、宇都宮君は三木さんに話したとみえて、三木さんから私の家に電話があり、五月十五日四谷紀尾井町の福田家へ来ないかという招待があり、その日は横綱審議委員の夏場所総見で国技館にいたのだが、打出し後、私が福田家へ到着したのは六時半に近い頃であった。

玄関右の田舎風の座敷に通された。宇都宮君は私よりさきに見えていて、私の席を床の間の前へきめてくれた。私は彼の意にしたがって、上座に坐った。

しばらくすると、突然永井文相が入ってきた。私も永井さんには国語問題で会いたいと思っていたから好都合でもあった。つづいて三木さんがあらわれた。三木さんも永井さんも初対面だったので、宇都宮君に紹介してもらった。

話はまず私の自己紹介から始まった。

戦後、作家の政治参加が社会の関心を呼んでいる。古いところでは、山本有三、金子洋文、中野重治、森田たま、新しいところでは、今東光、石原慎太郎などがあげられる。

私にはそういう野心は無に等しい。過去において権力の座に坐ったのは明治大学文学部教授ぐらいなもので、阿部知二、今日出海、小林秀雄に私の四人が若手教授陣を形成したものだ。が、四人とも至ってリベラルな教師で、試験問題もあらかじめ発表して三題のうち一題を選ばせる態のものであった。したがって、権力的に生徒を苦しめた覚えはない。そんなわけで権力には遠い市井の一小説家であり、同席のお三人にくらべれば、まったく弱者の立場であることを確認してもらった。

勿論将来においても、政治参加の野望は全然ない。そういう気が多少でもあったら、三木さんや永井さんの前で碌素法《ろくすっぽ》、口が利けなかったであろうと思う。

私という男は真実滑稽なことが起らなければ、笑い声をたてない。追従笑いもできない。私がニコリともしないで、三人の政治家に囲まれて、言いたい放題を喋ったのは、私に政治的野心がないからである。

このことは話が始まって三十分もしないうちに、三木さんや永井さんの諒解をえたらしい。

その前日、稲葉法相の改憲問題があって、三木さんは法相の横に坐り、殆ど終日、野党の攻撃の真只中にあった。夜も十一時すぎまでかかったとやらで、その疲労が今日までつづいているかのようであった。

勿論この部屋の周囲は厳重に警備されていて、暴漢の近よるようなことは万々ありえないので

あるが、それでも主人役の三木さんは下座に坐ったので、戸外に最も近い位置であり、宇都宮君が、

「総理の席が一番危い」

といったのを私は覚えている。

しかしその瞬間、そんなことがあるとは思われない。宇都宮君が冗談半分にいっているのだと思った程度で、私は真剣には考えなかった(後日、故佐藤栄作氏の国民葬当日の事件と思いあわせると、あれは必ずしも宇都宮君の冗談ではなかったのだと気がついた。そんなところが政治家と作家との考え方のちがいなのかもしれない)。

だんだんに暗くなり、料理が運ばれだした。

三　寛容、不寛容

私に政治参加の野心がないことは前に述べたが、小説家が政治問題や社会問題に嘴《くちばし》を容れることを、日本の文士、文壇はけっして好まない。

日本の作家には「布衣《ほい》にして尊し」という精神が厳として存在する。つまり在野に徹底する意味であろう。

したがって作家が権力者である首相や文相と話しあいをするようなことは、最も避けなければならないもののように、私なども若い頃から、躾られてきたのである。

このことは文壇以外においても、小説家というものは、黙々として小説を書いていればいいのであって、余計なお喋りをすることは、身分ちがいだと批判的にいう声があることも、私は知っている。

また審議会のことになるが、官庁が作家を諮問委員会に迎えるという風潮は主として戦後のことだが、かなり流行性を帯びている。こうなると、いきおい作家の政治参加もあるわけで、文壇のスタイルも、昔とはかなり変わってきている。

が、昔からの文士気質には、不易なものがあって、今夜のような会合は、古風な文士からはもろに反撥される危険は十分ある。

そういうことを考えたうえで、私は三木さんの招待に応じ、この三人の政治家と食卓を囲んで、歯に衣着せぬ談論のやりとりをすることになったのである。火花を散らすといっては、仰山かもしれないが、かなりつっこんだ会話になり、ときには白熱化する一コマもあった。

三木さんもよく喋り、永井さんも雄弁であった。永井さんと宇都宮君の間で、見解が対立したり、そうかと思うと、ピッタリ同意することもあった。

私はいった。

「三木さんに伺いますが、歴代の総理のアナウンスメントは、どうも抽象的な作文のように思われてならないのですが、あれはなんとかならないでしょうか」

「施政演説ですか。僕のはあれで自分で書くんですよ。ひとに書かせてはいません」

「それは失礼しましたが、まだあれでは具象性がたりませんね。相手は国民なのですから、もっとわかりやすく、エッセイでも書くようになすったほうがいいと思います」

つまり随筆性がたりないということを私はいいたいのだった。もっとも総理や蔵相の演説を批判するだけではない。野党の質問の仕方にも、抽象論議が多くて、一般国民にはなんであんなに興奮しているのか、わからなくなることが多い。

一例をいえば、何％物価が値上りしたといわれても、国民は去年の物価を覚えているわけではないから、その覚えていない数字の何％で抑えたといわれても、チンプンカンプンということになる。

国民は具体的な数字を求めている。しかるに政府も野党も、観念的な数字を喋っている。政治が空転しているのは、そういうところにも原因がある。

話題はいつかリベラリズムに移っていった。全体主義とか強権主義とかいうものに対して、自由主義がどこまで戦い得るかの点に話題がしぼられた。これはこの夜の最も重要な問題点だ。

三木さんがいった。

「大東亜戦争時代に、自由主義は無力だった。あのとき、リベラリストとして気を吐いたのは、清沢洌《きよし》の『暗黒日記』だけではないか」

この一語は私の胸にいつまでも残響を伝えている。

「自分のことで恐縮ですが、あの戦争のさ中、私は遮蔽幕のなかで、細いろうそくをともし、『悉皆屋康吉』を書いていましたし、谷崎潤一郎は『細雪』を自費出版していました。あの戦時下でもリベラリストの数は、一番多かったんじゃないでしょうか。しかし自由主義者は未組織であって、政治力がない。それで無力に見えるんですが、最近の住民パワーを考えると、保守や革新の政治家も、昔のようにリベラリストを侮ってばかりはいられないと思いますよ」

そして私は少々旧聞だが、国鉄ストの際の上尾駅における国民パワーが、動労の指導者意識に、冷水をあびせた話をした。私はそれを単純性サンディカリズムと思惟している。

私は思う。

リベラリティの語彙は、

一、自由

二、寛大さ

の二つが考えられる。したがってリベラリティに対する反対は自由の否定と同時に、不寛容の意味になる。

戦時下の政治家は、不寛容の丸だしになる。それはまったく野蛮で下等だ。

四　石川島のタンカー

私は昭和十二、三年頃、自由が極度に失われた時代を思い出した。大正十四年の帝国議会で、内務大臣若槻礼次郎が全力投球してようやく立法化した治安維持法が、年とともに、改正また改正、雪だるまのように膨脹し、険悪の様相を帯びるにいたった。特別高等警察の予算はふくれあがり、少しでも左側とみれば、容赦なく逮捕した。

ここにいる宇都宮君も検挙の法網にひっかかった一人だ。微力な劇研究会や新興俳句までその爪牙《そうが》にひっかけられた。立法そのものも怪しからんところがあったが、司法行政の面で言語道断な粗暴ぶりを露呈した。ああいうことが二度とあってはならないと、私たちは心に誓ったのだが、南ベトナム敗戦の頃から、かなり急ピッチに情勢が変化してきた。

もう少し歴史的にいえば、戦争準備は、大正中期の軍縮時代のはねっ返りとして、大正震災の日の、甘粕らによる大杉栄、伊藤野枝の虐殺および習志野連隊による平沢敬七ら無政府主義者の殺戮を出発点としている。

その頃からのながいながい戦争準備であった。満州事変、支那事変とつづく。満州建国は軍国主義者の思いどおりにはいかなかったが、その収拾策として、対米戦争となった。緒戦で先制得点を稼いだものの、中盤戦から崩壊の一路をたどり、サイパン陥落後はまったく生色を失った。ポツダム宣言受諾によって、日本ミリタリズムの倒産が明るみに出た。

が、国民の大部分は神州不滅を信じ、東条英機がすでに負け投手としてマウンドをおりたことを知らなかった。

それとおなじ図式を、私はサイゴン陥落以後の東南アジア情勢に、比較してみることができると思う。

南ベトナムの敗北はアメリカ資本の衰弱につながり、これに加担した日本軍需資本のあきらかな暴落がある。

大東亜戦争に負けたとき、日本は対米ドルの為替相場を一ドル対四円から三百六十円に切り下げた。このため旧円を封鎖し、新円に交換することを、庶民に強制命令した。これはまだわれわれの記憶に新しいところである。

朝鮮戦争（昭和二十五年）からベトナム戦争におよぶ時期に、日本は高度成長に恵まれ、日本人の生活には、贅沢と余裕がもたらされた。

本来なら、南ベトナム解放政権の樹立に先立って、アメリカは平価切下げを断行するべきであった。アメリカはそれをしなかった代りに、オイルショックという名称でまんまとすりかえをやった。日本もそれと同時に、物価が狂乱し、事実上の平価切下げとなった。

いいかえれば、一万円のペーパーマネーは五千円以下の価値しかなくなっているのだから、これが平価切下げでなくてなんであろうか。

昭和四十八年春の時点で、金一オンスの値段は六十三ドルであった。これが一年後には、百七十ドルに暴騰している。これではドル建ても円建ても、不渡りを出すしかない。

ここで石川島播磨重工の株式を紹介すると、高度成長時代には二百九十円までいった株価が、今日では百六円に下落したのである。

石川島播磨重工はいうまでもなく軍需産業である。ベトナム敗戦と同時に、株屋の番頭は石川島が平和産業にいち早くきりかえたとホラをふいた。彼らにいわせれば、軍需工業をタンカーの生産にしたところ、その発注が一九七七年までバッチリあるから、株価は急騰するだろうと大太鼓をたたいた。ところが最近の状況は、発注されたはずのタンカーがキャンセルされて、石川島へつっ返されるという見苦しい有様になっている。これでは株価が暴落するのも当然ではないか。株屋の番頭などというものはベトナム戦争が加害者アメリカおよび協力者日本の敗戦となろうがならなかろうが、いとも無頓着に株さえ売りつければ能事畢《おわ》るとするものらしい。それにしても、造ったタンカーの代金がドル建てである以上、不渡りを免れなかったのである。この巧妙な魔術が、日本の物価にはね返らない筈はない。

もっと端的にいえば、日本の高度成長が世界の反撃を受けたのは、死の商人の作るメイド・イン・ジャパンの武器弾薬が、北ベトナムの泥土にのめり込んだだけで、その回収がつかなかったからにほかならない。これ以外の理由を私は考えられないのである。にもかかわらず、海外へ投資した企業家は大した影響も受けず、逆にインフレーションによって、無辜の国民の犠牲に皺寄せとなったのである。

この私の感想に対して、三木さんは、
「少し異論がありますよ」
と、疑問符をうたれたが、精しい反駁はきかれなかった。後日、三木さんにききたいのはこの点である。

五　公職追放の逆転

日本には、たとえば明治維新とか大東亜戦争終結とかの大きな政治変革が起った場合、倒れた政権に関係又は蝟集《いしゅう》していた人物が一度は処刑又はしめだしをくったように見えても、数年後に比較的容易に復権あるいは復調する事例が見られる。

これは日本にすぐれた人物が払底しているからに他ならない。

わかりやすい例でいえば、西郷南洲なども復活が早かった。明治十年には国賊として城山の露と消えた彼が、上野の山下に犬をつれた銅像となって、雄姿をあらわした。明治二十二年には罪を赦されて正三位を追贈されている。明治政府の要人にも健忘症が多かったようである。

大東亜戦争の指導者たちはマッカーサーによって公職追放となったが、二十七年には各分野へ返り咲いた。もっともこれにはアメリカ自体の情勢変化もあって話がちがったのである。ナチス・ドイツの崩壊やレーニン革命の場合とは、まったく趣を異にする。ナチスは徹底的に追跡され、ヒットラー政権崩壊後もナチの党員は復権どころか、最近でも執拗な検索がつづいている。

それにくらべて、日本の戦争責任は戦後数年ならずして曖昧模糊となってしまった。

古い事例をひとつ挙げてみる。安政六年、小塚ッ原で処刑された松陰吉田寅次郎は間部《まなべ》下総守によって捕縛され、松平伯州の判決をうけた。この判決には行き違いがあったようで、松陰はせいぜい遠島刑ぐらいと心得ていた。それが死刑なので怒気天を衝いた。このときおなじく勤皇の志士として在檻中だった世古格太郎が、白洲の模様から松陰が暴れ騒いだ状況をくわしく書いている（倡義見聞録《しょうぎけんもん》による）。しかるに世古格太郎は死一等を免れて、やがて明治新政府に招かれ京都府判事に任用され、多くの事件を扱った。世古と吉田は紙一重で、一人は明治新政府の高官となり、一人は処刑後寸衣も帯びずして、樽のなかに塩漬けとなったのを、伊藤俊輔（博文）と桂小五郎（木戸孝允）に下げ渡されたという明暗を分けている。その他榎本武揚、勝海舟等を挙げれば限りがない。

大東亜戦争の公職追放は杜撰な結論となったばかりでなく、レッドパージがかさね合わされた。言葉をかえれば、逆転の悲劇であった。

が、私見をもってすれば、「免れて恥なき徒輩」とはこれを指す。あの無謀な戦争指導は、第三者にいわれるまでもなく、自分自身忸怩たるものがある筈である。それが臆面もなく戦後の政界、財界、文化界にチラホラ顔をだしている。

マッカーサーは厚木へ進駐して、内務省と特別高等警察を破壊した。しかしそれ以上は手をつけなかった。運輸省も農林省も通産省も文部省もそのままであった。いいかえると、大日本帝国政府の官僚機構は内務省を除いて、すべて温存されたことになっている。

たとえば警視庁は戦後に発足した新機構であるべきにもかかわらず、明治七年初代総監川路利良以来今日まで百年以上つづいてきたという誇りをすてきれない。官僚にこの誇りがある限り、大日本帝国のイメージ又は亡霊の存続している証明である。これは日本帝国主義の再現を約束する潜在能力となる危険を確実に孕んでいる。また、暴力事件が起ったりすると、警察が右翼に甘いと見られ勝ちなのも、こうした亡霊のせいである。

勿論警視庁ばかりではない。最高検察庁以下の検察官僚組織も、古きプライドを持しているだろうし、その他の官庁も五十歩百歩である。もし、進駐軍があのとき、内務省同様全行政官僚の解体を命じていたら、終戦直後の混乱はさらに混迷し、国民は無政府状態或いはパニックに陥って栄養失調は深刻化し、極限の惨状を呈したであろうから、解体命令を内務省およびその輩下にしぼったのはかろうじて国民の幸福維持を守ったともいえる。その代り、戦後三十年を経て、公職追放の指定をうけたボスが、いまだに社会各層にしゃしゃり出てくるという白昼の奇怪事を見せているのである。

官僚政治とは、古い言葉におきかえれば、代官政治ということである。代官は大体において悪代官が多い。そこで代官政治とは、悪代官政治と同意語である。

悪代官政治にたまりかねた人民パワーは農民一揆のかたちで、藩主や将軍に直訴し、悪代官の更迭を迫った。そのために佐倉宗五郎、磔《はりつけ》茂左衛門等々は虐殺されたが、悪代官も成敗されて、農民は宗五郎や茂左衛門を神格化している。

この夜の三木さんとの対談も、多少の直訴的正確をもっていることはおおうべくもない。直訴には当然賛否両論がある。今夜の会談もその意味で反響は区々《まちまち》であろうが、私としてはもはや右顧左眄《うこさべん》してはいられなかった。今夜の会談は円滑におこなわれ、三時間半の長時間にわたったにもかかわらず、三木さんは、

「昨日の稲葉問題の疲労を回復できたくらい、今夜は快適だな。あなたは酒が呑めないようだから、羊羹でもとろうか」

といって、福田家の女中に鶴屋八幡からとりよせさせたほど機嫌がよかったものの、三木さんの側近は必ずしもこの会談を歓迎してはいなかった。三木周辺が三木さんを過保護するのは当然だが、三木さんの世界観なり哲学なりヒューマニティ等が、国民によくわかるようにコミュニケイトすることがもっともっと必要であることを、その側近はよく知らなければならない。

話の途中ではあるが、今夜の席が設けられたについては、宇都宮君の斡旋がものをいったと私は痛感させられた。その頃から話はしだいにリラックスしていった。

六　設備投資の行過ぎ

やがて話題は設備投資の行過ぎに展開し、郵便料金の問題にしぼられた。

これには旧聞がある。

私はそのとき佐藤内閣の「社会開発懇談会」の委員を命じられた。今日出海や永田雅一もいっしょだというので、私も出てみることにした。その席上で感想を求められたから、

「郵便料金の値上げは国民大衆の生活費から、国家が少しでも多く吸収することであり、たとえ五円でも、国民の富が国家の富になるのだから、これは中止してもらいたい。私の少年期から戦争終結までの約四十年はハガキは一銭五厘、封書は三銭で不動であった。戦後の公共料金がまったく安定していないのは見苦しい」

そんな意味のことを発言した。

そのときの記憶はもうさだかでないが、郵政当局はハガキの値上げをするのに、紙型を二五%大きくすることをリベートとして、値上げにふみきろうという原案をもっていた。

ハガキの大きさは私の知る限りでも一銭五厘の明治三十二年以来、あのスペースで、誰も文句を言わずに使用してきた。それを二五%大きくして、国際規格に即応させるのをサービスとして値上げしようという郵政審議会の決定案には、値上げする後ろめたさに、サービスする行商人的底意が露わである。

今の若い官僚事務官は、競争で値上げを策し、それが審議会という隠れ蓑をとおり、大臣の判《はん》行《こ》をもらえば凱旋者のように祝杯でもあげかねない傾向にある。予算の分捕り同様、

「どこの省がどれだけ値上げに成功したから、ウチの省も負けずにやれ。次官や大臣の臀をひっぱたいても、通すものを通さにゃ、面目がたたん」

とばかり向う鉢巻だ。

そんなアホらしい値上げを、居並ぶ政府大官はなぜ抑えられないのか。

私の趣意に対して、大臣のなかにはしきりに首肯する人もあった。佐藤総理でさえ一回二回は首をタテにふった。

然るにだ。翌日の閣議の席で、総理や官房長官から、この件について発言があったとき、値上げ責任者の郡《こおり》郵政相から、

「舟橋さんは小説をかくのが専門。そんな余計な発言をしないで、だまって小説だけかいていればいいではないか」

との反駁があったむねの新聞記事が朝毎読の三紙にみな出た。

概ね文士の社会的発言に対する反響はまずこんなところだ。だまって小説だけかいていろ。これが世間の常識であり、閣僚のなかでも、特に穏かな紳士である郡さんは、その通念に従ったまでである。

だがそれなら私を佐藤内閣は、審議委員などにしなければいいのである。呼び出された以上は、

ハラにあることは喋らねばならぬ、それでもだまっていろはチト無理だ。

そこで年の暮の二十八日というのに、一人私は橋本官房長官を首相官邸に訪ねて抗議におよんだ。橋本さんは早速郡さんに電話をかけてくれた。数日後郡さんから、今度は私の家に電話があった。郡さんはいとも丁重な言辞で、

「記者会見ではことばが足りずに誤解を生じた。ハガキの型を大きくすることで、値上げする点については、自分も入閣前にはあなたと同意見だったが、さて大臣の椅子に就き、省内役人の説明を聴いてみると、致し方ないように思われて、いまは郵政審議会案を支持せざるを得ないのです」

と述べられた。

しかし私は郡さんにそのような理由がおありであろうとも、二五％のサービス投資をしてまで、郵便料金を値上げすることを不要であると思う点では、かわりがないといい、電話を切った。

さらに数日後、郡さんは拙宅に来られて、再度お話があった。なかなか良心的で頭もよく、佐藤内閣中の秀才という気がするが、やはりこの大臣といえども、日本の官僚には勝てなかった一例である。他の大臣諸公も、官僚のスクラムを打ち破れない点では、似たりよったりである。

つぎは田中（角）内閣時代の原田郵政相の立場である。

原田憲氏が郵政官僚の提案を抑制して、郵便料金の値上げをストップすることに成功したのは、近ごろの行政長官としては、まれに見るファインプレーであった。ところがその件について閣議

の諒解を得たのち、数日ならずして内閣は改造され、原田氏は留任を許されなかった。

郵政官僚は得たり賢しと、原田氏が抑えたハガキ二十円をさらに上回って、来年度から三十円というバカ値につりあげることを空想し、これを原田氏に代った新郵政大臣鹿島俊雄氏にもちこんで、この実行を迫った。

官僚が理性を失い、いかに感情的かという証明である。口実は人件費の高騰にあるというのだが、全逓が反対しているところをみると、おそらくそうではあるまい。国民の総意をきかないで、贅沢な設備投資をやりすぎたツケを国民に回そうとするに他ならない。

さらに三木内閣成立で、福田赳夫経企庁長官によって、郵便値上げ案は延期となった。が、郵政官僚のなかに根強く蟠踞《ばんきょ》する値上げ案は、決して終息したわけではない。内閣がかわったり、主務大臣の更迭があったりすれば、またまた執拗に頭をもたげてくる。結局日本の国政は官僚が思うままにしたいのであろう。

郵政設備投資の行過ぎは枚挙にいとまがないが、たとえば電電公社や逓信博物館などをみれば、そのパーキング場にいたるまで、舌で舐められるほどの善美を極めたものである。そうかと思えば国技館の土俵に、郵政省は懸賞金をかけたことがある。こうしたことが国民大衆のコンセンサスの上にあるものとは私には思われない。

ことばをかえると、郵政省の考えている郵便局の格上げや、いわゆるオンライン組織は、いつどこで民意を問うたことがあるのかと質問したい。

郵便局などはいままで通り、あくまで庶民の郵便局であってもらいたい。

国家主義を笠にきた郵便事業は、当然銀行等の民業圧迫に傾くとともに、庶民生活から遊離するばかりである。

進駐軍が政府の役人は公僕であらねばならないといったのも、いまでは一場の夢と化してしまった。

七　グウの音

行政官庁の機構の上に鎮座する大臣は、官僚の提出する報告書を鵜呑みにするのが一般的傾向である。

国会議員によって組閣される閣僚が、学力の上でも、智力の上でも、行政事務官に優越することが難しいのである。

手短かに言えば、代議士の勉強が足りないのである（この晩出席された永井文相のように、党籍のない大臣は、その学力や教養を評価されて、閣僚に招かれたのであり、将来は日本の内閣も政党に籍のない有識者を集めることが必要となってくるだろう。もっともこれはいいやすくして行ない難い。党籍のない大臣は党人からの風当りがさぞ強いだろうと想像されるからである）。

私は言った。

「そのほか官僚政治の弊害は、次官や局長の勇退組が所謂天下り人事で、官庁の外廓団体の重要な椅子に坐る。それによって官僚のスクラムがさらに網の目のように波及してゆく。さっきから何遍も出てくる例の審議会の問題ですが、その機関の議長の椅子は、必ずといっていいほど、官選になっています。勇退した次官や局長が、審議会の議長とか主査という地位に返り咲いて、官僚のスクラムを強固にしているのです。この力が決してバカにならない。そこでその官選の議長のOBと、現役の局長あるいはOB主査とのキャッチボールによって、審議会の原案が作文され、それが大臣への答申案となるのですから、審議会委員などというものは、有名無実の案山子《かかし》同様ということになります。三木さんはこれをどう思いますか」

「その点はギュウの音も出ませんな」

そこで私は失礼を省みず、

「ギュウの音とは何ですか」

と反問した。ここで宇都宮君が、

「それはグウの音も出ないということですよ」

と説明したので、

「わかりました」と、私は答えた。

辞書によると、グウの音とは、

「空《くう》の転か。他から詰問されたり、非を指摘されたときなどに、一言も反論が出ないこと。〈多情多恨・尾崎紅葉〉『犇々《びしびし》言捲られて、ぐうの音も出なかった』〈三四郎・夏目漱石〉『三四郎はぐうの音も出なかった』」とある。

そこで話題はまた一転して、三木内閣の政治姿勢が、自民党の内部情勢や野党の総攻撃のなかを、いかなる進路をとって行くべきかに移った。

「そういう問題は政治の専門的知識を必要とするのでしょうか。ざっくばらんにいえば、三木内閣がケレンスキー内閣になっては何にもならないと思うんです。日本的にいえば公武合体ですね。そういう過渡期の政権だと考えている人も相当あると思います。そこでリベラリズムの問題にもう一度もどることになりますが、昭和十二、三年頃には、〈自由主義は共産主義の温床である〉といわれたものです。私の親類が関係している左翼事件のとき、裁判長が読みあげた有罪判決書の一節に『舟橋聖一の自由主義は被告のマルキシズムの温床となった』とあったのです。傍聴席にいた私は『裁判長の世界観はちがう』とよほど叫びたかったが、少々感情的と気がついて、それなら証人に申請してもらえばよかったと思い直して黙っていました。当事の検事や判事は、自由主義をそういうふうに理解し、自由主義者はやがて共産主義者に変貌すると考えていたようですし、コミュニストのほうでも、自由主義者を同伴者として扱っていました。フルシチョフの文学砲兵説もその辺から出発していると思うんですが……」

「昭和五十年代の自由主義は過渡的なものではないというんですね」

「ケレンスキーであっては困ると申したのは、現代の自由主義は過渡的なものではないと考えたいのです」

そのとき宇都宮君がちょっとテーブルをたたき、

「それは同感だ。三木内閣はケレンスキーであってはならない」とさけぶようにいった。

読者のためにケレンスキーのことを抄述しておく。

ケレンスキー（一八八一〜一九七〇）は、シンビルスクの生れでレーニンと同郷。ペテルスブルク大学卒業後弁護士となり、主に政治犯の公判で人望を集めた。トウルドヴィキ（労働党）の指導者として第一次世界大戦中は戦争協力の立場をとる。二月革命後社会革命党に入党し、臨時政府に法相として入閣した。七月首相となる。コルニロフの一揆が失敗したのち最高司令官を兼ね、立憲民主党とともに連合国に協力して、第一次大戦を続けるため革命を弾圧。公然とプロレタリア独裁に反対し、ブルジョアジーを擁護。十月革命のとき女装してペテログラードを脱出、ドン地方に逃亡。十八年パリに亡命し、第二次大戦直前アメリカに渡り、五〇年代末からスタンフォード大学でロシア革命史の研究をつづけていた。

三木内閣の道がケレンスキーの轍をふまないためには、できるだけ幅ひろく、自由で寛大な政治構想をたて、孤立無援の形にならないようにしなければならない、という意味を宇都宮君が力説した。

永井文相は宇都宮説に反対ではなかったが、
「僕の立場は、ここにいる三人よりだいぶ保守的ですよ」
というのだった。真剣味に溢れ丁々発止となる趣があった。私は永井さんが朝日新聞の論説委員だったというキャリアから、かなり左利きと見ていて、国語問題では表記単純化運動に賛成ではないかと心配していた。そのためには一ト論判する必要はありはしないかと気構えていたのだが、私より保守ときいてじつは安心した。私は国語問題とか歌舞伎劇とか相撲とかに関しては皆さんご存知のように、随分保守的である。

ことのついでに書くけれど、昭和十年頃、行動主義を唱えたとき、私は特高の刑事ににらまれると同時に、大森義太郎や岡邦雄などのマルキストにはファシストになるだろうという批判をうけた。しかも私は祖母の生き形見の臙脂《えんじ》のチェックの紙入れを携帯していた。新潮の楢崎勤君は、
「そんな赤い紙入れなどを持っていては、行動主義者とはいわれないぞ」
とからかったものである。

が私見では、赤い財布とリベラリズムが矛盾するとは思わなかった。

それから四十年の歳月が経過した今日、国語問題では当用漢字の撤廃を主張し、歌舞伎役者や相撲取りを応援するからといって、そのことで思想的レッテルを貼ろうとする所謂小児病患者には噴飯を覚えるほかはない。そういう了見の狭さからは偏見と孤立が生れてくるばかりである。

三木さんに強く望みたいものは、そのリベラリズムも孤立させず、同時に不自然な禁欲主義に

陥らないことである。清濁併せ呑むといっては俗っぽいが、クリーン三木がひとたび方向を誤ると、弱いピューリタニズムにならないとは限らない。

八　玉虫色

禁欲主義ということばが出たので、ちょっとふれておくが、日本人は表面的にストイシズムが大好きのようである。人をほめるとき、その人のストイシズムを探しだして、その部分だけを拡大する。ある耽美的な詩人が死んだとき、その詩人のエステティシズムが評価されるためには、その詩人の生活が貧乏のどん底にあったという禁欲主義のうらづけが必要とされている。本来エスティシズムと禁欲主義とは矛盾相反する概念でなければならない。しかるにエステティシズムを認めるためにはその傍にストイックなものを必要とするほど、ストイシズムが幅をきかしているのが現状である。こういうことをいうと、酒好きには毛嫌いされるが、酔払って前後不覚になることには、世間は寛大である。が、禁欲主義の建前から酒は呑み放題の禁欲主義とはいかにも片手落ちだ。

「そこで三木さんにお伺いしたいんですが、総理が激職である理由として、選挙運動のことは前にもいいましたが、同時に社交的な面が多すぎて、それに忙殺され、健康をすりへらすようなことはないのでしょうか」

「出ないですむところはなるべくそうしていますが、そうばかりもいかないのでね」

「結婚式とか葬式にもお出になるし、前任大臣の叙勲とか外国使節の応対とか、そういうセレモニーにはもう一人専任の大臣をおいて、それが弔辞を読んだり媒酌をしたり、海洋博覧会へ出かけたりするようにしたらどうでしょう。摂政関白をおいてその方にセレモニーはやって頂き、総理は官邸あるいは私邸で国政に専念して下さるといいと思いますね」（後日のことだが、佐藤前首相の葬儀なども、国民葬と銘打つからは、三木さんが葬儀委員長になることはなかったと思う。あれは国民代表として、前田義徳さんとか山岡荘八さんに一任したほうが三木さんの迷惑にならずにすんだにちがいない。これは結果論でなく国民葬の発表があったときから、私はそう思っていた）

「もうひとつ、これは面と向かってはいいにくいことですが、腹をきめて申し上げますが、物価騰貴を抑えることが三木内閣の使命というふうに私は考えておりますが、にもかかわらず、三木内閣が組閣してまもなく、大臣の給料も上がりましたね。どうしてあれをご辞退なさらなかったのかと、じつは不思議でたまりませんでした。やはり総理がお断わりになると、全公務員に影響するということで、官房長官に拝み倒されたんでしょうか」

これに対して三木さんがどんな表情をしたか、私は目が弱いので観察できなかったのだが、特に返事はなかった。その代り最近給料の十％を返上したという話をされた。永井文相もこれに同調して、やはり十％みずからディスカウントしたそうだ。これにつき、文部省の官房長と二、三の押し問答があったようだが、ここでは割愛する。

そのついでに文部大臣は大臣になって初めて知ったのは、そのアナウンスメントを次官や局長の要請で、

「玉虫色にお書き下さい」

ということだった。玉虫色といわれても、そう咄嗟に、私は理解できなかった。だんだんきいてみると玉虫色というのは、

「玉虫の羽のように光線の具合で緑色や紫色に見えたりする染色または織色」（広辞苑）のことで大臣の文章は与党には紫色に見えることで説得し、野党には緑色に見えることで得心がいくように、どちらとも正面衝突にはならないのが、大臣の保身術だという意味らしい。

西鶴の『世間胸算用』に、

「玉虫色の羽織はどこの牛の骨やらしらいで」

とあるから、すでに徳川時代からこの色の名はあったようである。

が、大臣の玉虫色の文章は国民にとって有難いことではない。

クリーン三木の懐具合まで探ったのは、私の無礼だったが、しかし国民の心情としては、酒煙草、郵便料金等の値上げは絶対に承服できない。そういっても歳入が不足という口実で当該官僚はどこ吹く風と涼しい顔をしている。世人の質問に対してはとくに弁解も反駁もせず、それでい

て承服もしないという狡猾なダンマリ主義に徹している。物価の値上がりは人件費の高騰によるとくり返し説明しながら、人事院はまったく無造作に公務員の給与の値上げをたえずくり返し、政府はこれを一度でもさしもどしたことがない。人事院の存在は政府の上に君臨しているかの感がある。インフレーションの元凶は人事院の勧告にあるといっても過言ではあるまい（近くまた勧告するらしい。これでは庶民の怨府となるだろう）。

九　インテレクチュアリズム

食事がすんで、デザートになった。

話題は時局にふれてきた。三木さんは韓国の情勢に強い関心があるらしかった。すでに韓国からはアメリカの軍事力が後退しつつあるようだった。しかし三人の政治家は必ずしも軍事専門家ではないから、制空権や制海権の問題は曖昧にしか話してもらえなかった。ただ韓国からアメリカの政治力が減退すると、朴政権は従来の国語政策に大きな変化をもたらしたようである。要するにこれからの韓国は教育の面で、正式の国語を復活させることにした。そうでないと、国民の過半が文字を読めなくなっているという。

これによってみると、アメリカは内政に不干渉というスローガンを口にしながら、じつは韓国民に新聞さえ読めないような学力の低下を導く愚民政治を行なっていたことになる。

これは対岸の火事ではない。わが国でも昭和二十一年、進駐軍の半命令で、文部省は漢字の制限、歴史仮名づかいの廃止、略字体の普及、その他音訓表以外は読ませず、動詞、副詞、形容詞などは仮名を用いるようにとの教育方針を決めた。この命令をうけとめた文部省は、さらに拡大解釈してむやみに送り仮名を送ったり、乱暴ないいかえをしたりして、しかも生徒の試験を○×式にして、しきりにGHQに対する忠誠ぶりを発揮した。幸い日本では所謂表意派の抵抗があっていど功を奏して、アメリカの内政干渉に妄従しなかったから、今日どうにか、伝統的能力を残存することができた。

戦後の日本人の教養をできるだけ弱体化させることが、進駐軍の至上命令だったこともあり、殊にダレスが、

「日本には教育はいらない。工業国でさえあればいい」

とうそぶいたのは私の記憶にまだ新しい。これに対して進歩的知識人といわれる連中が一言の反撥もしていないのは、奇怪な話であった。ダレスのみならずドッジ・ラインもシャープ勧告も、日本国民にとっては決して愉快なものではなかった。

国語軽視の口実に、山本有三氏およびそのグループは、

「日本の国語は世界に類のない面倒なもので、学習甚だ困難なものだ。これを勉強するためには、多大の負担と時間とをかけなければならない。国語に消費するエネルギーを、ほかの学問、――

外国語や自然科学にふりむければ、日本人全体の学力は増大する」と力説した。しかし三十年たってどういう結果があらわれたか、国語に費す時間をはぶくことで、他の学問がどれくらい充実したであろうか。国語能力の低下は学問の基本的能力を失わせた。それに加えてマンモス大学の出現によって、学校は営業化し学生は退廃の道を急いだ。読み書きの力がおちたということは、翻訳ものの読解力を低下させ、自然科学の教科書さえ完全には読めなくしてしまった。そうなってみると、昭和二十一年に国語行政に携わった国語審議会初期の委員たちには戦後責任が問われなければならない。

私は国民に学問を強制するためにこんなことをいっているのではない。しかし左でも右でもない国民の中堅層——それが最も多数を占める重要な国民パワーとして、一にぎりの政治のための政治家が何をいおうとも不動のスピリットになるはずのものが、インテレクチュアリズムを尊重しないとなると、知らぬまにデマゴーグの口車にのせられ、造作なく蠢動しはじめることの危険を予知するからである。

ここでも読者のためにインテレクチュアリズムという語彙を説明しておく。故阿部知二の主知的文学論を紹介するのが最も要を得ているだろう。

「文学は（主として）感情《エモオション》の表現と伝達であるとしても、われわれが、そのことに文学を使用するということは、われわれが知性を以ってその感情《エモオション》を取扱うことになるのであるという考え方を出発点にすることが必要になるのである。このことを、製作を中心にしていえば、文学とは、知性を方法としてわれわれの感情《エモオシヨン》の前後左右にひろがる未知の世界を探究し、これに秩序をあたえて再現する、というようなことになる。又、このことを、観照、批評の方面からいえば、その感《エモオ》情《シヨン》の世界を知的に認識することによって、われわれの経験を秩序ある豊富さを持つものとすることになる」

これは昭和五年の発表である。それからすでに四十五年が経過した。今日でもこの論文には新鮮な響きがあることを注目してもらいたい。

ということは、大正・昭和初年の日本文壇の主流派は、阿部知二の主張するインテレクチュアリズムを完全に無視したというよりは、それを理解する能力がなかったからでもある。私は大多数不特定の国民の非主知的無学時代を恐れる。なぜならばそういう無知こそ、いつでもファシズム化、全体主義化、戦争賛成派に同調する潜在能力となる可能性を孕んでいると思うからである。

十　文芸懇話会賞

午後九時になったが、三木さんは立ち上がる様子もなく永井さんもデンとしている。食後のひとりとき、少し雑談になった。

明治大学の話もでた。私は昭和三年に明大の講師になり、小説の講義をしていた。三木さんは昭和八年に専門部卒業、つづいて法学部に籍を移して、同十二年に卒業している。三木さんの在学中、私は明大の先生だったわけだが、専門がちがうので、教室で三木さんを見かけたことはない。その頃から私は明大野球部贔屓で、六大学リーグ戦には必ずスタンドへ行ったものだから、三木さんも応援団のなかに陣取って、

「白雲なびく駿河台」

と唱っていたにちがいない。

ところでまた自由主義論議の再開となった。

政治の重量を背負《しょ》っている人には、自由主義に頼りきれないところがあるらしく、そこで頑張ることがじつに難しいという。

「敵の敵は味方だ」

というのが宇都宮君の所見でもあった。

私はいった。

「自由に頼りきれないのは、政治家ばかりではありません。作家や詩人もおなじです。たとえば戦争でも内乱でも、暴力が合法化される状態がくると、すすんでそれに協力する戦争参加の芸術家と、風塵を避けて、隠遁する者とに引き裂かれるようです。作家や詩人でありながら、戦争を美化したり、報道班の仕事に協力したりするのは論外というほかはありませんが、大東亜戦争に

おける詩人及び作家または画家の戦争参加は追放令の出た当座は、結構ショッキングでしたが、思ったより簡単に訴願の効果があって現役に復帰しました。政界や財界も追放の逆転が早すぎた感がありますが、作家の戦争協力の実態が厳しく追及される暇もなく、曖昧に片づけられた塩梅でした。いまさら過去のことをもちだしても、興もないからいいませんが、これからは、もっとはっきりさせたいと思います」

「というと?」

「すでにキナ臭い風が吹き出しているようじゃありませんか。そのキナ臭さを煽るような行動をとれば、これは明らかに作家の戦争参加につながりますから、警戒の対象にしなければならないと思います。

もうひとつの方向は、戦争とか内乱を回避して、花鳥風月に遊ぶというやり方です。万葉集以来の日本文学の伝統は、いつも暴力というものに直面しての上のことだったのですが、大伴家持にしても、鴨長明にしても、西行法師にしても、その基本に暴力との戦いがあった筈です。妥協して政治参加すれば、家持は死後に墓をあばかれるようなことはなかったろうし、西行は北面の武士佐藤義清《のりきよ》として成熟していたかもしれません。しかし遁世者の亜流はキナ臭い風が吹こうと吹くまいが、まったく無頓着に、風流に隠れてしまいます。それが悪いというのではありませんが、そういう芸術家まで、デマゴーグは目をつけているのです。従って文学的無関心派はファビオ・ファシズムの潜在能力となりかねない。一例をいえば、大東亜戦争準備の段階で、『文芸懇話会』というのができました。宇都宮君は知ってるだろうね」

「うん、知っている。くわしいことは知らないが」

「これの原案を作ったのは内務省警保局長の松本学という人でしたが、この人の主宰する右翼団体日本文化連盟への三井・三菱の寄付金によって、成立したものですね。文士はそういうことを知らないで呼ばれればノコノコでてゆきますが、忌憚なくいえば、松本学という役人にひっかけられたのです。松本学と直木三十五が相談して集めた同人は吉川英治、菊池寛、広津和郎、上司小剣、徳田秋聲、宇野浩二、島崎藤村、室生犀星、佐藤春夫、豊島与志雄、近松秋江、長谷川伸、正宗白鳥、山本有三、白井喬二、尾崎士郎、横光利一、川端康成、三上於菟吉、加藤武雄、中村武羅夫の二十一人でした。松本学はそういう文士の弱点をよく知っていたようですが、そのリストに入らないと、なんだか肩身の狭いような気のする人もいたのでしょう。多分大部分は松本学が何者であるかを知らないで、参加したんじゃないでしょうか。このとき島木健作の受賞が話題となったのですが、彼は非国家的作家だという理由で除外されました。このことでも、松本学の正体は半分以上暴露した筈ですが、官僚出身の彼は金の出所さえいわずに、お茶を濁してしまいました。この会の成立は昭和九年ですが、同十一年に機関誌『文芸懇話会』が発行されました。月例の懇談会のほか、物故文士慰霊祭や文芸家遺品展覧会が催され、正倉院や軍艦三笠の見学、陸軍大演習の参観などが提案されました。はじめは何のことかわけのわからない覆面だったのですが、だんだんに化けの皮が剝がれたわけです。内務省の役人はこんなふうにして、作家を味方の陣営につりこもうとしたのです。この会の条件には、『非国家的文士をのぞく』との一項がありました。となりますと、秋聲も藤村も白鳥も浩二もみんな国家的文士という肩書がつくわけです。途中で『これはいかん』と気がついて、脱退した人もありましたが、里見弴氏がその筆頭でした。このほか、文芸懇話会は『文芸懇話会賞』の設定を発表しました。その第一回が横光の『紋章』と犀星の『あにいもうと』、第二回は秋聲の『勲章』、関根秀雄の『モンテーニュ随想録』、第三回は川端の『雪国』、尾崎士郎の『人生劇場』という順でした。文士としてはずいぶん迷惑な話ですが、世事に疎いからといって、こういうものにひっかかる作家も作家だという気持を否むわけにはいきません。二度とこういう思いはしたくありません。私がいいたいのは、世間知が足りないというか、権力に対する考え方が甘いというか、うっかり松本学の奸計にはまって、作家としては不名誉な栄誉に輝いてしまったのです。かくいう私も第二巻第一号に徳田秋聲の依頼を受けて『庸子の日記』という短篇を書きました。この雑誌は当番制で同人が毎号編集を分担しました。この月は秋聲が当番だったのです。当時私は秋聲門下で『あらくれ』同人だったのですが、そんな口実は通用しないでしょう。斎藤実内閣の警保局長に恨みこそあれ、なんの恩義もないのに、有名文士を網羅した雑誌に寄稿したのは一生の不覚でした。今回読み直してみましたが、この小説は決して国策的ではなく、耽美的な風俗小説の一種であるので内心ホッとしました。今度はそういうことのないように願いたいものです」

「文芸懇話会というのはあの頃の内務官僚統制のキッカケになったというわけだね」

と宇都宮君がいった。私としては文芸懇話会の一例をひいて、時代がだんだん切迫し、風雲が急になってくると、文士の団体なども、金の出所に注意しなければならないということをいったのだった。風塵を避けたつもりで、却って風塵のなかに捲きこまれていたのは、文芸懇話会のメンバーだったのである。いいかえると、極力政治参加を拒絶した日本の作家が、松本学という役人の術策に陥ってまんまと政治参加してしまったのであるが、これについて戦後の批評家はなるべくなら「触らぬ神に祟りなし」というふしぎな姿勢をとっている。

「勿論、尊敬すべき藤村や秋聲や犀星に文芸懇話会のことだけで、責任とマイナスをつけるには忍びないという心情が、この事件を過小評価させるのでしょうが、またまた雲行きの怪しくなってきた現時点において、その過失をくり返さないために、発言したわけです。この会に潤一郎、直哉、荷風の名前がみえていないのも、忘れてはならないと思います」

この間、宇都宮君のところへ一度電話がかかってきただけで、首相と文相には、どこからも邪魔は入らなかった。

十一　著作権法改正について

「文芸懇話会の座談会（第一巻第六号）で、松本学が会員に対して、『軍艦や大演習を見ることを、おすすめするのも、作家の視野を広くするという意味です』といっていますが、これが文士の従軍あるいは報道班員としての文士徴用につながっていると思うんです」

「文士は喜んで行ったんですか」

と宇都宮君がきいた。

「表面は勇壮活潑でしたが内心はオッカナビックリだったようです。しかし行ってくれといわれれば、断われなかったのだと思います。今日もおなじで、少々原作に手を入れられても、教科書に採られるのを喜んでいる作家がいないとはいえない。戦後の文壇は売れすぎるほど売れていますので、作家の姿勢が逆に弱まっております。現行の著作権法では、小説や詩や随筆の文章を教科書に採られる場合、作家の拒否権がないそうですが、これは教科書出版屋を特別に保護する法律で、また作家はいやということもいえない。こんな著作権法は早い将来、法律改正していただきたいものですね」

「教科書に採られるのはそんなにいやですか」

「現役作家というものは今月秀作を書いても来月駄作を書くかもしれない。早くいえば、現代作家は未完結なので教育に聖の意味がある限り一寸先は闇かもしれない現代作家の文章を、教科書にのせて、生徒に教えたり、試験問題に使ったりするのは願い下げにしたいものですね。現代作家の面白さと教育とは基本的にちがうんじゃないでしょうか。文学には毒があります。純真な生徒に毒をのませるには忍びないし、さりとて毒をぬいた石炭ガラみたいな文学を教えても、似非非なるものでしょう」

「教科書に採りあげられたくないなんていう作家はあなただけじゃないんですか」

「勿論、児童文学の専門家は教科書とは密接に癒着していると思います。そういう教育的な作家もいらっしゃるわけですが、そういう方はそれでいいんだと思います。私がいいたいのは、教育と密着すると、現代作家の面白さが減少するにちがいないということです。一例を申せば三島由紀夫君の文学は教科書にも採られていましたが、彼が市ヶ谷で切腹すると、各教科書からさっと潮のひくように三島作品が消えました。しかし、私どもの心にある三島文学のメリットはイメージダウンしておりません。そんなところにも、教育者と実作家との評価のちがいがあるんじゃないでしょうか」

それがきっかけで、教育行政の問題にもふれていった。

戦後、国語の安易単純化の政策は、主として進駐軍の鼻息を窺いながら、それが文部省国語課に移って、例の当用漢字の制定、新仮名づかいの励行になったとき、国語教育に費す時間が多すぎるからそれを減らして、自然科学や外国語の学習にふりむけるというのが尤もらしい口実だった。そのために、マンモス大学の国文科は、文学少女で満員の盛況となった。本来、古代、中世、中古、近世に対して、現代は明治大正昭和の意味だが、明治の小説は漱石、鷗外及び自然主義だけで、文語文の作品は敬遠されている。そこで文学少女の選ぶ卒業論文の範囲は主として戦後の作品が多い。四十代の国文の先生は文学少女のご機嫌をとって二次会や三次会までクラス会につきあっているから、いろいろ物議をかもすことになる。卒業論文は故人に限って選択することにしてはどうか（これは後日この話に似た事件が新聞記事をにぎわしたが、それとは関係なく発言したものである）。学校経営が困難だからといって学生数ばかりふやすことも疑問である。

加賀乙彦君が某大学の入試試験に監督を頼まれたところ、理工科の受験生は男ばかり、経済科では女が二人であとは男、ところが国文科へ行ったら、女ばかりで男は一人もいなかったそうだが、最初から勉強する気はなく、嫁入り道具の一つに、大学卒業証書を持ちたいというだけのことで、本気で国文学を勉強しようという目的で入学するのはほんの数える程度ではないか。女子教育の根本をもう一度考えてみる必要がありそうである。

十二　コンソメとポタージュ

ついで問題はやや具体的になった。この発言には、私も多少勇気を要した。

「これは一番最初に伺うことかもしれませんでしたが、三木内閣が組閣したとき、ここにいる宇都宮君に組閣本部から電話があって、環境庁長官の椅子はどうかという内意があり、議員会館における宇都宮君の部屋で歓呼の声があがったときいております。これは直接宇都宮君の口からきいたことではなく、ある新聞に出ていたのですが、ところがそれが沙汰やみになってしまった。

おそらく誰か、自民党のタカ派から横槍が出たのだろうと想像しました。その後間もなく都知事の問題がおこりまして、これも初めは宇都宮君が有力候補に擬せられるのですが、そのとき偶々この人はアメリカや南アメリカに旅行していたのですが、羽田に着くなり三木さんに会った。そして都知事のことは断わった、とこれも新聞にありました。そこで旧制水戸高校の同窓会が催されたとき、私は幹事役の馬淵威雄《たけお》（東宝会長）に『宇都宮が都知事候補を断わった理由を話してもらえ』と促しました。それで宇都宮君が外遊中、ニューヨークでも、メキシコでも、ブラジルでも、朝日新聞の記者が会いにきて『都知事にはお出になるんですか』ときくので、『何も知らない僕はビックリした』ということでした。これによると東京で宇都宮君の意思を度外視して、かなり強く宇都宮都知事説が流布していたわけです。ところが宇都宮君が断わったので自民党は急遽石原慎太郎君を推すことにしました。ところで、石原君が芥川賞候補になったとき、私は佐藤春夫氏や宇野浩二氏と激論してまで『太陽の季節』を授賞におしきったのです。そのとき佐藤さんは『こういう作家を推すと、将来君の小説が売れなくなるよ。石原にお株をうばわれるぞ』とまで言われました。『それでもいいんです。石原が栄えて僕が衰える、それは有為転変でしょう』と私は抗議しました。それ以来、学生時代には堀辰雄や井伏鱒二とともに佐藤さんの家に集って、上田秋成や西鶴の輪講をしたりして師事したこともある佐藤さんと絶好状態になりました。そういう石原ですがだいぶ前に彼が中曾根さんから都知事出馬を要請されたとき私のところに電話がありました。そのとき私は『君の知名度を自民党は利用するのだから、うかつに承知してはいけない。それより一度大臣にしてもらいなさい。なんでもいいから閣僚になっておけば、都知事選で美濃部さんに負けても、もと国務大臣というので政界にカムバックできる。そうでないと都知事選に負けた場合、松下正寿さんのように弊履《へいり》のごとく捨てられることになる。政治家は現金だし薄情だし気をつけ給え』と忠告したのです。しかし今度は二度目であり、自民党に適当な人がいないとみえて、石原は立つ気になったようです。じつは今度も石原から電話がありまして、私はやはり不賛成で『宇都宮君と石原君を推している自民党は僕には甚だ無定見に思える。宇都宮君がポタージュなら君はコンソメといえるか。ポタージュとコンソメなら、どちらかを選ぶことができるが、自民党の最左翼の宇都宮君と青嵐会の君とでは、客はピックサム（二者択一）というわけにはいかない。率直にいうと、君も宇都宮も自民党としては、何が何でも勝たせるという意思はないよ。逆説的にいえばどっちにしても美濃部さんには勝てない。革新に負ける場合、この二人ならそれほど面目を失しない。例えば美濃部の対抗馬として自民党のもっと重要な分子、椎名悦三郎や船田中《なか》のような大物でなくても、石田博英とか水田三喜男とか、病後ではあるが赤城宗徳とかを立てれば、少なくともクロスゲームになると思う。その代り負けた場合に、自民党は大恥をかいて、鼎《かなえ》の軽重《けいちょう》を問われる。そうなってはならないと思って、宇都宮君か君を推すのは選挙民に対して失礼じゃないか。東京都民に対して自民党はもっと真剣に責任を感じてもらいたい』と話しました。無論、こういう組閣の人事や都知事候補の人選については、三木さんの立場は総理といえども、なかなか思うように行かないと同情していますが、政治の門外漢である私はこんなことでいいのかと思わざるを得ないのです。美濃部さんの方も社共の対立があり、一度不出馬を宣言しながら、再出馬するという、まさか駆け引きではないでしょうが、相当しどろもどろだったのですから、自民党とすれば長蛇を逸したことになりますね。私は美濃部さんとも『行動』（昭和十年）以来の友達ですが客観的にいって、自民党はだらしがなかったと思います」

これはつい目の前に宇都宮君がいるので私としてはいいにくかったが、思いきって三木さんの耳へ入れておきたいことの一つであった。

十三　佐世保基地

時計をみると十時近かった。それでもまだ話は尽きない。

「アメリカが佐世保を捨てて、横須賀へひっこむという評判ですが、全学連も佐世保のことは猛烈にレジスタンスしてましたが、いよいよキナ臭くなったんじゃないでしょうか。北朝鮮（朝鮮民主主義人民共和国）から爆撃機が十二、三分で佐世保まで来るそうですね」

「新聞にはまだ出ていないでしょうけれど」

「アメリカ空軍の防空ラインが横須賀まで後退したということは重大ですね。自民党のある領袖にきいたんですが、佐世保のドックが小さいので、横須賀に集中したという話でしたがドックが小さすぎるということは、今までは一度もいわれたことがない。なにしろエンタープライズも停泊していたのですから。となると、アメリカの軍艦に相当大きな破損（空襲による）があるという予想で、ドックをかえる必要を生じた。普通の修繕程度なら佐世保ドックでもいいわけです。アメリカの海軍はそこまで考えていると思うんですが、日本としては制空権が著しく縮小したことになりますね」

これに対しては、三木さんは軍機保護に触れることとみえてイエスともノーともいわなかった。本当はこのことはもっとつっこんで話したかったのだが、それは無理だったようだ。

しかしその後、坂田防衛庁長官と中曾根幹事長の話がチラホラ新聞にのるところをみると、韓国と、有事の際という前提で細かく打合わせが進んでいる。アメリカと韓国の連合による大演習も行なわれるらしい。金日成の核攻撃のアナウンスメントもあれば、シュレジンジャー国防長官の宣言として、韓国軍の核兵器行使もありうるといい、どうやら南北の風雲は騒然たるものがあるようだ。

私がこういう点にふれても、日本の国民は耳を傾けようとしない。それとも何もかも知っていて、それをいったところで、弱者の声などは何の反響もないから、黙々としているというのか。そんなに先取りして、取り越し苦労だというのか、そういうことだと、今夜の話も空振りになる恐れがある。

私はやはり一人の政治家に責任を負わせるより、国民パワーの一人一人が国際的恫喝にめげず、日本という国の風土を愛して、軽挙妄動に走らぬように自戒することが一番必要だと思う。国民パワーの底辺が妄動したり、蠢動したりしなければ、一にぎりのデマゴーグや政権担当者が頭へ血がのぼっても、国民は正しい道を進んで行けると思う。

「三木さんが初めにおっしゃったリベラリズムは弱いということ、例としては大東亜戦争のときリベラリストとしては清沢洌しかいなかったとおっしゃいましたが、あれから四十年、天下の政治情勢はよく似ていますが、大きく違っているところは、政治の権力よりも、革命的煽動よりも、国民パワーが強くなっていることです。動労の指導者意識が在来のストを肯定している限り、乗客パワーのために黒星を喫したり、新幹線や高速道路の建設が住民パワーによって、いつまでも捗らないのも格好の例といえます。三木内閣も職業的政治家との政争を少し忘れて、住民パワーに対する真剣な行政についてもっと時間をさいて頂きたいですね。私はこれを国民の単純性サンディカリズムと見ているのです。このサンディカリズムに対する対策なしには、例えば共産党が天下をとっても、うまく行きませんね。革命はできても、サンディカリズムを度外視したところに胡坐をかいていては、これからは筋肉労働者支配といっても、それだけでオールマイティとはいかないでしょう。三木さんの内閣はそういうことまで考えて、実力を涵養し、幅の広い、奥行きの深い、寛大でリベラルで強力な政治能力となってほしいものです」

十四　海軍報道班員

「話はかわるが、あなたはこの前のとき、海軍の徴用を断わったそうですね」

　と宇都宮君がいった。

「この話は長くなるのでまた次の機会にゆずりたいと思いますが、かいつまんでいえば、戦争末期に海軍省へ呼ばれまして、報道班の某大佐からテニヤンへ行くように命じられたのです。私は率直に『いやでございます』と答えました。『どうしていやか』というので、『僕なんか行ったってどうにもならないでしょう。サイパンもラバウルも落ちているのだし、敗色濃厚だから無意味ですよ』。すると大佐は『そうかもしれない。何しろ敵は空襲して帰ってくると、美しい湖水の畔りに青いテントを張って、裸の女が待っている。ポータブルのジャズで一週間ほどタップリ享楽する。それから又空襲に出撃するという塩梅だから元気溌溂だし、日本軍は飢餓に苦しんでようやく梅干しと握り飯にありつくというふうで、とても太刀打ちはできない。行きたくないというならいいでしょう』とアッサリ承知してしまった。これには私も驚いたが、今考えると私があんまり落ち着いていたので、その海軍大佐は私に気を呑まれたんじゃないかと思いますね。この間『風景』の座談会で荒正人君が『舟橋さんはうまく逃げたのかな。いくら逃げても徴用令からは逃げられない筈だったが』といっていますが、私はその時、逃げたわけではないんですよ。ちゃんと断わったんです。徴用は断わろうと思えば断われたという生きた実例ですが、他の連中は最初から『断われないもの』という先入観があって、自分のほうから買って出るような心情になったんじゃないでしょうか。私の代りに中山義秀がテニヤンへ行きました。そして『テニヤンの末日』という作品を書いています」

「つまり度胸の問題かな」

「私だって臆病でないことはないんですが、海軍省ではビクビクしていなかったことは事実ですね。それよりもっとスリリングだったのは、点呼に行かなかったことです。在郷軍人袋がきまして、女房は指定の物をいろいろ袋に入れたりしていましたが、私はその当日行くのがいやになって知らん顔をしていたら、何ともないんです。翌日、憲兵か誰かが来るだろうと待っていましたが、とうとう来ませんでしたね。実に摩訶不思議でした」

先日『心』(五十年一月号)を読んでいると中島健蔵の『回想の文学』のなかに、次のようにあった。

「召集を拒んだ者を銃殺したというのは、全くの虚報でもないらしい。少なくとも、それに類する事件が一二あったという者が大ぜいいる。Yの息子は、大家の坊ちゃんとして女のように育てられてきたが、召集されるのを嫌って、電信柱にしがみついた。親が金を出すから勘弁してくれといったので、一そう憲兵の心証を害して、その場で射殺されたのだという。(中略)必らずひどい目にあうと知りながら、電柱にしがみつく心理に関して、横光(利一)氏がおもしろい経験を聞かせてくれた。前の奥さんが死んでまもなく、大した病気でもないのに、簡閲点呼(末召集の補充兵を集めておこなう点呼）へ行かなかったことがあるそうだ。その時には、どうなってもかまわぬという気もちが第一に働いて、むしろ身を投げ出す方が楽だった。もちろん憲兵、巡査、役場がみな大さわぎをして、あとで、ほかのグループへ入れられて点呼を受けさせられたのだそうだが、どうともなれという気もちがよく出ているのは、巡査の訊問に対する答えだ。『忘れたんだ。女房が死んだばかりで、どうにもならず、すっかり忘れてしまったんだ』それを聞いた巡査の顔を想像したくなる。これは価値の転倒をはっきりと押し出しているのだから、錯乱とはいえない。」

これは恐らく昭和十二年頃のことであるが、私のは戦争のまっ只中であった。横光氏の点呼拒否を錯覚ではない、価値の転倒だと中島のように評価するとしたら、私にも横光とおなじようなことがあったわけであるが、知らないはずのない左翼評論家も私のそれに曾ってふれたことがない。ひどいのは、「逃げるにも逃げられないのだから、多分偶然徴用令が来なかったのだろう」と勝手に解釈している。左翼だった人々が出征軍人を見送ったり、日の丸の旗をもって、「勝って来るぞと」などと歌い、それほどでなくても、戦闘帽に巻きゲートルで、警防団長をつとめたり、消極的ながら戦争協力をしているので、その後めたさから私の徴用拒否又は点呼拒否を私のダダッ子気質として片づけているのはいかにも汚ない。

私としては隣組に義理をたてて、回覧板をもって回ったり、防空演習に参加しない者を叱咤しながらも、それはやむを得ない、心ならずもしたことだという口実を今なお力説するのは不愉快極まりない。戦時下の抵抗とは、消極的にしろそんな戦争参加をしないことである。

戦争前、堀辰雄に会ったとき、彼は戦争になったらリルケのように無言の行をしよう、それが我々の可能な抵抗だと信濃追分で話したのを覚えている。

文士の癖に、戦争を美化した人たちは論外だが、心に非協力を蔵しながら、国家総動員法に則って、戦争に対する賛同を呈したのに戦後になって、その反省が足りないどころか逆に強弁しているのを気の毒に思っている。

いつのまにか十時半をすぎていた。正味三時間半の会談がおわった。

「ではそろそろお開きにしましょうか」

と永井文相がいった。

「昨日も稲葉問題で遅くなったのだから三木さんもお疲れでしょう」

「こういう話なら疲れませんよ」

と三木さんはいった。私が先に立った。靴をはくと、どうも少しちがうようだ。目が悪いからわからない。後に立つ三木さんが、

「ああ、それは私のだ」

というので、間違えて私は三木さんの靴をはいていることに気がついた。

「やあ、失礼しました」

と履きかえた。

どうやら三木さんのほうが私の足より大きいらしい。私の足袋は九文半だが、三木さんは十一文くらいだろう。

別れを告げて玄関を出ると、警察の人がズラリと並んでいた。三木さんたちより一足先に私は車に乗った。

文藝春秋　一九七五・九

解説　有為転変

石川　肇（国際日本文化研究センター機関研究員）

昭和の花形作家であった舟橋聖一の人脈は多岐にわたった。彼の書棚には、ノーベル文学賞を受けた川端康成ら作家や近代文芸批評の確立者とよばれる小林秀雄などの評論家、近代源氏学の基礎を築いた池田亀鑑といった国文学者のみならず、中曾根康弘ら政治家や市川團十郎を始めとする歌舞伎役者から届いた約一千通の葉書や書簡が残されている。舟橋が作家として最も敬愛し、今年が没五十年にあたる谷崎潤一郎の書簡にいたっては、『細雪』のモデルとなった松子夫人のものまで大切に保管されていた。

谷崎とは、疎開先の熱海で猪鍋をつつきながら親交を深めた仲である。

当時の熱海はちょっとした疎開文士村になっており、疎開第一号の宇野千代・北原武夫夫妻や広津和郎ら小説家のほか、歌人の佐佐木信綱なども滞在していた。日本近代文学史において抵抗色が強いと評される谷崎の『細雪』や、舟橋の『悉皆屋康吉』が書き継がれたのが、ここ熱海だった。

〈「日本は負けましたね」

「海軍も完膚なくやられたようだな。サイパンが陥ちた時に、これでおしまいだと思いましたね」

「細雪の中巻はどのくらいお出来になりましたか」

「私は遅筆だから……仲々はかどらない」

「熱海には広津さんや宇野千代が逃げて来ています。しかし先生のように、書いている人はいませんね」

「君の小説も創元社で出すらしいね。永井荷風が、戦時下の日記を克明につけているそうだよ。物価の値上りや闇物資の闇値なんかも一々書きとめているそうだが、戦時下の文士の仕事はそれでいいのだ」〉

本書第一部「谷崎潤一郎」にあるように、谷崎との交流は家族ぐるみで、谷崎が戦後、湯河原の家で倒れた時には、舟橋が医者を乗せた自家用車で駆けつけ、臨終の際には、納棺されて別室に移されていた谷崎に何かあってはいけないと、一人娘の美香子に守らせたりもした。この美香子を舟橋はこれ以上ないほどに愛し、可愛がった。ただ、勉強や礼儀に対しては厳しかったようだ。


その美香子さんも、舟橋の七十一歳、谷崎の七十九歳をゆうに超え、今年で八十八歳になるがお元気で、当時のことをお聞きしたところ、はっきり覚えていると言う。

「谷崎先生がお亡くなりになられた夜、わたしは後から着いたんですけど、田舎のことだからでしょう、先生は早くも御棺に入れられており、松子夫人が忙しく行ったり来たりしておりました。父から先生を守るようにと言われ、先生の枕元に寄りかかって、二時間くらいの間でしたでしょうか、めそめそ泣いておりました。可愛がってもらったので余計に悲しみが深かったのでございます。その時、このおつむのなかに国文学のことや勉強した沢山のことがつまっているのに、死んだらなんにもなくなっちゃう、もったいないと思いました。と同時に先生のまん丸のおつむが、柳家金語楼に似ているなあとも思いました」

柳家金語楼は禿頭を売り物にし、エノケン・ロッパと並ぶ三大喜劇人として知られた昭和の落語家で、美香子さんは思い出したままのことを話してくださったにすぎない。

このように美香子さんの記憶は鮮明であり抜群で、幼少期から本を読むのが好きで好きでたまらない文学少女だっただけでなく、西村伊作が創設した文化学院の最後の生徒としてリベラルな空気をいっぱいに吸収した才女でもある。

本書第二部「好色論　日本文学の伝統」は、源氏物語に対する日本人の受容の歴史を、舟橋自身の国文科での学生時代や文壇の風潮なども絡めて実体験的に綴り、「日本文学の本質＝好色」という隠れた伝統を喝破したすぐれたエッセイであり、舟橋の源氏に対する思いと知識が並大抵でないことが伝わる。美香子さんも舟橋に精読するよう言われて読むことは読んだが、フランス語の勉強のほうが断然面白く、一回読んだらうんざりしたそうだ。舟橋と源氏に関しては次のようなエピソードがあったと、美香子さんから続けて教えていただいた。

「父が明治大学の文芸科で教えていたころの話ですが、一人の学生が僕は源氏を七回読んだと得意になって言ったから、バカ言え、そんなんで源氏がわかるか。俺は十七回か二十回あれを全部読んだと叱ったそうです。わざとそう言ってハッパをかけたのかも知れませんが、その叱られた学生が、戦後になって父の最初の秘書になった人です。父は常々、日本文学の基礎となる古典はいろいろあるが、好色ということが加わるとそれは源氏になるんだと話しておりました。十七回と二十回の関係はわかりません」

十七回でも二十回でも、あの源氏を本当に読んだのであればそれだけで驚きだが、その下地があって「舟橋源氏」が生み出されたのである。昭和四十五年に書き起こされ、その死によって未完となった『舟橋聖一源氏物語』は、東京帝大の恩師である久松潜一の校閲を受けつつ、大衆にわかりやすく原文に現代的意義を取り込んだ文学作品となっている。

ここで舟橋の簡単な紹介をしておこう。

舟橋聖一（明治三十七年〜昭和五十一年）は、戦前には満州事変以降の日本のファッショ化に対し、知識人の積極的な行動の必要性を唱えた「ダイヴィング」（昭和九年）を発表、戦中には太平洋戦争が激化していくなか、戦禍を越えて『悉皆屋康吉』（昭和二十年）を書き継ぎ、戦後においては流行語となった『夢よ、もういちど』（昭和二十三年）や『芸者小夏』（昭和二十七年）といった純文学にして大衆性を持った中間小説の領域を切り開くなど、丹羽文雄や石川達三とともに「戦後の流行作家三羽ガラス」と呼ばれていた。演劇や歌舞伎にも精通し、作品の多くが舞台・映画・テレビ放映化され、とりわけ、幕末の大老井伊直弼の生涯をドラマティックに描き出した歴史小説『花の生涯』(昭和三十八年)は、NHK大河ドラマの第一作として選ばれ、それが大ヒットしたおかげでシリーズ化し、現在に続く長寿番組となった。また、著作権の保護や作家の交流をはかる文芸家協会の初代理事長をつとめたほか、芥川賞選考委員、国語審議委員、横綱審議委員として大いに活躍し、晩年には文化功労者に選ばれるなど、昭和を代表する文化人でもあった。

本書第三部「性と政治と文学と」には、そんな舟橋が最晩年に時の首相・三木武夫と「政治と文学」を語り合った異色の会見記「三木首相との三時間半」が収録されており、死去の直前まで「文学の自由」を激しく希求し続けた姿がうかがえる。

そのなかに当時自民党員だった石原慎太郎が、その昔「太陽の季節」で芥川賞を受賞した際の一場面がおりこまれている。

〈石原君が芥川賞候補になったとき、私は佐藤春夫氏や宇野浩二氏と激論してまで『太陽の季節』を授賞におしきったのです。そのとき佐藤さんは『こういう作家を推すと、将来君の小説が売れなくなるよ。石原にお株をうばわれるぞ』とまで言われました。『それでもいいんです。石原が栄えて僕が衰える、それは有為転変でしょう』と私は抗議しました。それ以来、学生時代には堀辰雄や井伏鱒二とともに佐藤さんの家に集って、上田秋成や西鶴の輪講をしたりして師事したこともある佐藤さんと絶好状態になりました〉。

石原の受賞には、たしかに舟橋の後押しが必要だった。石原自身もそう思っていたようだ。というのは、次のようなエピソードを美香子さんからお聞きしていたからだ。

「亡くなった父の作品がお芝居になり、私が代わりに劇場にご挨拶にいきました。舞台稽古がはじまりましたが出しゃばるのは嫌でしたので、少し離れたところの座席で見ておりました。すると顔を覆いたくなるほど下手くそで、どうしようもない役者さんがいて、それが慎太郎さんの息子の良純さんでした。主役の團十郎が私のところまで来て、この芝居は芝居になりませんよ、間が合わない。僕が合わせなくてはならないので、なんとかならないかと言うんです。でも、私が演出家を呼んで何か話しても、初日まであと三日しかないし仕方ないのでこのまま……と思っていたら、突然後ろから慎太郎さんが出て来て、なんだこの芝居は、こんな面白くもない芝居に出ることない。と大きな声を出したんです。最初は知らん顔していたんですけど立ち上がって、舟橋聖一の娘の美香子でございますと挨拶をしたら、ガラッと態度が変わって、なかなか難しい芝居でございますね。と言ってきたじゃありませんか。大っ嫌いです」

舟橋はその子供のような率直さで周囲に驚かれ、口論することもしばしばだったが、それが自伝やエッセイになると読んでいてスッキリ心地よい。その気質の良いところが、娘の美香子さんにも受け継がれたようだ。

舟橋聖一（ふなはしせいいち）小説家、劇作家。一九〇四年十二月二十五日、東京市本所区横網町生まれ。クリスマスにちなみ「聖一」と名付けられる。高千穂中学校、旧制水戸高校を経て東京帝大国文科に進む。在学中の二五年、河原崎長十郎らと劇団「心座」結成、また阿部知二らと「朱門」創刊に参加。二六年、戯曲「白い腕」で文壇に登場。二八年、田辺茂一主宰の「文芸都市」に参加。同年、大学を卒業（卒論は「岩野泡鳴の小説及び小説論」）。三二年から「都新聞」に連載した「白い蛇赤い蛇」で劇作家から小説家へ転身。三三年、紀伊國屋出版部から「行動」が創刊され、「ダイヴィング」などを発表、行動主義・能動精神を主張し反響を呼ぶ。三八年、明治大学教授。四五年五月、『悉皆屋康吉』を刊行するも空襲で初版三千部のうち二千部が焼失。七月、志賀高原で「散り散らず」を最後の小説と覚悟し書く。戦後、『雪婦人絵図』「夏子もの」などの風俗小説で流行作家となる一方、日本文芸家協会理事長、芥川賞選考委員、国語審議委員、横綱審議委員などを務める。六四年、『ある女の遠景』で毎日芸術賞、六七年、『好きな女の胸飾り』で野間文芸賞。六六年、日本芸術院会員、七五年、文化功労者。七六年一月十三日、急性心筋梗塞により死去。その他、『花の生涯』『絵島生島』『新・忠臣蔵』『舟橋聖一源氏物語』『太閤秀吉』『文芸的グリンプス』など、著作多数。現在、彦根市に舟橋聖一文学賞・同顕彰文学奨励賞・同顕彰青年文学賞がある。

銀河叢書

谷崎潤一郎と好色論

日本文学の伝統

二〇一五年五月九日　第一刷発行

著　者　舟橋聖一

発行者　田尻　勉

発行所　幻戯書房

郵便番号一〇一－〇〇五二

東京都千代田区神田小川町三－十二

岩崎ビル二階

TEL　〇三（五二八三）三九三四

FAX　〇三（五二八三）三九三五

URL　http://www.genki-shobou.co.jp/

印刷・製本　精興社

ISBN978－4－86488－070－1　C0395

✿「銀河叢書」刊行にあたって

敗戦から七十年。

その時を身に沁みて知る人びとは減じ、日々生み出される膨大な言葉も、すぐに消費されています。

人も言葉も、忘れ去られるスピードが加速するなか、歴史に対して素直に向き合う姿勢が、疎かにされています。そこにあるのは、より近く、より速くという他者への不寛容で、遠くから確かめるゆとりも、想像するやさしさも削がれています。

長いものに巻かれていれば、思考を停止させていても、居心地はいいことでしょう。

しかし、その儚さを見抜き、誰かに伝えようとする者は、居場所を追われることになりかねません。

自由とは、他者との関係において現実のものとなります。

いろいろな個人の、さまざまな生のあり方を、社会へひろげてゆきたい。

読者が素直になれる、そんな言葉を、ささやかながら後世へ継いでゆきたい。


幻戯書房はこのたび、「銀河叢書」を創刊します。

シリーズのはじめとして、戦後七十年である二〇一五年は、〝戦争を知っていた作家たち〟を主なテーマとして刊行します。

星が光年を超えて地上を照らすように、時を経たいまだからこそ輝く言葉たち。

そんな叡智の数々と未来の読者が、見たこともない「星座」を描く――

銀河叢書は、これまで埋もれていた、文学的想像力を刺激する作品を精選、紹介してゆきます。

それは、現在の状況に対する過去からの復讐、反時代的ゲリラとしてのシリーズです。

本叢書の特色

初書籍化となる貴重な未発表・単行本未収録作品を中心としたラインナップ。
ユニークな視点による新しい解説。
清新かつ愛蔵したくなる造本。

二〇一五年内刊行予定

第一回配本　小島信夫『風の吹き抜ける部屋』＊
　　　　　　田中小実昌『くりかえすけど』＊
第二回配本　舟橋聖一『文藝的な自伝的な』
　　　　　　『谷崎潤一郎と好色論　日本文学の伝統』
第三回配本　島尾ミホ『海嘯』
第四回配本　石川達三『徴用日記その他』
第五回配本　野坂昭如『マスコミ漂流記』

……以後、続刊（＊は既刊）

文藝的な自伝的な　舟橋聖一

銀河叢書第2回配本　「わたしの人生は縮緬の肌ざわりからはじまった」──足尾銅山の元所長を祖父に、東京帝大の助教授を父に持った少年は、やがて文壇を代表する小説家となった。豊富な芸能・文学体験と、軍国主義への反撥を軸に、戦前日本の縮図を描く長篇自伝。著者の死により途絶した、未完の傑作。　本体3,800円（税別）

風の吹き抜ける部屋　小島信夫

銀河叢書第1回配本　同時代を共に生きた戦後作家たちへの追想。今なお謎めく創作の秘密。そして、死者と生者が交わる言葉の祝祭へ。現代文学の最前衛を走り抜けた小説家が問い続けるもの──「小説とは何か、〈私〉とは何か」。『批評集成』等未収録の評論・随筆を精選する、生誕100年記念出版。　本体4,300円（税別）

くりかえすけど　田中小実昌

銀河叢書第1回配本　世間というのはまったくバカらしく、おそろしい。テレビが普及しだしたとき、一億総白痴化──と言われた。しかし、テレビなんかはまだ罪はかるい。戦争も世間がやったことだ。一億総白痴化の最たるものだろう。……そんなまなざしが静かににじむ単行本未収録作品集。生誕90年記念出版。　本体3,200円（税別）

少し湿った場所　稲葉真弓

「こんな本を作ってみたかった。ごったまぜの時間の中に、くっきりと何かが流れている。こんな本を」。2014年8月、著者は最期にこの本のあとがきをつづり、逝った。猫との暮らし、住んだ町、故郷、思い出の本、四季の手ざわり、そして、半島のこと……谷崎賞受賞作家がその全人生をふりかえるエッセイ集。　本体2,300円（税別）

銀座並木通り　池波正太郎初期戯曲集

とにかく素敵だよ、人生ってやつは──ドラマがあるんだからね。敗戦後を力強く生きる人びとの日々と出来事。作家活動の原点である芝居、その最も初期の1950年代に書かれた幻の現代戯曲3編を初刊行。〈池波正太郎君は、若者なのに世の中と引ッ組んで来た相貌をしている。異とするに足る。〉（長谷川伸）　本体2,200円（税別）

昭和の読書　荒川洋治

いまという時代に生きているぼくもまた、昔の人が知らない本を、読むことができるのだ──。文学の風土記、人国記、文学散歩の本、作家論、文学史、文学全集の名作集、小説の新書、詞華集など、昭和期の本を渉猟し、21世紀の現在だからこそ見える「文学の景色」を現す。書き下ろし6割のエッセイ集。　本体2,400円（税別）